THE
JELLYFISH
NEVER
FREEZES

ICHIKAWA YUTO

第26回
鮎川哲也賞受賞作

ジェリーフィッシュは凍らない

市川憂人

東京創元社

目次

受賞の言葉

市川憂人

長い遠回りをしてきたように思います。

学生時代からの夢に正面から向き合うこともできず、仕事に振り回された後でわずかに手元に残った時間を、日の目を見るあてのない話作りに費やすだけの日々でした。

ですが今、回り道を終えて改めて本作を読み返してみると——無駄だと思っていた日々の足跡が、作品のいたるところに刻み込まれているように思います。他のすべてをなげうって夢にだけ向かう道もあったかもしれません。が、そうして紡がれた物語は恐らく本作とはまるで違ったものになり、鮎川哲也賞という栄誉にあずかることもなかったでしょう。

これから、もの書きとしての新たな日々が始まります。これまで以上に暗く険しく曲がりくねった歩みになるでしょうが、その中で刻む一歩一歩が、また新しい場所へ繋がっていくのだと、今は信じたいと思います。

最後になりましたが、拙い本作を拾い上げて下さった選考委員の先生方、お祝いの言葉を下さった皆様、そしてこれから本作をお読みいただく皆様に、心より御礼申し上げます。

ジェリーフィッシュは凍らない

プロローグ

結局、最後の最後まで、レベッカにとって私は他人でしかなかった。

顔を合わせれば言葉を交わし、時に微笑(ほほえ)み合い、幾度(いくど)かはその手に触れさえして——しかしそれでもなお、彼女にとって私の存在が、ただの知人以上のものになることはなかった。

私の好きな音楽も、
私の嫌いな食べ物も、
私がどこから移り住んできたのかも、彼女は最後まで知らないままだった。

それが恨めしくなかったといえば嘘になる。

正門の前で他の学友らと談笑するレベッカとすれ違いながら。

彼女のアルバイト先である大学近くのショッピングモールの店先で、迷子の女の子を優しくあやす彼女を遠く見つめながら。

その瞳がなぜ私ひとりだけに向けられないのかと、理不尽な憤りを覚えたことさえ一度や二度ではない。

だがそれは、彼女に対してというよりは、彼女と私とを隔(へだ)てる透明な壁を前にただ立ち尽くすことしかできない、無力な私自身に対する憎悪に近かった。

相手のことを知らなかったのは私も同じだった。

レベッカの愛読書が戦前のロマンス小説だったことも、
彼女がレモンジュースを苦手にしていたことも、
彼女がショッピングモールの程近く、川沿いの日当たりの良いアパートメントに住んでいたことさえも——
私はすべて、レベッカが死んだ後になって知った。

もし、あの頃の私にほんの少しでも勇気があったなら。

彼女に想いを告げ、その柔らかな身体を抱きしめ、唇を重ねることができたなら。

彼女は私に応えてくれたのだろうか。私はレベッカを救うことができたのだろうか。

解らない。すべては無意味な妄想だ。

レベッカが彼らにすべてを奪い取られ、ぼろ雑巾のように捨てられるのを、あのときの私は防ぐことも、知ることさえもできなかった。それが現実だ。


なら、私のこの行為は何なのか。

何もかもが遅すぎることを知りながら、レベッカと私がどこまでも他人同士でしかなかったのを理解しながら、それでもなお、彼らをこの世から消すことに何の意味があったのか。


決まっている。意味などありはしない。

これはただの現象だ。

鉄の塊を水に落とせばどこまでも深く沈むように、砂の城が波にさらわれれば音もなく崩れ去るように、現象はただ、あらかじめ定められた物理法則のまま、意味もなく世界を変容させていくだけなのだ。

「なあ、お前はどう思う？」

うつぶせに倒れ伏すそいつの後頭部へ、私は二撃目を叩き込んだ。そいつが無様な呻（うめ）き声を上げながら四肢を痙攣（けいれん）させる。

三撃目、四撃目、五撃目、六撃目。七撃目を振りかざしたところで私は手を止めた。呻きも痙攣も止（や）んでいた。恐怖と苦悶（くもん）に彩（いろど）られた顔を床に押しつけたまま、最後の獲物は完全に息絶えていた。

周囲を支配するのは、薄闇と凍てつく空気。

吹雪（ふぶき）が魔物のような咆哮（ほうこう）を上げながら、海月（ジェリーフィッシュ）のゴンドラを揺らしていた。

鈍器を床に放り投げ、私は最後の仕事に取り掛かった。

残された作業はそう多くない。

——私自身を、この雪の牢獄から消し去るだけだ。

第1章　ジェリーフィッシュ（Ⅰ）――一九八三年二月七日　一五：〇〇～――

【表題】新型気嚢（きのう）式浮遊艇「JF‐B」航行試験計画書
【目的】新規気嚢式浮遊艇の上市（じょうし）に向け、長距離航行性能の最終確認を行う。
【期間】一九八三年二月六日～九日（三日＋予備日）
【航路】A州P市（発）～N州A市～C州T市～W州R市～I州L地区～同M市～N州R地区～A州F市～同P市（着）（図1参照）
【機体型式／製造番号】JF‐B／T0003（図2～4、表1～3参照）
《従来機「JF‐A」との相違点》
（1）気嚢を従来品FF03から新規開発品FF04に変更（補足資料1参照）
（2）自動航行機能を新規追加（補足資料2参照）
（3）ゴンドラの内装を変更（補足資料3参照）
【搭乗者】
フィリップ・ファイファー（技術開発部部長）
ネヴィル・クロフォード（同副部長）
クリストファー・ブライアン（同研究員）
ウィリアム・チャップマン（同研究員）

リンダ・ハミルトン（同研究員）
エドワード・マクドゥエル（派遣社員）
以上六名
【試験項目】
（1）平均／最高航行速度
（2）燃料消費量
（3）気嚢真空度制御性
（4）自動航行機能の動作性　……

※

『一九八三年二月七日（月）　新型気嚢式浮遊艇長距離飛行試験　二日目
一四：一一　第四チェックポイントにて補給終了。
一五：〇〇　トラブルなし。順調に航行中――』

ペンを走らせる手を止めると、ウィリアム・チャップマンは実験ノートから顔を上げ、気嚢式（ジェリー）浮遊艇（フィッシュ）の窓の外に視線を転じた。

一面の青。流れる雲は鮮（あざ）やかに白く、そして地平線は遥か低く遠い。

窓に顔を寄せて見下ろせば、眼下に広がるのは赤茶けた土と砂、わずかに点在する低木。潤（うるお）いには程遠い、寒々しい荒涼とした風景だ。

静かだった。窓越しに耳に届くのは、風のかすかな唸りと、揚力制御プロペラの羽音だけ。ぱたぱたと風を切るリズミカルな音色は、ジェット機の無骨なエンジン音とは比較にならないほど小さく心地良く、まるで子守歌のように、彼を眠りの淵へと手招く。

……ウィリアムは自分の両頬を叩いた。ベッドに倒れ込みたいのはやまやまだが、寝ているのがネヴィルに露見したら大事だ。あの男は他人の怠慢に対しては容赦がない。

と、不意に無線機のランプが点灯し、雑音混じりの声がスピーカーを揺らした。

『ウィル、聞こえるか？　生きてたら大きな声で返事してみろ』

クリストファー・ブライアンの陽気な声は、ノイズ越しでも一瞬で聴き分けがついた。

「……死んでるよ」

無線機から響くのは、切り裂くような風の唸り。奴は今、非常口から艇尾のバルコニーに出て、強風吹きすさぶ地表二〇〇〇メートルの空の下、わずかばかりの足場と細い手すりを頼りに、気嚢の目視確認を——勤務時間中の飲酒に対する懲罰として——させられているはずだ。わざわざ連絡をよこしたということは、何か異常でも起きたのだろうか。

「そっちこそどうした、クリス」

『ああ、あまり良くないお知らせだな。気嚢が破れかけてるぜ』

血の気が一気に引いた。

「ほ、本当か!?」

『嘘だ』

「は？」

クリスの言葉の意味を悟るまでに数秒の間が必要だった。「……おいクリス、笑えない冗談は止めろ。心臓が止まるかと思ったろうが」

本当に気嚢が破れているのならクリスも悠長に挨拶などするはずがないし、そもそも真空気嚢は多少の衝撃で破れるほどヤワではない。小学生並みのジョークにまんまと騙され、ウィリアムは歯嚙みする思いに囚われた。

『悪い悪い。どうだ、少しは目も醒めただろ』

「……おかげさまでな」

先程までの睡魔は綺麗さっぱり吹き飛んでいた。いいところの御曹司のくせに、こういう悪戯には本当に目がない奴だ。「暇を持て余している俺のためにわざわざ呼び出しをくれたのか？有難くて涙が出るぞ」

彼らの乗る機体は、あくまで航行性能の試験用であり、内線電話は引かれていない。各人に割り当てられた小型無線機がその代わりだ。何でも軍からの貸与品らしく、ネヴィル曰く「傍受される危険はほぼゼロ」なのだとか。

傍受とは大げさな、と最初はウィリアムも鼻白んだが、確かに今回のこれは万が一にも漏洩させるわけにはいかない。海の向こうのR国――我がU国と並ぶ超大国にして政治的敵対国――に渡ろうものなら、十数年前の湾岸諸国危機の再来だ。今回の試験はいくつもの意味において、技術開発部の命運がかかっていると言っても過言ではなかった。

……のだが。

いざ航行試験に出てみれば、実際にやっていることは計器のチェック、それとプロペラや動力機やベルトなど主要部品の目視確認だけ。一時間もあれば一通り終わってしまう。操縦は自動航行システムが順調に動いているし、教授のお守りはエドワードに押しつけているから、ウィリアムの仕事といえば後はせいぜい、実験ノートという名の日記を書くことと、暇潰しに持ってきたペーパーバックを読み返すくらいのものだ。

　これがスパイ映画なら、敵国の工作員（エージェント）が機体を奪いに現れでもするのだろうが、そのようなこともむろんない。現実とはかように味気ないものだった。

『おう、感謝しろ』

　クリスの不真面目（ふまじめ）な声が、不意におどけが消えたものに変わった。『……ってのは前置きでな。操舵室へ行って、燃料の残量とエンジンの回転数を見てくれないか。報告はオレにでもネヴィルにでもいい。むしろネヴィルの方が助かる』

「了解」

　燃費は今回の航行試験の評価項目のひとつだ。もっとも、ジェリーフィッシュの燃費は風の影響を大きく受けるので、性能比較という点ではあくまでも目安程度の意味しかないのだが。……しかし、ネヴィルもその程度の用事なら直接自分に言えばいいものを、なぜわざわざクリスを間に挟むのか。大方、クリスと話すついでに伝言を命じたのだろうが、自分を蔑（ないがし）ろにされているようでウィリアムは気分が悪くなった。

　まあ、今さら文句を言っても始まらない。少しでも暇潰しになるのなら計器の確認などお安い御用だ。ウィリアムは無線を切り、客室を出た。

　狭い廊下の右手は窓。ガラスの向こう側は、クリスが風の冷たさに耐えながら目視確認を続けているであろう、高く青い空の中だ。

　どこまでも静かに、高く緩やかに流れていく景色。静寂と飛翔感とを兼ね備えたその情景は、爆音を響かせるエンジン機や、大地に固定された高層ビルからでは、決して味わうことのできないものだった。

……もう、十年以上にもなるのか。

あの頃の自分は、石を投げれば当たるような普通の大学院生でしかなかった。それが今は、『航空機の歴史を変えた』とまで評される新技術――真空気嚢の開発者のひとりとして、業界世界最大手のUFA社で最先端の技術開発を行っている。我が事とは思えぬ人生の変わりようだ。

今、ウィリアムたちが行っているのは、彼らが新たに開発した機体の性能評価試験だった。UFA社のあるA州郊外を出発し、近隣の州を経由して再びA州へ戻る、都合二泊三日の旅だ。宿泊施設には立ち寄らない。万一に備えて予備日を設けてはいるが、食事や寝泊りはすべて試験機のゴンドラの中だけで行う。

廊下の左手には、ウィリアムが今しがた出てきた部屋を含め、計三つの客室が並んでいる。船首側が一号室、中央が二号室、ウィリアムのいた船尾側が三号室。それぞれの部屋には簡易式の二段ベッドが据え付けられており、今回の航行試験の参加メンバー六名は全員、快適居住性（アメニティ）の試験も兼ねて客室で寝泊りしていた。たった三部屋に全員でどう夜を明かすのか、最初に話を聞いたときはいささか不安を覚えたが、二段ベッドの寝心地は意外と悪くない。窮屈な寝袋に潜り込んでラウンジで雑魚寝（ざこね）、という事態にならずに済んだのは何にせよ有難かった。

もっとも――

廊下を通り過ぎる一瞬、ウィリアムは二号室を見やった。

フィリップ・ファイファー教授は相変わらず、部屋から出てくる様子もない。澱（よど）んだ瘴気（しょうき）がドアの隙間から滲（にじ）み出てくるようだ。教授の世話を押しつけられたエドワード――数ヶ月前に臨時開発要員として加わった、搭乗メンバーの中では最年少の青年――が事あるごとにウィリアムに冷たい視線を向けてくるのが胸に痛かったが、航行試験終了まであと一日半だ。我慢してもらうしかない。

一号室の船首側の隣はキッチン。廊下の突き当たりがラウンジ兼食堂。操舵室は食堂のさらに奥だ。

操舵室は無人だった。

高度計、速度計、温度計、気圧計、風速計、燃料計、回転計——いくつもの無骨なゲージに囲まれながら、操縦桿が、まるで幽霊船の舵のように動き続けている。

操縦桿の横には、細長いスリットの入った乳白色の箱が置かれ、そこから何本ものコードが触手のように、操縦桿や計器へ繋がっていた。

今回の新型機の目玉のひとつ、自動航行システムだ。詳しくは知らないが、今、乳白色の箱の中では、二五六キロバイトの大容量メモリを積んだ計算機が、各計器の値を基に現在位置および次の目的地までの距離と方角を演算し、操縦桿へ信号を送っているらしい。

薄ら寒い光景だった。

これがオカルトでなく純然たる電子技術の産物だということは頭では理解している。動作も今のところ問題ない。のだが……触る者なく小刻みに動き続ける操縦桿を初めて目の当たりにしたときの、言いようのない恐怖感は、容易に拭い去れるものではなかった。

……もし、この機械が命令を無視し、俺たちをどことも知れぬ場所へ連れ去ってしまったら。

ウィリアムは頭を振った。

馬鹿馬鹿しい。どこぞの空想科学映画ではあるまいし、機械が意思など持つものか。

計器の値を確認すると、ウィリアムは無線機のスイッチを入れた。

※

ネヴィル・クロフォードがキッチンに入ると、リンダ・ハミルトンが丸椅子に腰掛けて爪を磨いていた。

「あれぇ、どうしたのネヴィル」

「こちらの台詞だ。早く持ち場へ戻れ。今は勤務中だ」

姿が見えないので探してみれば案の定だった。この牝猫が。

「固いこと言わないでよぉ。どうせ何もすることないんだし、早めに食事の支度してたっていいじゃない」

「料理ができたとは初耳だな」

流し台の上には調理器具ひとつ載せられていない。リンダは拗ねたように唇を尖らせた。

蠱惑的な琥珀色の瞳の上目遣い、下がり気味の目尻、小さな唇、柔らかに波打つプラチナブロンド。人目を引く甘やかな顔立ち。肉付きの良い肢体も相まってか、学生時代からリンダに男の噂が絶えたためしはない。進路に航空工学科を選択したのも、男の割合が多い学科からサイコロで決めたから、という、冗談だとしても笑えない噂を耳にしたことがあった。

「お前の仕事なら嫌というほどたっぷり控えている。とにかく勝手な真似はするな」

「そんなこと言われたって――」

「暇云々の問題ではない。命令無視自体が問題なんだ」

卒業して十年が過ぎた今も、この女の気まぐれな振舞いは何ひとつ変わらない。計画がもうすぐ山場を迎えようというときに、することがないというだけで勝手に動き回られるのは、ネヴィルにとって甚だ目障りでしかなかった。

「……はぁい」

リンダはふて腐れたように返すと、ふと思い直したように表情を崩し、ネヴィルの首に両腕を回した。「というかネヴィル。これからのことを言うなら、私より教授を心配したら？　今ぽっくり逝かれちゃったら、あなただって都合悪いんでしょ」

「そのときはそのときだ」

気嚢式浮遊艇の権威と呼ばれた教授も、今は酒に溺れた年寄りに過ぎない。現在、技術開発部の実権を握っているのはネヴィルと言ってよかった。

「頼もしいわ」

リンダは口許をだらしなく緩め、唇をネヴィルのそれに押し当てた。――と、不意に無線機の呼出音が鳴った。ネヴィルはリンダを引き剝がし、無線機を手に取った。

「アロー、こちらネヴィル――ウィリアムか、どうした。……いや構わん、言ってくれ。……残二七に――ＲＰＭ三一四だな、解った。ご苦労、お前は持ち場に戻れ」

昨夜話したときは暇を持て余していたようだったから、クリスを通じて仕事を与えたのをすっかり忘れていた。メモは取らなかったが構いはしない。どうせ意味のない仕事だ。

『了解』

一言を残して通話が切れた。顔も見たくないし会話もしたくない、そんな心情を練り込んだような、棘の交じった返答だった。

「もぉ。この朴念仁」

リンダが顔を歪める。「勤務中だ」ネヴィルはそれだけを言い捨て、キッチンを出た。

と、再び無線機が鳴った。「アロー」ネヴィルが返事をすると、エドワードの声が通話口の奥から前置きもなく響いた。

『ネヴィル、定時報告です。構いませんか』

「ああ」

数ヶ月前に臨時開発要員として配属された若者だ。年齢相応の、しかしどこか溌剌さを欠いた口調で、エドワードはエンジンルームの点検結果をネヴィルに伝えた。特に異常なし、要約すればその程度の報告だった。ネヴィルは適当に相槌を打ち、どうでもいい指示を二、三伝えて通話を切った。

背後を振り返る。キッチンのドアは閉ざされていた。伸ばしかけた手を、しかしネヴィルは下ろし、踵を返した。勤務中だ。

自分の客室——一号室に入る直前、隣の二号室の扉が視界に入った。

——私より教授を心配したら？

馬鹿な、今さら何を心配してやる必要があるのか。

あの老人にはもはや何の力もない。実務の点でも組織運営の点でも、技術開発部のトップの地位は事実上ネヴィルに譲り渡されている。それは彼の自惚れではなく、他のメンバーの認識でもあった。

ネヴィルは客室に身体を滑り込ませた。計画の細部を今一度詰めておかねばならない。

※

仕事を終えると、エドワード・マクドゥエルは二号室の扉を叩いた。

「教授（せんせい）、そろそろ夕食ですが」

応えはない。

「……教授？」

返事はない。代わりに、小さな呻きと鼾（いびき）がドアの隙間から漏れ聞こえた。ドアノブに手をかける。鍵は開いたままだ。そのまま扉を引くと、饐（す）えた臭気が鼻を突いた。

床の上に大量の空瓶や空缶が転がっている。エドワードは顔をしかめながら歩を進めた。壁際の二段ベッドの下の段で、フィリップ・ファイファー教授が正体なく四肢を投げ出していた。

やや長身の、不健康な痩軀（そうく）。皺（しわ）だらけの顔。髪は頭頂部まで禿げ上がり、残部も白髪と化している。まだ六十代前半のはずだが、エドワードの前に横たわるこの男の外見は、年齢より相当老け込んでいる。枕元にはビールの缶。恐らく昼食後も呑み続けていたのだろう。教授は顔を赤くしたまま、安らかとは言いがたい表情で眠り続けていた。

十年以上前、ジェリーフィッシュの根幹を成す真空気嚢の技術を公表し、時代の寵児（ちょうじ）となり、航空工学の権威の座へ登り詰めた大学教授の姿は、そこにはなかった。

……もっとも、厳密にはフィリップ・ファイファーはすでに『教授』ではない。今の肩書はあくまで『技術開発部部長』。一企業の社員に過ぎない。技術開発部のメンバーをはじめ、周囲が彼を〝教授〟と呼ぶのは、言ってみればただの慣習のようなものだった。

上段のベッドにはシーツも敷かれていない。大抵の悪環境には耐えられる自信のあるエドワードも、この部屋で寝泊りするのは強烈な抵抗感があった。

ベッドの向かい側、折り畳み式の簡素なデスクの上に、飾り気のない白い封筒が投げ置かれていた。乱暴に破られた封の端から、何枚かの紙片が覗いている。

小さな衝動が芽生えた。眠りこける教授に一瞬だけ視線を戻し、エドワードは作業用のゴム手袋を嵌めた指を、そろりと封筒へ伸ばした。……

ベッドの上で身じろぐ気配がした。エドワードは紙を封筒に押し込んだ。

「お目覚めですか、教授」

「……エドワードか」

ファイファーはのろのろと半身を持ち上げ、焦点の定まらない視線をエドワードへ向けた。

「何の用だ」酒の臭気と胡乱な台詞が吐き出された。

「夕食の時間ですので、お知らせに」

「要らん」

吐き捨てた直後、ファイファーは胸を押さえて激しく咳き込んだ。「大丈夫ですか」駆け寄るエドワードの手を乱暴に撥ね除け、元大学教授は上着のポケットから小瓶を摑み出し、ねじ切るように蓋を開けた。錠剤を手のひらに落とし、数も確かめずに口に放り込んで枕元のビールの缶を呷る。口の端から薄黄色の液体が流れ落ちた。

幾十秒かの時が過ぎた。「……食事は後でお持ちします」それだけ言い置いてエドワードは二号室を出た。言いようのない疲労感が押し寄せた。

技術開発部に加わって数ヶ月。エドワードは素面の教授をただの一度も見たことがない。

時代の寵児とまで呼ばれたファイファー教授が、なぜこうまで凋落したのか、よそ者のエドワードに語ろうとする者はいなかった。事実上の長であるネヴィルも他のメンバーも、本人の前では何ひとつ批判を口にせず、従順な部下を演じている。しかしそれが、かつての恩師への畏敬の念からでないことは明白だった。

……どうでもいい。自分が口を出すことではない。

エドワードにとって、この航行試験がＵＦＡ社での最後の仕事だ。入構許可証の期限は残っているが、一連の日程が終われば、教授や他のメンバーと顔を合わせることも無くなる。

技術開発部でのエドワードの主な任務は、ジェリーフィッシュに新たに搭載される自動航行システムの構築だった。全体の設計とハードウェアはあらかじめ用意されていたとはいえ、内部の制御プログラムを――様々な雑務を押しつけられながら――数ヶ月という短期間で整えるのは相応の労力を要した。

その苦労あってか、システムは今のところ正常に稼動を続けている。この調子なら、最後まで順調に動いてくれることだろう。

通路の窓に目を向けると、濃紺の闇に星が瞬き始めていた。

暗い地平線の際を、自動車の灯りか、淡い光点がひとつ、またひとつと流れては消えていく。荒野の上を泳ぎ渡るような今回の航路の中で、人の営みを感じ取れる数少ない光景だった。

……腕時計は十九時を回っていた。エドワードは窓から顔を離し、食堂へ向かった。

※

上空二〇〇メートルの朝は寒い。

ウィリアムがベッドの上で目を覚ましたとき、客室は霜が降りているかと思うほど冷気に支配されていた。

震えながら身を起こし、枕元の腕時計を摑む。午前六時、窓の外は暗い。Ａ州では滅多に見られない、厚い雲が空を覆っている。およそ爽やかとは言いがたい朝だ。

二月八日。航行試験は特に大きなトラブルもなく、着実にゴールへ近付いている。予備日が明日に設定されてはいるが、事実上は今日が最終日だ。全行程の終了まであと数時間。今回の試験が無事に終わり、顧客の認定が下りれば、ＵＦＡ社には巨額の利益がもたらされる。技術開発部の地位と権力も、現状とは比較にならないほど強大になるだろう。それはウィリアム自身も例外ではないはずだ。

しかし今、ウィリアムの胸中を、喜びや興奮とはほど遠い重苦しさが蝕みつつあった。

自分は他人の功績に寄り掛かっているだけだ。それが失われれば、自分の地位も名誉も、すべてが砂の城と崩れ去る。業績が大きくなればなるほど、すべてを失う恐怖も一層計り知れないものになる。

……ウィリアムは首を振ると、ベッドから抜け出し、防寒着を肩に引っ掛けてドアを出た。

廊下は客室以上に冷え込んでいた。

このゴンドラの客室に水回りの設備はない。ウィリアムの寝泊まりしている三号室の船尾側の隣に、共用の洗面所とトイレとバスルームが設けられている。肌寒さに身を震わせながら、ウィリアムは洗面所のドアに滑り込んだ。用を済ませ、再び廊下に出て――

そこで初めて彼は気付いた。

二号室——ファイファー教授の客室の扉が開いていた。

隙間から、薄ぼんやりとした光が漏れ出している。

ウィリアムは扉の下側に目を落とし——声にならない悲鳴を上げた。

萎(しな)びた右手が、扉と壁の隙間に挟まっていた。

※

フィリップ・ファイファー教授は死んでいた。

両眼を見開き、眉を吊り上げ、舌を突き出し、左手の爪を喉に突き立て、蚯蚓(みみず)腫(ば)れのような幾筋もの傷を喉の皮膚の上に走らせ——

それが、航空工学の権威となった男の苦悶の末路だった。

第2章　地　　上（I）――一九八三年二月十一日　〇七：三〇～――

A州F署刑事課所属、九条漣（クジョウレン）刑事の一日は、上司のマリア・ソールズベリーを電話で叩き起こすところから始まる。

公衆電話のダイヤルを回し、十数度目の呼出音で相手が出た。今日は随分と寝覚めが早い。

『……もしもし……』

「マリア、起きて下さい。仕事です。現場へ向かいますよ」

『ああ、レン……』

眠たげな声に不機嫌の微粒子が満ちた。『何よ、まだ七時半じゃない。寝かせてよもう……』

「大抵の人間はとうに自宅を出ていますよ。この時間まで惰眠（だみん）を貪（むさぼ）ろうとは大層なご身分ですね。数十年ぶりに大学へ再入学されたらいかがですか」

『あたしはそんな年増じゃないわよっ』

この手のやりとりもすっかり慣れたものだ。彼女の目を覚まさせるのにどんな話題が効果的か、赴任後の半年間で漣は十二分に把握していた。

『ああもう、解ったわ。現場ってどこ』

「クルマで向かいます。玄関の前にいますので二十分以内に出てきて下さい。朝食は用意しています」

『……了解』

吐息とともに通話が切れた。漣は電話ボックスを出ると、道端の愛車へ乗り込んだ。

——マリアが自宅の玄関から出てきたのは三十分後だった。

目立つ女（ひと）だ、と、いつもながら漣は思う。

長く豊かな赤毛。角度によって燃えるような紅玉（ルビー）色に輝く神秘的な瞳。それなりに、どころではなく整った顔立ち。量感のある胸元から引き締まった腰、豊かに張った臀部（でんぶ）、そしてしなやかな両脚へ流れる身体のラインは、ドレスを着せてグラスを持たせれば上流階級のご令嬢かと見まがうほどの美麗ぶりだ。

しかし今の彼女の姿は、ドレスどころか普段着にすら劣る、全く目も当てられない代物だった。ブラウスはボタンがひとつ外れ、裾（すそ）がスカートからはみ出している。湿気を吸った海藻のような張りのないスーツ。パンプスはそこかしこに泥がついている。髪の毛に至っては寝癖だらけで巻き毛と区別がつかない。

警察官、それも警部という要職にあるまじき、全くいつも通りの身だしなみで、マリアは助手席に飛び乗った。「さ、行きましょ」偉そうに顎（あご）をしゃくるマリアの膝元へ、漣はサンドイッチの紙袋を載せ、愛車のキーを回した。

「——で」

サンドイッチの最後の一切れを口に押し込むと、マリアが早速問いを投げた。「事件って何？　署にも寄らずに現場直行なんて何事よ」

「ジェリーフィッシュの墜落事故、とのことです」

「……ジェリーフィッシュの？」

「現場はH山系の中腹。『ジェリーフィッシュが燃えている』との通報を受けて捜索隊が駆けつけたところ、全焼した機体と数名の遺体を発見した――概要はこんなところです」

「管轄ぎりぎりじゃない」

マリアは顔をしかめ、極めつけに不謹慎な台詞を吐いた。「あと一〇キロか二〇キロ北に落ちてくれればよかったのに。迷惑な話だわ」

「日頃の行いの賜物（たまもの）でしょう」

敢えて個性も独創性もない返答を投げる。ふん、とマリアは鼻を鳴らした。

A州の人口密度は、U国東西の海岸沿いの州よりずっと低い。点在する町と幹線道路から一歩外れれば、周囲に広がるのは岩と土と砂、そしてわずかばかりの植物が生育するだけの、巨大すぎるほど巨大な荒野だ。そんな動物も滅多に住まない僻地（へきち）で事件が発生した場合、最も近隣の警察署に、現場検証や捜査が押しつけられることになる。

漣たちの町から現場付近の山麓（さんろく）まで、速度制限ぎりぎりで飛ばしておよそ一時間。漣の祖国ならちょっとした小旅行に値する距離だ。抜けるような青空、彼方（かなた）まで広がる荒野、いつ途切れるとも知らぬ幹線道路――延々と代わり映えのしない、果てしなく広大な風景は、漣の故郷では決して見られないものだった。

「それで、生存者は？」

「いないようです。発見されたのは六名。全員が死亡していました。

各遺体の身元は目下調査中。ジェリーフィッシュの購入者リストをUFA社から取り寄せていますが、確認には今しばらく時間を要するものと思われます」

「大惨事、ってわけね」

はぁ、マリアが背もたれに身を投げた。「しかもジェリーフィッシュの死亡事故って、確か」

「前例がありません。仮に墜落事故とすれば、これが世界初の事例ということになりますが」

「マスコミどものいい餌だわ。ああもう、今日はさっさと帰って呑もうと思ってたのに。……というか、墜落事故なら警察じゃなく運輸安全委員会の仕事じゃないの？」

そんな態度でよく警部にまで昇進できましたね、マリア。

などと陳腐な台詞は口にしない。代わりに紡いだのは別の言葉だった。

「ただの墜落事故ではないようです。報道管制の手配が必要かもしれません」

「は？　どういうことよ」

「首と手足が切断されていたそうです。遺体のうち一体は」

「……え」

「ボブから一報がありました。他の遺体にも明らかに他殺と認められるものがあると。急ぎますよマリア。殺人となれば刑事課の我々が仕事をしないわけにはいきませんので」

※

現場付近の山麓に到着した漣たちを待っていたのは、一隻の白いジェリーフィッシュだった。

「……ちょっと待って。何で空軍が出張ってるわけ？」

『ＡＩＲ ＦＯＲＣＥ』のロゴの入った気嚢を見上げながら、マリアの声はかすかに上擦っていた。ジェリーフィッシュの実物を間近に見るのは初めてのようだ。

「人間の遺体はともかく、ジェリーフィッシュの残骸を回収するのはヘリでは荷が重いですからね。ジェリーフィッシュにはジェリーフィッシュで、ということです。

我々も今からあれで現場へ向かいます。軍には話を通していますので……どうしましたマリア。まさかとは思いますが、乗るのが怖いのですか」

「そ、そんなわけないでしょ。解ったわよ。乗ればいいんでしょ乗れば」

強張った顔でマリアは顎をしゃくった。

上司の後に続きながら、漣は改めてジェリーフィッシュを見上げた。

――優美な姿だった。

横幅およそ四〇メートル、高さはざっと二〇メートル。気嚢が空を滑らかな楕円形に切り取っている。気嚢の下部からは何本かの橋脚が伸び、それぞれの橋脚の先端には、三つのリングを縦横水平に九〇度ずつずらして重ね合わせた形の、籠状のフレームが据えられている。そのフレームの中を、揚力制御用プロペラがゆったりと回っていた。

目の前の機体が空に浮かぶさまを、漣は脳裏に思い描いた。青い空間をゆったりと泳ぐ、脚の付いた扁平な球体。……なるほど、『海月』とはよく言ったものだ。

「マリア・ソールズベリー警部、九条漣刑事。こちらへ」

指揮官と思しき銅褐色の髪の軍人が、二人を案内した。

――ゴンドラの中は予想外に広かった。

軍用機らしく居住スペースは省かれており、物資や人員の搬送用と思われる空間が多く取られている。テニスコート一面分ほどの広さの区画の片隅に、椅子とテーブルが据えられていた。指揮官が一礼とともに去り、漣とマリアが腰を下ろすと、見計らったように船内無線が響き渡った。

『──離陸(テイクオフ)』

　窓の外の風景が下方へ流れ始める。何の衝撃もなかった。エレベータほどの加速度も感じない、静かな離陸だった。軍関係者らが防寒具を纏(まと)いながら慌しく動き始める中、漣は話を再開した。

「……今から四十六年前、一九三七年に発生した大型旅客船の爆発事故により、飛行船──気囊を用いた航空機の社会的信用は失墜し、地上から急速に姿を消しました。

　それが再び脚光を浴びたのは、事故から三十五年も過ぎた一九七二年、フィリップ・ファイファー教授らの研究グループにより『真空気囊』が生み出されてからとなります。この技術により、飛行船は可燃性ガスという重石から解き放たれ、併せて大胆な小型化も可能となり、程なく人類初の民間向け気囊式浮遊艇、製品名『ジェリーフィッシュ』の誕生へと繫がっていくのですが──マリア、聞いているのですか」

「え？」

　マリアは窓から視線を戻した。「ああ、もちろん聞いてたわよ。それで？」

「……先のファイファー教授、そして当時の研究室の学生たちは、この気囊式浮遊艇の実用化を目指して学内ベンチャーを設立。これが程なく大手航空機製造会社ＵＦＡの目に留まり、一九七三年に吸収合併。同社の気囊式飛行艇部門技術開発部となって今に至ります。他企業に吸収されたとはいえ十年も存続しているわけですから、ベンチャー企業としては数少ない成功例と言えるかと──マリア、聞いているのですか」

「えっ？」

　窓の外の景色を物珍しそうに見つめていたマリアは、ぱっと窓から顔を離した。「ああ、うん、もちろん聞いてたわよ。それで？」

「……観覧車に初めて乗った子供ですか貴女は。遊園地気分に浸っていないでもう少し真面目に耳を傾けて下さい。まったく、いい年齢をした大人が」

「誰が『いい年齢』よっ」

マリアの正確な年齢を漣は知らない。三ヶ月ほど前に「二十三・五五五五五五五歳の誕生祝いを友人から貰った」と言っていたから、恐らく三十を過ぎた辺りだろう。自分より数歳年上でしかないと思われるこの傍若無人な上司が、年齢に関しては敏感になるのが漣には可愛らしく思えた。

「さて、ファイファー教授らの真空気嚢技術と関連特許を手中に収めたＵＦＡ社は、三十余年にわたる飛行船の停滞期を打ち破るかのように、気嚢式浮遊艇の事業を開拓していきます。吸収合併から三年の歳月をかけて上市された『ジェリーフィッシュ』は、富裕層を中心に当初の想定を大幅に上回る売上を達成。今や『ジェリーフィッシュ』といえば、気嚢式浮遊艇そのものを指すほどの認知度を得るに至る――と、ここまでが、ビジネスの観点を含めた気嚢式浮遊艇の大雑把な歴史になりますね」

「全然大雑把に聞こえなかったんだけど」

マリアはげんなりした声を発した。「まあでも、ジェリーフィッシュが流行りだした頃のことはあたしも覚えてるわよ。新聞にもちょくちょく載ってたし。あんなのどこに置くつもりなんだろうって、ずっと疑問だったけど」

「大物俳優などがクルーザーを買うような感覚なのでしょうね。価格帯が百万ドル未満に抑えられているのも、普及に一役買った要因のようです」

「百万ドルねぇ……あたしの給料の何十年分よ。そんなに成金だらけなの、この国は？」

「J国人の私にそれを訊きますか、U国民の貴女が」

もっとも、マリアの下世話な感想については漣も首肯せざるをえなかった。漣の祖国では気嚢式浮遊艇など未だ普及の兆しもない。それがU国ではすでに民生用だけですでに百機前後が世に出ているという。この国の経済力を漣は肌で知る思いだった。

「ですが、ジェリーフィッシュがここまで普及したのは、価格以上にサイズによるところが大きいようですね」

「サイズ？　いくらU国人が大きいもの好きだからって限度があるでしょうに」

「逆です。わずか四〇メートルにまで小型化されたからですよ。

飛行船の最大の欠点のひとつは、浮力を稼ぐために巨大な気嚢を必要とすることです。例を挙げますと、一九二九年に世界一周航行を達成した旅客飛行船は、たった二〇メートルのゴンドラの上に、全長二三七メートル——野球場二つ分もの長さの気嚢を付けていたそうです。

一方、ジェリーフィッシュの場合、同程度のゴンドラを持ち上げるのに必要な気嚢の大きさは、わずか四〇メートル四方。先の飛行船のおよそ六分の一です。いかにコンパクトかはお解りいただけるでしょう」

「まさに桁違いってわけね。……でも、真空気嚢って要するに中身が空っぽの風船でしょ？　それでどうしてコンパクトにできるのよ」

「マリア。『アルキメデスの原理』はご存じですか」

「知ってるわよ。『良いアイデアを出したければ素っ裸で風呂から飛び出せ』。奇抜なアイデアは奇抜な行為から生まれるって意味でしょ？」

「……『物体が受ける浮力は、その物体が押し除けた流体の重量に等しい』。貴女にも理解できるように説明しますと、潰れた空缶と潰れていない空缶とでは、後者の方がより大きな浮力を受ける、という原理です。同じ重さなら体積の大きい方が――別の見方をすれば、同じ体積なら軽い方が、つまり密度の小さい物体の方が浮きやすいということですね。

貴女と私の頭部を切り出して水に放り込んだとすると、頭部の体積はほぼ同じですから受ける浮力は同じ。つまり、貴女の頭は水に浮き、私の頭は沈むわけです。……どうしました、まだお解りになりませんか」

「よく理解できたわよ。あんたの嫌味な性格もっ」

「それは結構。――さて、以上の説明からある結論が導かれます。『物体の密度をゼロに近づければ近づけるほど、その物体にかかる実効的な浮力を大きくできる』。つまり」

「『重さがない状態』、真空にすることで最大の浮力が得られる、というわけね」

マリアは人差し指の先端を顎の下に当てた。考え事をするときの彼女の癖だ。「で、その分だけ気嚢のサイズも小さくできる、と。

けどレン、その程度の話、とっくの昔に誰か思いついてそうなもんじゃない？」

「その通りです」

漣は声を引き締めた。普段の分別のない言動からは想像もつかないが、エンジンがかかったときのマリアの知性は決して低いものではない。「真空の風船で空を飛ぶという概念そのものは、それこそ三百年も前から存在したものです。現代に至るまでそれが実現されなかったのは、ひとえに大気圧に耐えられるだけの『真空の風船』を生み出す技術がなかったからに他なりません」

地表のあらゆる物体は、常に大気から圧力を受けている。風船が潰れないのは、風船に詰められたガスが内側から大気を押し返しているためだ。真空にするためにガスを抜けば、気嚢はたちまち大気圧に負けて潰れてしまう。

　しかし、風船そのものを大気圧に耐えられるほど強固にしようとすれば、気嚢の肉厚を増やさざるをえない。当然重量は大きくなり、気嚢の意味を成さなくなる。

「でも、『真空気嚢』はその二律背反（にりつはいはん）を打ち破った。どういうカラクリなの？」

「私も充分には理解できていないのですが、『窒化炭素』という特殊な素材が鍵になっているようですね。現在知られている物質の中で最も高い硬度を持つ物質で、これをポリアクリロニトリル系の樹脂をベースに合成することにより、ダイヤモンド以上の硬度と樹脂の割れにくさを併せ持った、大気圧に耐えうる気嚢が実現できるのだとか」

「……んんっ？」

　マリアの眉が吊り上がった。「何か、いきなり訳が解らなくなったんだけど」

「航空工学の世界でも当初は非難囂々（ひなんごうごう）だったようですね。実際にデモ機が完成するまでほとんど誰も信じようとしなかった——と、後に教授本人が著書で述懐しています」

「ま、そりゃそうか。——もし嘘っぱちだったとしたら、あたしたちがこうして空を飛んでることもないわけだしね」

　マリアが窓に目を転じた。出発からおよそ数十分。眼下の風景は様変わりしていた。

　赤茶色の荒野に代わって、視界に映るのは常緑樹の森と、緩やかな曲線を描く川々。潤いに満ちた風景のさらに前方から、雪に覆われた山肌が迫っている。

『高度、上昇』

　船内無線の声を合図に、眼下の森が遠ざかる。窓の外の色彩が、森の緑から雪の白へと変わり——やがて、純白の雪景色の一角に、黒く崩れた影が現れた。

事故現場だった。

※

「まったく、どういうつもりよ奴ら！」

復路のヘリコプターの中で、マリアは眼前の背もたれに蹴りを入れた。前に座っていた若い鑑識官が顔をしかめた。「よくも人を露骨にゴキブリ扱いしてくれたわね。こっちを誰だと思ってるの。警察よ!? 警察！ 見てなさい。全員まとめて公務執行妨害でぶち込んでやるんだから」

軍は警察以上の国家権力なのですがね、とは漣は口にしなかった。荒れているときのマリアに反論を試みても時間の無駄である。

「取り急ぎ、署長を通じて抗議を入れるように手配しましょう」

「何ができるのよあのボンクラに。浮気現場を奥さんに取り押さえられて以来、いいように顎で使われてる駄目男よ？」

「奥方に頼んだ方が良さそうですね、抗議の件は」

それにしても、と漣は思う。

マリアの憤怒も無理からぬことと言わざるをえない。U国出身でない漣から見ても、今回の軍の態度は明らかに強権的だった。

――墜落現場はH山系の中腹、登山道もない窪地だった。

切り立った岩壁に囲まれた、一、二キロメートル四方の雪原。大昔の地盤沈下の跡と思しきその場所へ、軍から貸与された防寒具に着替えて降り立った漣たちを待っていたのは、頬に突き刺さる冷気と、腰まで沈み込むほどの厚い雪だった。

その雪原の西側の岩壁の傍で、機体は骸と変わり果てていた。

無残な姿だった。

『海月』の愛嬌は影も形もない。ゴンドラは炭と化し、真空気嚢は焼け落ちて、剝き出しになった数本のわずかな骨組だけが、弧を描きながら鈍色の空へ喰らいついていた。

岩壁の遙か上空を、風の金切り声がこだまする。窪地にもそれなりに風が吹きつけてはいるが、高い岩壁に囲まれているためか、風の強さは窪地の外側ほどではないようだ。軍の気囊式浮遊艇も、窪地に入ってからは大きな揺れを受けることなく、無事に着陸を果たした。

問題はその後だった。軍はマリアと漣の存在を無視し、事故機の回収作業を開始した。

型通りの現場検証を行う間もなかった。「ちょ、ちょっと！　どういうつもりよ！」マリアの抗議を、指揮官の軍人は「命令ですので」の一言で退けた。

十数名の兵士が機体の残骸を運び、焼け焦げたゴンドラにワイヤーを繋ぎ、軍のジェリーフィッシュが機体を空の彼方に運び去っていくのを、さすがの漣も呆気に取られながら見送った。

後に残されたのはマリアと漣、先行していた検死官や鑑識官数名、大型ヘリコプター、雪肌に刻まれた軍兵らの足跡、そして、焼け焦げた六つの死体だけだった。

……あの強硬ぶりは何なのか。遺体には目もくれず、事故機にしか用がないと言わんばかりの態度だったが――軍はあの機体について、何か知っているのか？

そもそも、これは本当に『事故』と呼べる代物なのか？

「ボブ、再度確認しますが」

プロペラの爆音に掻き消されぬよう、漣は検死官に向かって声を張り上げた。「『遺体の外傷の一部は墜落時の衝撃によるものではない』。この結論に誤りはないのですね」

「正確なところは解剖室へ運んでからだが」

ボブ・ジェラルド検死官ががなり返した。褐色の瞳に豊かな白髪、ふっくらした中背の体躯。近所の気のいい小父さんといった風貌の男だ。「例の、バラバラにされた死体があるだろう。ただの墜落ならあんな綺麗な断面にはならん。骨の辺りが粉々に砕けていたはずだ」

「船外作業中に事故に遭い、落下した拍子にプロペラに巻き込まれた、という可能性は」

「それも恐らくないな。あのでかいプロペラに巻き込まれたら全身丸ごとミンチのはずだ。その点あの死体は、斬られた箇所以外は綺麗なもんだった。――ま、綺麗とはいってもいい感じの黒焦げ具合だったが」

悪戯小僧のような笑みを浮かべながら、ボブは機内の奥へ視線を転じた。収容された六つの遺体は今、奥の間仕切りの向こうで、炭となって横たわっている。

マリアの呑み仲間というこの老年に差し掛かった検死官と、漣は幾度となく顔を合わせているが、温厚な外見とは裏腹に、人前で過激な台詞を平然と口に出すのが玉に瑕だった。

「しかし、妙なことになりませんか」

手帳に目を落としたまま、重大な疑問を口にした。「六つの死体はいずれも、炭化とわずかな外傷――首と手足の切断も含めますが――の他には、目立った損傷が確認されていないとのことですが……機体が全焼するほどの火災を伴う墜落であれば、中の乗員もただでは済まなかったはずではありませんか」

「いいところに目をつけたな。誓ってもいい、ありゃ墜落死じゃない。仮に墜落であれば、陥没や骨折などのでかい損傷が、大半の死体に残っているはずだ。だがそんなものはほとんどどこにもありゃしなかった」

「……つまり、墜落なんてなかった」

マリアが人差し指を顎に当てた。「せいぜい不時着程度のものだった。ジェリーフィッシュがあそこに降りたとき、犠牲者たちはまだ生きていた――」

周辺の状況もそれを裏付けていた。

雪原の西側の岩壁は、中腹から上部にかけて岩肌が大きくせり出し、南北一〇〇メートルほどにわたって天然の軒のようになっている。その『軒下』の南寄りに、ジェリーフィッシュの残骸は横たわっていた。

目で解るような衝突痕は岩壁にはなかった。岩壁のどこにも接触せず、あの場所に嵌まり込むように墜落するなど、よほどの偶然がない限り不可能だ。

さらに、岩壁にはハーケンが打ち込まれていた。ハーケンにはワイヤーが結びつけられ、その反対側の先端が、瓦礫の上に折り重なるように雪に埋もれていた。

被害者たちが、雪風を避けるためにジェリーフィッシュをあの場所まで移動させ、ハーケンとワイヤーで船体を固定した――そう考えた方が遙かに筋が通る。

不時着の原因は解らない。真空気嚢に穴が開いて飛べなくなったのか、揚力制御プロペラのトラブルか。軍に機体を持ち去られてしまった今は臆測しかできない。

しかし、問題はその先だった。

彼らに何が起こったのか。救援を待っていたはずの彼らがなぜ死ななければならなかったのか。首と手足を切り離されるほどの何が彼らを襲ったというのか？

沈黙が漂った。プロペラの爆音が漣の鼓膜を殴りつけた。

「一体何が――」

我知らず呟（つぶや）く。「『何が』？」マリアが不敵に言い放った。

「決まってるでしょ、そんなの。

――殺し合いよ」

インタールード（Ｉ）

両親が死んだのは、私が十歳の頃だった。

夫婦二人きりのささやかな小旅行の最中、父と母は宿泊先のホテルの火災に巻き込まれ、呆気なく命を落とした。他に家族のいなかった私は、程なくして遠縁の親戚に引き取られ、見知らぬ地で新たな生活を始めることになった。

学校での私は完全なよそ者だった。友人らしい友人もできなかった。机を汚され、教科書を盗まれ、両親の死を囃し立てられ、時に陰で暴力を振るわれた。

家でも同じだった――というわけでは、必ずしもない。

私の養父母となったのは初老の夫婦だった。裏表のない温厚な人柄が近隣の人々にも親しまれていて、私は虐げられることも、両親の遺した保険金を掠め取られることもなかった。両親を喪った子供の成り行きとしては、幸運な部類だったかもしれない。

だが、養父母の私への接し方は、どこか腫れ物に触るようだった。

親戚といっても、その血縁の濃さは海にインクを一滴垂らした程度のものだった。そして彼らも私も器用ではなかった。幼くして家族を喪った私をどう扱ったものか、彼らは量りかね――そして私も、自分がどう扱われたいかを理解できなかった。

学校での自分の境遇を、私は養父母には話さなかった。もしかしたら、何らかの形で彼らの耳には入っていたかもしれない。が、家族の話題に上ることはなかった。互いに笑顔を交わしながら、食卓の上にはどこかぎこちなさが漂っていた。

だから私は、大学進学を機に二人の元を離れることに決めた。

このまま共に生活を続けても、息苦しさに押し潰されるのは明らかだった。私を見送る養父母の顔には、安堵（あんど）と悔恨がない交ぜになったような表情が浮かんでいた。

彼らには一度だけ手紙を書いた。新居の住所は記さなかった。

胸の痛みを覚えないといえば嘘になる。だが——

彼らの元へ帰るべきではない。その思いは今も、心の奥底に棲みついたままだ。

※

自分は海月（ジェリーフィッシュ）だ——そんな思いを抱くようになったのは、いつの頃からだろうか。

海流に逆らうだけの力も、確固とした骨格もなく、触れる者には痛みを与え、やがて孤独に海に溶けて消えていく。

人に触れることも、触れられることも叶わない海月（クラゲ）は、海流にただ流されていくだけだった。

※

子供の頃から、私は模型好きだった。

戦艦や戦車、あるいは怪獣など、おもちゃ売り場に並べられている数々の模型を、暇さえあればショーケース越しに眺める日々を過ごしていた。両親を喪い、養父母の元で暮らすようになってから、その傾向は強まるばかりだった。

そんな模型の中で、私が最も魅了されたのが飛行機だった。

きっかけは覚えていない。気付けば私は、翼のしなやかさやプロペラの鋭さ、胴体の滑らかさなど、飛行機に備わるいくつもの機能美に魅かれていった。

それはもしかしたら、暗い海に漂う海月が、果てない空を夢見るのに似ていたかもしれない。私が大学で航空工学を専攻したのも、この頃に芽生えた飛行機への想いが根底にあったことは否定できない。

とはいうものの、私が生まれ育ったのはU国でも指折りの、山林と畑しかないような田舎町で、玩具店の規模も品揃えもたかが知れていた。

だから、A州立大学の近郊に居を移し、州都P市でも指折りのショッピングモールに初めて足を踏み入れたときの衝撃は、今も鮮烈に脳裏に焼きついている。

テレビの向こう側でしか見たことのなかった巨大なエントランス。百花繚乱と立ち並ぶ店舗。祝祭と見まがうほどの人波。

故郷の商店街とのあまりのスケールの違いに混乱した私は、当初の目的を忘れてただ呆然とモールの中をさ迷い歩き——そして情けないことに迷子になった。

誰かに道を尋ねる勇気もなく、途方に暮れていたそんなとき、

——どうかしましたか？

涼やかな声が私の鼓膜をくすぐった。

黒髪を二つに編んで左右に垂らした眼鏡（めがね）の少女が、柔らかな笑顔を私に向けていた。

それが、彼女――レベッカとの出逢いだった。

第3章　ジェリーフィッシュ（Ⅱ）――一九八三年二月八日　〇八：〇五～――

フィリップ・ファイファー教授の亡骸を前に、強張った顔で立ち尽くす四人の姿が、ウィリアムにはまるで出来の悪い喜劇のように見えた。


「……何、これ」

リンダが呆けた声で沈黙を破った。「嘘でしょ……何の真似よ、何の冗談よこれ⁉」

二号室は、ベッドのシーツから床にかけて吐物が撒き散らされている。教授の遺体は今、汚物を避けるように部屋の隅に横たえられていた。瞼と唇はネヴィルの手で閉ざされていたが、その断末魔の苦悶の痕跡を完全に消すことはできなかった。

ウィスキーの瓶がベッドの傍に転がっていた。中身が溢れ、液溜まりを作っている。クリスが瓶をハンカチでくるんで拾い上げ、鼻先へ恐る恐る近付けた。

「まだ臭ってやがる。開けられてから何時間も経ってるわけじゃなさそうだな」

クリスは瓶を元に戻し、薄群青の瞳を遺体に向け、茶色の巻き毛を掻き毟った。いつもの悪童のような笑みが、苦渋に満ちた困惑に取って代わっている。生家が相当な資産家であることを、良くも悪くも全く鼻にかけない男だが、恩師の変死という異常事態にさらされた今は、その陽気な雰囲気が消し飛んでしまったようだった。

クリスの言葉の意味を、ウィリアムは混乱の収まらぬ頭で考えた。今は午前八時過ぎ。ウィリアムが教授の死体を発見したのは午前六時。……あのとき、教授は死んだばかりだったかもしれないということか。

「急性の発作、だろうな」

ネヴィルが口を開く。くすんだ灰色の前髪を右半分だけ後ろに撫でつけ、角縁眼鏡の奥に淡褐色の冷たい眼光を漂わせた男だ。「薬を酒で流し込もうとしたが結局間に合わなかった――状況としてはそんなところか」

ウィスキーの液溜まりに小さな瓶が浸っている。何粒もの錠剤が瓶の周辺に撒き散らされていた。

恩師の急死。教授が酒に溺れ始めて以降、こんな日が来ることをウィリアムは一欠片も想像しなかったわけではない。しかしその事態がよりによって今日、航行試験の終了直前に訪れるとも考えなかった。

なぜ。昨夜までの教授には、容態が急変する兆しなど感じられなかったのに。

「このような形で教授が亡くなられたのは非常に遺憾だが、今は死因を議論しても始まらん。取り急ぎ」

「待って下さい」

エドワードが声を上げた。

薄茶色の髪に翡翠の瞳。五人の中で最も年若いにもかかわらず、表情には躍動感が乏しい。奇妙な雰囲気を纏った青年だった。

「これは本当に、ただの発作だったんでしょうか」

　五人の間を、一瞬の沈黙が走り抜けた。

「ネヴィルの言う通り、教授が急性の発作で薬を飲む間もなく亡くなられたのなら、教授の遺体はベッドの上か、少なくともベッドの近くで発見されていたはずです」

　皆は顔を見合わせた。教授が倒れていたのはドアの傍、ベッドからは距離がある。

「ならこうだったのだろう。発作が起きて薬を飲んだ。しかし症状は治まらず、助けを呼ぼうとして事切れた。大した違いはあるまい」

「……そうでしょうか」

「何？」

「僕も医学の知識があるわけではないので、確実なことは言えませんが」

　エドワードは遺体の一箇所を指し示した。「教授が飲んでいたのは狭心症（きょうしんしょう）の発作止めです。心臓が苦しいときに、こんなところを掻き毟るものでしょうか」

　教授の喉には、蚯蚓腫れの痕が幾筋も刻まれていた。

　ウィリアムの背筋を怖気が這い上がった。ネヴィルもクリスもリンダも、エドワードの言わんとしていることを察したのか、顔が硬直している。

　教授は、薬を飲もうとして、あるいは飲んだのにもかかわらず死んだのではない。薬を飲んだせいで命を落としたのではないか？

「エド」

　静寂に耐え切れず、ウィリアムは叫ぶように唇を開いた。「誰かが教授の薬に毒を混ぜた、お前はそう言いたいのか」

　エドワードは答えない。だがその表情から否定を読み取ることはできなかった。

散乱する薬と酒瓶、吐物、喉を掻き毟り顔を歪めて死んでいた教授。そうだ、これが毒殺の光景ではなくて何なのか。それに、俺たちなら毒など簡単に手に入れられる。

「ちょ、ちょっと」

リンダの声は震えていた。「毒って……何で⁉　何でよ。どうしてこんなときに教授が殺されなくちゃなんないの。

それに、誰よ。毒殺っていうなら、誰がこんなことをしたっていうの⁉」

「オレらに訊くな。そんなこと」

突き放すようなクリスの声だった。「教授が薬を飲んでたことは少なくともオレら全員が知ってる。仮にエドの言うことが正しかったとしても、誰が毒を仕込んだのかなんて解るか。――少なくとも今は。

それと、そいつが毒入りの薬を、例えば一粒だけ混ぜたのなら、教授が今日こうなったのは偶然に過ぎないってことになる。

そもそも、毒が本当に薬の方に混ぜられたとも限らないしな」

……酒、か。

教授が酒びたりだったことは技術開発部の皆が知っている。試験機に荷物を運び込む際、エドワードがクーラーボックスを何個も担ぎ入れるのを見て、ウィリアムは内心呆れたものだ。

確か、酒瓶の何本かは、執務室の教授の机から持ってきたはずだ。それらの一本を毒入りとすり替えることは、ここにいるメンバーなら決して難しくない。瓶に細工の跡が少々残っていたところで、酔いの回った教授が気付けたとも思えない。

「ネヴィル――」

リンダがうろたえたようにネヴィルを見る。「くだらん」ネヴィルは一言で吐き捨てた。

「毒がどうの、すべては何の証拠もない臆測に過ぎん。航行試験は続行する。全員持ち場に戻れ」

「お、おい！」

ウィリアムは耳を疑った。「正気かネヴィル、教授が——教授が亡くなったんだぞ⁉　死因云云の問題じゃない、一刻も早く警察を呼ぶのが先だろう！」

「この場で警察を呼ぼうが終着地点（ゴール）まで戻ってから通報しようが、想定される時間差に大した違いはない。警察を早く呼んだところで教授が生き返るわけでもない。ならばまずはA州に戻り、航行試験を完遂させるのが合理的な判断だ」

「なっ」

ウィリアムは反論に詰まった。

今、ジェリーフィッシュが停泊しているのはチェックポイントとチェックポイントの途中。町も幹線道路も何もない、だだっ広い荒野だ。ここで警察を呼んだところで何時間待たされるか知れたものではない。

しかもここはA州の外だ。最寄りの町へ慌てて駆け込んだところで、最終的にA州のウィリアムたちの住む街の警察署へたらい回しされてしまうであろうことを考えれば、ネヴィルの言う通り、まずはA州へ戻って航行試験を終わらせる方が都合は良い。

だが、事は人の、それも恩師の死だ。そんな合理性だけで判断すべきなのか……？

「そもそも、今の俺たちがおいそれと警察へ通報できる状況にあると思うか。航行試験の件が外部に露見したら、お前も只では済まなくなるぞ」

ネヴィルの冷徹な声は、ウィリアムの逡巡をねじ伏せるのに充分だった。

「幸い、航行試験のルートとA州への帰路はそう変わらん。戻った後の対応は俺が考える。お前たちは試験を終わらせることに集中しろ。――クリス、お前はスポンサーに連絡を」

「……了解」

クリスの頷(うなず)きを確認すると、ネヴィルはウィリアムらを再度睨(ね)めつけた。

「ぼやぼやするな。予定より四十分遅れている。各自持ち場へ戻れ」

「参りましたね」

エドワードが首を振った。潑剌さを欠いた声が、今は困惑と疑念に揺れていた。「こんなことになるなんて。……それに、ネヴィルもどうして」

「早く操舵室へ行け」

ウィリアムは聞こえないふりをした。「……了解」エドワードが無機質な返答とともに船首へ向かう。恩師の死を哀しみもしないのか、と無言で責め立てられているようで、ウィリアムはエドワードの背中を直視できなかった。

三号室に戻り、ベッドに仰向けに倒れ込む。

教授が死んだ……毒殺された。

いや、まだそうと決まったわけではない。本当に病死でなかったのかどうか、医師によって判断されたわけではない。だがウィリアムは、教授の死が神の手によるものと安易に信じ込むことはできなかった。

教授には命を狙われてもおかしくない充分な理由がある。そしてそれは、自分たち技術開発部のメンバーも変わらない。

エドワードが教授の死に疑問を呈したとき、なぜ教授が殺されねばならないのか、と反論した者はいなかった。ネヴィルも、「どうしてこんなときに」と叫んだリンダですらも、教授が殺害される理由を問い詰めることはしなかった。

恐怖していたからだ——恐らくはあの場にいた全員が。

自分たちは命を狙われているかもしれない、その可能性を認めてしまうのを。

今回の試験は技術開発部の命運を賭けたプロジェクトだ。試験機の情報が万一外部に漏れるようなことがあれば、自分たちどころかU国の危機にさえ発展しうる。もし、敵国の工作員が自分たちの前に現れたら——そんな妄想を抱いたことさえウィリアムは一度や二度ではない。

だが、本当に？『敵国の工作員』などという、スパイ小説や映画でしかお目にかかれない存在が、自分たちを？

まるで三流フィクションだ。だがそれを言うなら、真空気嚢という革命的な技術を世に送り出し、航空機の歴史を変えたとまで評された自分たちの方が、よほど空想科学小説的な存在ではないのか。……

自嘲した。恩師が殺されたのに、俺は涙も浮かべず己の安全のことばかり考えている。

……エドワード、恐らくはお前が思っている通りだよ。

俺は教授の死なんかこれっぽっちも哀しんじゃいない。俺はただ、自分がこれからどうなってしまうのか、それが恐ろしいだけなんだ。

だが、このままA州に帰り着いたところで、警察に守ってもらうという選択肢は恐らくない。そんな甘い希望はネヴィルの一言で崩れ去った。

——外部に露見したら、お前も只では済まなくなるぞ。

警察に駆け込むことは、今回の試験に関わる一切をさらけ出すことでもある。そして同時に、UFAの他部署にすら内密にしてきた、ウィリアムたちと彼らのスポンサーとの関係を公にさらすことであり――下手をすれば、それ以上の因果を警察に探られてしまう危険性をも孕んでいる。

仮に、警察の捜査が自分たちの過去へ及ぶことがあれば。

彼女の一件が暴露されることがあれば、間違いなく俺たちは身の破滅だ。

……あるいは、まさか。

それこそが目的なのか？　教授を殺したのは敵国の工作員などではなく、彼女の？

だとしたら、犯人は――

ウィリアムは身体をベッドから引き剝がした。頰を叩き、首を振る。……駄目だ、要らぬことばかり考えてしまう。

三号室を出て、通路の窓に目を移す。気付けば外は見知らぬ風景だった。

眼下には、緑の木々が緩やかな起伏を繰り返しながら地表を覆っている。滑らかに蛇行する鈍色の川面、地平線には白い山頂の列。先程までの乾いた大地とはうって変わった、潤いに満ちた光景だ。標高が変わると眺めもここまで変わるものらしい。

山頂が徐々に近付いてくる。ウィリアムはしばし窓外の風景を見つめ――

ぞくり、と背中を震わせた。

……待て。

なぜ山が近付いてくる？

と、突然、天井から警報が鳴り響いた。ウィリアムは慌てて三号室に飛び込み、無線機を摑んだ。

「エドワード、どうした！」

『解りません』

感情豊かとは言えない青年の声が、このときはかすかに震えていた。『解りません……が、異常事態です。予定の航路から明らかに外れています。進行方向、西南西一〇度。H山系までおよそ三分――』

血の気が引いた。

まさか――自動航行システムが⁉

『手動航行に切り替えろ！』

ウィリアムより早く、ネヴィルの声が無線機に割って入った。彼らしからぬ緊迫感に満ちた声だった。

『駄目です、受け付けません』

混乱を懸命に押さえ込もうとしてか、エドワードの声は掠れていた。『航行モード切替スイッチ、動作せず――』

『こっちもだぜ』

操舵室に駆け込んだのか、クリスがエドワードに被せるように声を荒らげた。『緊急停止スイッチ、反応なし！』

『ちょ……ちょっと何⁉　どういうことなの⁉』

リンダの金切り声が遠くから響く。

ウィリアムは愕然と立ち尽くした。

試験機が制御不能――モード切替も自動航行システムの緊急停止も、利かない⁉

馬鹿な、なぜそんなことが。ありえない、ありうるはずがない。

ウィリアムの混乱を嘲笑うように、窓の外の光景は急速に表情を変えていく。木々の緑は消え失せ、代わりに雪の山肌が、窓を白く塗り潰し始めていた。

駄目だ、今は原因など考えている場合ではない。このままでは――

無線機の向こう側では、クリスたちが航路を元に戻そうと絶望的な努力を続けている。エドワードが声を強張らせながら状況報告を繰り返す。制御装置を破壊しろと叫ぶネヴィルを、クリスが罵声混じりに押し止めている。

俺たちはどうなってしまうのか。いや、そもそも。

――もし、この機械が勝手に動き出したら。

いいいいいいいいいいいいいいい、俺たちは一体、どこへ連れ去られようとしているのか？


ジェリーフィッシュの機体が傾いた。

白い岩肌が窓の向こうから急速に迫る。


ウィリアムは絶叫した。

第4章　地　上（Ⅱ）――一九八三年二月十二日　〇七：〇〇～――

枕元の電話機が呪わしい音を立てている。マリアは呻き声を上げながら、ベッドの上を這いずって受話器を摑んだ。

「……もしもし……」

『マリア、仕事です。さっさと起きて下さい。聞き込みに行きますよ』

おはようございます（Good morning）の一言もない。相変わらずの無愛想ぶりだ。

壁の時計に視線を移す。朝の七時。普段なら、よほどのことがない限りまだ寝入っている時間だった。

「ちょっと……昨日より三〇分も早いじゃない。もう少し寝かせなさいよ……」

『六名もの死者を出した大事件がありながら、部下に雑用を押しつけて惰眠を貪り倒した上司の言葉とも思えませんね。若さへの嫉妬を私にぶつけられても困るのですが』

「あんたを妬むほど歳喰ってなんかないわよっ」

この憎たらしい部下は事あるごとにマリアの年齢を口に出す。「ああもう、解ったわ。それで聞き込みってどこ」

『クルマを回します。朝食は確保していますので、冷めないうちに玄関まで出て下さい』

詳しい説明は移動しながら、というのが、効率を重んじる漣のいつものやり方だった。「……

了解」マリアは受話器を叩きつけ、下着姿のままベッドから這い出た。

着替えを済ませ、玄関を出ると、道路脇のいつもの位置に見慣れた自動車が停車していた。助手席に乗り込んだマリアの膝元へ、九条漣はホットサンド入りの紙袋を載せ、無駄のない動きで自動車を発進させた。

サンドイッチを平らげ、足元の屑入れにゴミを放り込む。そう言えば漣と組んでからの数ヶ月、自宅で朝食を作った記憶がない。すっかり餌付けされていることに気付いて、マリアは思わず顔を歪めた。

「どうしました、マリア」

漣が平坦な声を発する。この可愛げのない異邦人がF署に赴任して半年。上司として幾度となく行動を共にしてきたが、マリアは漣の過去と私生活を未だによく知らない。J国人特有の薄く色づいた肌、黒い瞳、ごく自然に整えられた黒髪。皺ひとつないスーツにシャツ。眼鏡に飾られた理知的な顔立ちは、刑事というより一流私大出の弁護士に近い。年齢は二十代後半と聞いているが、肌の張りは高校生といっても通じそうなほど若々しく見えた。……別に羨ましくはない。微塵たりとも。

「何でもないわよ。で、行先は？　何か進展あったの」

「犠牲者のひとりの身元が判明しました。フィリップ・ファイファー。UFA社気嚢式飛行艇部門技術開発部のトップです」

一瞬、車内を沈黙が覆った。

「……って、昨日あんたが話してた、真空気嚢を開発したっていう⁉」

「UFA社によれば、数日前から技術開発部のメンバーと連絡が取れなくなっていたそうです。

ました」

遺体を確認したところ、一名の歯の治療痕が教授――正確には『元』ですが――のものと一致しました」

マリアは天井を仰いだ。ジェリーフィッシュの生みの親が、ジェリーフィッシュごと山に墜ちて死亡。マスコミどもの格好の餌だ。

「……待って。『技術開発部のメンバー』って言った？　教授だけじゃなくて」

「彼ら――ファイファー教授の元教え子たちとも、現時点で連絡が途絶えたままとのことです」

「ってことは、残りの五人の遺体は」

「彼らとみて間違いないでしょう。今、ボブに検死を急いでもらっています。電話で聞いたところでは、何名かは身体的特徴が一致しているとか」

「参ったわね」

まさかジェリーフィッシュの開発者様ご一行とは。事態が予想外の、極め付けに面倒な方向に転がり始めたのをマリアは感じた。

「ところでマリア。よもや『また面倒な仕事が増えた』とは考えていないでしょうね」

……読心術者かこの部下は。

「お、思ってないわよ。あたしはいつだって仕事熱心よ」

「そうですか」

全く冷ややかな口調だった。張り倒してやろうか本当に。

※

「信じられません」

　ＵＦＡ社第三製造部部長、ケネス・ノーヴァックは、沈痛な面持ちで首を振った。「このような形で教授を喪うことになろうとは……弊社にとって大きな損失です。他のメンバーも、恐らく――」

　――ＵＦＡ社Ｕ国本部Ａ州工場。Ｐ市郊外に位置する広大な工場が、ファイファー教授らの所属する気嚢式飛行艇部門の本拠地だった。工場の一角にある事務棟の応接室で、マリアたちは教授らの上役に当たる人物から聞き込みを始めていた。

　改めて目の前の男を見やる。豊かな口髭（くちひげ）に恰幅（かっぷく）の良い体軀。平時なら大企業の幹部らしい威圧感を漂わせていたであろうが、今は打ちのめされたように力なくソファに腰を沈めていた。

「お悔やみ申し上げます」

　漣が物静かな口調で弔意を表した。こういう場面では実に重宝する部下だ。「それで、早速で恐縮ですが、墜落までの経緯についてご存じのことを教えていただけますか。社員旅行などがあったのでしょうか」

「そのような話は聞いておりません。私が把握しているのは、技術開発部が新規の開発案件を抱えていたことと、今回の飛行がその最終試験だったということだけです」

「最終試験？」

「新型ジェリーフィッシュの航行試験です。

　気嚢式浮遊艇に限らず言えることではありますが、技術製品というのは一度造ったものがいつまでも売れ続けてくれるわけではありません。大小さまざまに改良を重ねつつ、常に進化し続けなければならないものです。

初代ジェリーフィッシュの販売開始からすでに七年が過ぎています。さらなる市場拡大のため、来る次世代機がその起爆剤になる――はずでした」

「教授らがジェリーフィッシュに乗っていたのは、その次世代機の航行テストのためだった、ということですね」

ノーヴァックは頷くと、頭を抱え込んだ。

「それが、まさかこのような……何ということだ」

実際に何が起こったかはさておいて、形だけ見ればＵＦＡ社はその次世代機のテストに失敗し、開発陣を丸ごと喪ったことになる。社内的にも対外的にも、ＵＦＡのジェリーフィッシュ事業は大打撃を免(まぬが)れまい。

だが、そうなると問題は。

「その航行試験について詳しく教えて。細かいルートとか、次世代機の特徴も」

ノーヴァックの証言が正しければ、あの事故機はまだ世に出ていない新型のジェリーフィッシュだったことになる。それが航行試験の途中で雪山に不時着し、搭乗員らが殺し合い――残された機体の残骸を、軍が慌てて回収していった。死体を放り出してまで。

U国では普通、航空機事故の調査は運輸安全委員会が担う。だが漣によれば、今回の事故では軍が強烈な横槍を入れ、委員会と揉めに揉めているらしい。マリアたちが今、彼らに先んじて事情聴取を行っているのは、だからどさくさ紛れ、というより余計な仕事を背負い込まされたとも言えるわけだが……。

この事件、やはり一筋縄ではいきそうにない。

「私もだいぶ現場を離れておりまして、技術面を含む詳細は恥ずかしながら把握しておりません。

事業部に提出されている航行試験計画書をお渡ししますので、詳しくはそちらをお読み下さい。最低限必要な事柄はそちらに記載されているはずですので」

「お願い」

そっちは漣に任せよう。学生の頃から『試験』と名の付くものはどうにも苦手だ。

「貴方がたが通報に至るまでの経緯は、どのようなものだったのでしょうか」

「試験計画書にも書かれていますが、彼らの航行試験は二月六日から九日までの四日間の予定でした。ところがその九日を過ぎ、十日になっても一向に戻ってくる様子がありません。何かトラブルが生じたのかもしれないとは考えましたが、事は企業秘密です。迂闊に――あなたがたの前で言うのも何ですが――警察沙汰にして、次世代機の件が世間に知れ渡ってしまうのもためらわれました。どこかで足止めを喰らっているだけかもしれないということで、とにかくもう一日だけ待ってみることにしたのですが」

「その翌日、十一日にジェリーフィッシュ墜落の報が飛び込んだ、と」

ノーヴァックは頷いた。

今回の事故はテレビや新聞ですでに報じられている。もっとも、昨日の段階では乗員の身元や安否は『捜索中』として公表されていない。教授らの情報は早晩発表せざるをえないにしても、その死因は漣の言う通り、迂闊に公表するわけにはいかなかった。

「次世代機について一番よく知っている人間を教えて。書類に書いてないことも含めて、色々詳しいことを聞きたいんだけど」

「と、言われましても」

ノーヴァックの表情を困惑が支配した。「その『最もよく知る人間』がまさに教授ら技術開発部のメンバーだったのです。製造部の人間もある程度のことは知っているでしょうが、具体的な研究開発の中身になりますと――」

「ちょ、ちょっと待って」

マリアは慌てて遮った。「どういうことよ。同じ会社でしょ、研究の中身を知らないなんてことはないでしょうに」

「『研究開発』と『製造』は全く別物です。弊社に限らず他の航空機メーカーも、あるいは自動車や電化製品などの他業種でも、研究と製造が組織的に分離しているのはごく一般的なことです。そして組織が違えば、各々の内側で行われていることは、外側からはなかなか見えるものではありません――仮に同じ会社であってもです。

特に当部門の技術開発部は、成り立ちからして全くの別会社です。同じ『気嚢式飛行艇部門』でも、実態としては、別のベンチャー企業がＵＦＡの工場に入っているようなものだったのですよ。……そもそも仕事場からして、彼らと我々とは離れていましたのでね」

「吸収合併だけしといて、後は放ったらかしだったたってこと？」

ＵＦＡがファイファー教授らのベンチャー企業を手に入れ、気嚢式飛行艇部門技術開発部を設立した――といったことを、漣が昨日話していた。教授らがそのままＵＦＡにすんなり溶け込んだのかと思ったが、実際はそう単純でもなかったらしい。

「社会全体の経営方針に関しては、我々現場の人間が関与できることではありませんので」

ノーヴァックの声にはかすかな苛立ちがこもっていた。「今でこそジェリーフィッシュは世界中に広く認知されていますが、当時は我々航空業界の中でさえ、彼らを疑念の込もった目で見る者が大半だったのですよ。

吸収合併の前、彼らが我々にデモ機の試作を依頼してきた際も、『費用は請求するが性能は保証しない』というのが我々の提示した条件だった――と、後に契約担当者から聞いています。……まあ、実際に飛ぶのを初めて見たときは、私もさすがに度肝を抜かれましたがね」

――『デモ機が完成するまでほとんど誰も信じようとしなかった』、か。

そのデモ機の製造を実際に請け負ったのがＵＦＡだったのだ。考えてみれば、いくら航空工学科発とはいえ、立ち上がったばかりの学内ベンチャーが巨大飛行艇の製造設備など持っているはずがない。教授らとＵＦＡとの蜜月はここから始まったわけだ。

……もっとも、これまでの話を聞くに、その実態はどこまでもビジネスライクなものでしかなかったようだが――

「貴方のような、職階的に上位にいらっしゃる方でさえも、彼らの研究の詳細を把握できなかったということですか」

「定期的に報告書は上がっていましたが」

ノーヴァックは口を濁した。「技術資料というものは、長年その道を歩んだ者でない限り、読んだだけで内容を事細かに理解できるものではありませんので……。特に私のような飛行機屋からしますと、彼らの研究は正直、得体が知れないと申しますか、機械職人が化学合成の実験レポートを読むようなものでした」

機械も化学もよく解らないマリアには今ひとつピンと来ない喩えだったが、ノーヴァックの『彼ら』という言葉のよそよそしさが、ファイファー教授らに対するＵＦＡ社社員の感情を代弁しているように思われた。

「それに、上層部に上がる書類は所詮、都合のいい部分だけを抜き出した概略に過ぎませんのでね。……事故の原因を探るには、成功事例より失敗事例の方がよほど重要なのですが、そういった負の情報は、体裁の整った定期報告書には決して書かれないものです」

「解ったわ」

面倒な書類を手抜きでごまかしているマリアにはまことに説得力のある、かつ耳の痛い話だった。「後でいいからその『体裁の整った報告書』もよこして。

それと、今生きてる人間でいいから、ジェリーフィッシュについて一番詳しい人間を教えてくれる？」

※

「今ご覧になっているのが、育成直前の真空気嚢になります」

真空気嚢製造課主任・カーティス・プリッドモアが建屋の内部を指した。浅黒い肌に小太りの身体。丸く小さな両眼がどことなく愛嬌を感じさせる。

昨日見た空軍のジェリーフィッシュと同じ、高さ二〇メートル、幅四〇メートルほどの白い気嚢が、吹き抜けのだだっ広い建屋を丸々埋めるように鎮座している。

マリアたちが立っているのは、『孵化棟』と呼ばれるこの巨大な平屋の中、壁に張り付くように設けられた見学者用の回廊だった。

地表からの高さは一〇メートル。手すりは低い。崖の端を歩いているような感覚だ。作業員と思しき数名の小さな人影が、床を動いている。高度自体は、昨日ジェリーフィッシュやヘリコプターで飛んだときの方が高かったのだが、地面からの距離を現実感をもって感じられる今の方が、よほど足のすくむ思いがした。

「今はまだ、あれ――我々は『素体』と呼んでいますが――はただの大きな樹脂製の風船に過ぎません。この状態から内部に特殊なガスを入れ、反応させることで素体の硬化が進み、大気圧に耐えられる強度を持った真空気嚢が出来上がるわけです」

「へぇ」

真空気嚢を造るためにガスを入れる、か。「内側からメッキするみたいな感じ？」

「というより『結晶を育てる』と言った方が正しいですね。塩酸に水酸化ナトリウムを加えると塩の粒ができますが、感覚的にはそれに近いです」

「特殊なガスと仰いましたが、具体的にはどのようなものですか」

「微量のシアン化水素、それと反応促進用の無機系触媒を窒素で希釈したものです。これらと、気嚢の素材であるアクリロニトリル系有機高分子とが接触することでシアノ基同士の重合が起こり、窒化炭素結晶のネットワークが素体の形状に沿って形成されるのですね。

これら無機系触媒、有機高分子および反応生成物の結晶構造、反応機構、そして気嚢の作製方法こそがファイファー教授の研究成果であり、ジェリーフィッシュ関連特許の根幹となっているわけです。より詳しい内容は教授の論文をお渡ししますのでそちらをご覧下さい」

いきなり小難しい話になってきた。

「レン、シアン化水素って何」

「HCN。青酸ガスですよ」

漣は呆れたような声を返した。「刑事課に所属しながらその程度の基礎知識もないのですか。よく警部になれましたね。昇進試験の解答用紙をすり替えでもしましたか」

「……してないわよ！」

いちいちうるさい部下だ。耳から聴いた単語がほんの少し変換されなかったくらいで。「……って、青酸ガス？」

「ジェリーフィッシュの工業化において最もネックになったところですね。法的に」

カーティスは苦笑を返した。「結局、濃度をぎりぎりまで下げることと、除害設備を整えることで安全および法律上の課題はクリアできました。万一漏洩しても重大な被害が及ぶことはありません。……が、おかげで気嚢の育成期間がだいぶ延びてしまいまして。

教授たちのベンチャーの吸収合併から製品上市まで三年を要しましたが、ほとんどは製造ラインの立ち上げ——特に、この気嚢育成工程の検討に費やされたと言っても過言ではありません。他のパーツの製造工程や機体のデザインは、デモ機の時点でほぼ完成していましたので、我々育成工程担当チームのプレッシャーは余計大きなものでした。

今でも、この育成工程は生産性向上の課題になっている部分です」

「延びたといいますと、具体的には今、真空気嚢の育成にどの程度かかるのですか？」

「約二週間ですね。……もっともこれは、あくまで素体にガスを入れてから硬化が終了するまでの期間に過ぎません。実際にはこれに、ゴンドラや橋脚などをくっつけて全体を組み立てる工程、気嚢の真空引きを行う工程、出来上がった機体の検査工程などが加わりますので——受注から販売までは最短でおよそ二ヶ月といったところです」

二ヶ月という時間が旅客機の製造期間として長いのか短いのかはよく解らなかったが、真空気嚢がそう簡単に造れるものでないことは理解できた。

「最短っていうと、やっぱり予約の順番待ちとかあるわけ？」

「おかげさまで。今回の事故がどう影響するか不安なところではありますが……。

　ジェリーフィッシュについて特に言えることですが、量産における最大のボトルネックは床面積です。極端な話、仮に製造に一年かかるとしても、場所と金と人が無限にあれば、同時並行で無限の数の機体を一気に造ってしまえます。しかし現実には、金や人手は増やせても場所がどうにもなりません。かつての飛行船より格段に小さくなったとはいっても、工場の敷地面積は有限ですし、U国全土の空き地を買えるわけでもありませんしね。

　工場にあった展示機や試験機も、建屋の増設で置き場所が無くなって、すべて国内の各販売代理店へ移されてしまったくらいです」

「ということは、教授たちの次世代機も？」

「航行試験が終わったらどこかへ払い下げられる予定になっていた、と聞いています。

……結局、ああいった事態になってしまいましたがね」

　しばしの沈黙が下りた。

「随分詳しいのね。あなたのとこの部長は『我々にはよく解らない』とか言ってたけど」

「詳しくなどありませんよ」

　カーティスは再び苦笑いを浮かべた。「先程お話しした真空気嚢の育成工程も、大半はファイファー教授の論文に書かれていることばかりです。我々はそれを実際の製造現場に当て嵌めているに過ぎません。先程のガス濃度のように製造上アレンジを加えなければならない部分もありますが、それらは彼ら『研究開発』の人間には本来関わりのないものです。

　そして我々『製造』の人間は、あくまで彼らの持ってきた研究成果に沿ってモノを造るのが仕事であって、その研究成果がどのように生み出されたのかとか、その成果が何を目的としたものなのかといったことまでは、よく理解していないのが実情なのですよ」

「ということは、教授たちの乗っていた次世代機についても？」

「製造を行ったのは確かに我々製造課ですが、それが具体的にどんな機能を持っていたのかまでは解りません」

「もう少し詳しく教えて。彼らからどういう依頼を受けてどういうものを造ったのか、とか」

「私の担当は気嚢の育成ですので、その部分に関することしか知らないのですが――

ここ数年の彼らは、新しい素材の真空気嚢の開発に注力していたようです」

「新しい素材？」

「件（くだん）の次世代機の前にも、我々は何度か彼らの依頼で、試験機――正確には、試験機に取り付けるための真空気嚢を育成したことがあるのですが、その際に使用した素体は我々がいつも使用しているものではなく、彼ら自身が持ち込んだものでした」

「ちょっと待って。『持ち込んだ』ってどういう意味？」

ああすみません、とカーティスは建屋の奥に視線を戻した。

「ご覧いただいている素体ですが、実は素体そのものの製造はＵＦＡ社では行っていません。秘密保持契約（NDA）を結んだ化学メーカーに委託生産させています。

お客様にお売りするジェリーフィッシュの場合には、その化学メーカー製の素体を真空気嚢に用いているのですが……技術開発部からの依頼の場合は違いました」

「彼ら自身が、素体を別に用意していた、と？」

はい、とカーティスは頷いた。

「依頼と合わせて、彼らがいつも直接ここへ搬入していました。

……どこから調達したものだったのかは解りません。恐らく他の化学メーカーに造らせたのだと思いますが……納品書やラベルの類もなかったので、緊急時にどこへ問い合わせればいいか見当もつかなかったのは困りものでした」

真空気囊に使う素体の出所を、同じ会社の人間にすら伏せていた――ますますキナ臭さが漂ってくる。

「緊急時に困る、って、何かまずいことでもあったの」

「まずいなんてものじゃありませんでしたよ」

カーティスは吐き捨てた。「彼らの用意した素体のほとんどは、すべてろくでもない代物でした。硬化の途中で穴が空いてガスが漏れるなど茶飯事（さはんじ）でしたからね。いくら極低濃度とはいえ、毒ガスが漏れ出てそのままというわけにはいきませんし、第一、気囊の育成は昼夜休みなしです。警報が鳴ったら夜中だろうが休日だろうが即呼び出しですよ。それで技術開発部に抗議すれば『トラブル対応は製造課の仕事だ』ですからね。

研究開発に失敗がつきものなのは仕方ないとはいえ、正直やってられませんでしたよ」

「わかるわ」

緊急招集で理不尽に振り回されるのは刑事も同じだ。殺しても起きないだろう貴女がそれを言いますか、と言いたげな漣の冷たい視線をマリアは丁重に無視した。

それにしても。

今しがたのカーティスの口ぶりからするに、ジェリーフィッシュの技術開発部と製造部との間には、少なくとも現場レベルでは相当な軋轢（あつれき）があったようだ。研究開発と製造は全く別物、というノーヴァックの言葉を、マリアは遅まきながら理解しつつあった。

「彼らが持ち込んだ素体について、他に何かお気付きになったことはありませんか」

「色合いが変わっていたのは確かです。黒っぽかったり黄色がかっていたり……その時々でまちまちでしたが。

　ああでも、最後の奴だけは通常品と同じような色でしたね。これだけは珍しく――というか唯一――大きなトラブルもなく真空気嚢の完成にこぎつけたんです。

　もっとも、彼らの依頼書には相変わらず面倒な要求も付いていて――導入するガスの温度を二〇度上げるなど、簡単にできるものではないのですが――その辺りの運転条件の調整には苦労しました」

「『最後の奴』？」

「二ヶ月前、技術開発部が最後に依頼した分の気嚢です」

　カーティスの目が伏せられた。「そいつが例の試験機に取り付けられたんですが……ああいうことになってしまったってことは、やはりどこか不具合があったのでしょうかね」

※

「不具合、ですかー？」

　第三製造部品質管理課、ジュリア・ハワードはファイルをめくり、小首を傾げた。そばかすと栗色の縮れ髪が特徴的な社員だ。「……検査は特に問題なかったようですけど」

「どうせ客に売るわけじゃないんだから手ぇ抜いてしまえ、なんてことはなかったの？」

「ないですねー」

どこかのほほんとした口調で、しかし明確にジュリアは否定した。「社外向けでも社内向けでも、『この組立工場から外に出ていく機体』に変わりはないですから。おんなじチェックをおんなじようにやるのが、品質検査の基本ですよー」

――ジェリーフィッシュの組立工場だった。

縦横一〇〇メートル四方。孵化棟よりさらに広大な建屋の中で、今は二隻のジェリーフィッシュの組み立てが行われている。平たい球状の真空気嚢が天井から吊り下げられ、ゴンドラがその真下から、ジャッキのような機械とともにせり上がる。響き渡る作業員たちの掛け声。建屋の壁際には、橋脚とプロペラ、そして弓形のフレームが、それぞれバラバラの状態で横たわっている。

それらの光景を、マリアたちは、組立工場の隅に設けられた執務室の窓から眺めていた。建屋自体があまりに大きいせいか、孵化棟のときとは逆に、組み立て中のジェリーフィッシュが模型のように小さく見えた。

「検査といいますと、具体的な項目は何でしょう」

「えーと」

『検査表』と書かれた紙の上を、ジュリアの指が滑る。「真空引き時の到達圧力と時間、リーク速度。プロペラの回転数、異音の有無。各ボルトのトルクと外観チェック……まだまだいっぱいありますけど、読み上げますー？」

「遠慮するわ」

ちらりと脇から覗いてみたが、細かな項目と手書きの数値がページを埋め尽くしていて、読むだけで頭が痛くなりそうだった。

ファイファー教授らを乗せた試験機が、なぜH山系のあの場所で墜落を余儀なくされたのか。

真空気嚢の製造に大きな問題がなかったのなら、ジェリーフィッシュ全体の組立工程で何かしらの不具合が生じていた可能性もある。

と、最初は考えていたのだが——社内用の試験機といえど、組み立て後のチェックが蔑ろにされていたわけではないらしい。

「先程、孵化棟の担当者の方から伺ったのですが、ファイファー教授らの試験機には新しい素材の真空気嚢が使われていたそうです。こちらでの組み立ての際、何か普段と違った点はありませんでしたか。どんな些細なことでも構いませんので」

「え、そうだったんですかー？」

ジュリアが驚きの声を上げ、次いですまなそうに眉をひそめた。「ごめんなさい。わたし、書類のチェックとか伝票の処理とか、執務室の中でのお仕事ばっかりですから、作業中にどんなことがあったかまでは、ちょっと……」

それもそうか。まあ、その辺は後で現場の人間に訊いてみよう——主に漣が。

「でも、そっか。やっぱりそうだったんですねー」

一瞬、会話が途切れた。

「……『やっぱり』？」

はい、ジュリアが頷いた。

「ゴンドラも橋脚も、外回りの部分がちょっと変わってたんですよ、あの試験機。だから、真空気嚢ももしかしたらなーって思ってたんですけど」

——え？

「待って。どういう意味？　外回りが変わってたって」

「他の飛行機でもおんなじだと思うんですけど、ジェリーフィッシュって、全部の部品をうち(UFA)で造ってるわけじゃないんです。ゴンドラとかプロペラとかの大きな部品は下請けさんにお願いしてて――」

先程の真空気嚢と似たような話になってきた。

「件の試験機の場合は、技術開発部がそれらの部品を調達していた、ということですか」

「ちょっと違います。

下請けさんから納入された部品を、技術開発部の人に一度引き取ってもらったんですよー。それで、後でまた戻してもらって、それらの部品を組み立てに使ったんです」

試験機の部品が、技術開発部に一度預けられた――？

「外回りが『変わっていた』と仰いましたね。

技術開発部に回されたそれらの部品に、何か加工が施(ほどこ)されたということですか」

ジュリアはこくりと頷いた。

「ゴムみたいな変な素材が外側に貼られてました。暗い灰色っぽい……何だったんでしょう、アレ？」

※

正午近くになってようやく製造部での聞き込みを終え、総務課から航行試験計画書と定期報告書、それと真空気嚢に関する教授の論文を受け取った後、マリアと漣は、孵化棟から歩いて十分ほど西、周囲からぽつんと離れた小さな建屋へ向かった。

――『気嚢式飛行艇部門技術開発部』。

入口に掲げられたプレートの真新しさが、帰る者のいない寒々しさを際立たせていた。

「マリア、よろしいのですか。事故調査委員会も立ち上がらないうちに勝手に動くのは――」

「何よ。人が熱心に働いてるのに文句あるわけ？」

「働いていたのですか？　私はてっきり、貴女が軍への嫌がらせのためだけに活動しているのかと思っていましたが」

さも驚いたように漣。……いちいち小憎らしい部下だ、半分図星なだけに。

総務課から半ば無理やり借りた鍵を使い、玄関から中に入る。エントランスホールを突っ切り、正面の扉を開けると、そこは中規模の会議室ほどの広さの部屋だった。

中央に長机がひとつ。ビーカーや見たことのないガラス器具、妙な四角い機械類、ゴム手袋と紙タオルの入った小箱などが雑然と並べられている。

部屋の扉の脇には薬品棚。左右の壁際には、囲いで覆われた流しのような設備――上下にスライドするらしい透明な戸が正面についている――がひとつずつ据え付けられていた。

「実験室、かしら」

薬品の臭気がつんと鼻を突く。高校時代、化学のレポートの締切を破って居残り実験をさせられた悪夢が蘇（よみがえ）った。「レン、何か解ることある？」

「有機合成の実験室のようですね」

透明な戸越しに流しを覗きながら漣。「還留器とロータリーエバポレータが局所排気装置（ドラフト）の中に設置されています。恐らくは素体――正確には素体を構成する有機高分子――の合成実験を行っていたのでしょう」

「『技術開発部がどこからか持ち込んだ素体』は、ここで造られてたってこと？」

囲い付きの流し――ドラフトと呼ぶらしい――の隅に、何かの欠片の入った日付入りの小さなケースが積まれている。素体のサンプルだろうか。

「あれほどの大きさの素体を造るには設備の規模が小さすぎます。合成法が確定した時点で、実際の素体の製造はどこかの下請けに出していたはずです」

素体造りの下請け先の調査、サンプルの回収および分析。優先度大。仕事が多くて嬉し涙が出るわまったく。

薬品棚を順番に眺めていると、ひとつの薬瓶がマリアの目に留まった。

「……『シアン化ナトリウム』？」

「シアン化カリウム――青酸カリの親戚ですね。毒性もあまり変わらなかったはずです。シアン化水素もこれも、名前の通りシアノ基を持っている点は同じです。保存が厄介なガスの代わりに、固体のこれで素体が硬化するかどうかを検証していたものと思われます」

毒ガスに毒薬か。ジェリーフィッシュの開発も命がけだ。よく見れば、薬品棚の扉には防犯のためだろう、大きな錠前が付けられていた。

「他には？」

「これ以上は何とも。他の部屋に資料が残っていれば、彼らの研究内容の詳細を探れるかもしれません」

「了解」

マリアは頷き、実験室の扉に手を掛け――後ろを振り返った。

長机、実験器具、薬品棚、据え付けの流し。

何の変哲もない実験室だ。少なくともマリアの目には特段怪しいところがあるようには見えない。

はずなのだが……。

「どうしました、マリア」

「ああ、ううん、何でもないわ」

マリアは首を振り、漣とともに実験室を出た。

二階の執務室に、当然ながら人影はひとつもなかった。

衝立（ついたて）で囲われた個人ブースが七、八区画。いくつかは空き机になっているようだ。

壁際のホワイトボードには、数式や化学式が殴り書きされている。丸めた紙屑がゴミ箱に詰め込まれ、奥の共用キッチンのコンロにはケトルが鎮座している。

手前のブースを覗くと、小難しいタイトルの専門書と擦り切れたノートがそれぞれ数冊、机の奥側に並んでいる。机の両端には紙束が堆（うずたか）く積まれ、手前には薄汚れたカップと数本のペンが置かれていた。

就業後の一瞬をそのまま凍りつかせたような、ごくありふれた仕事場の風景。ここがジェリーフィッシュの開発の最先端だとは――そして、職員全員が無残な死を遂げ、誰も二度とここに還ってこないのだとは――にわかに信じられないほど平凡な光景だった。

執務室の左手奥にドアがあった。『部長室』と記されたその扉を開くと、今しがたの部屋とはかけ離れた、およそ平凡とは言いがたい光景が目に飛び込んだ。

「……何よ、これ」

酒の空缶や空瓶が、床のそこかしこに転がっていた。

壁際のゴミ箱も、やはり缶や瓶で溢れ返っている。饐えたアルコールの強烈な臭い。見れば、部屋の奥の机にも同様の缶や瓶が山と積まれていた。

研究所の一室とは――いや、そもそも仕事場とは思えない有様だった。

「これは――」

漣も、二の句が継げないといったように眉をひそめていた。「まさか、マリアと同じ人種がこんなところにいたとは思いませんでした」

「あたしはここまで仕事中に呑みゃしないわよ」

一度も呑んだことがないとは言えないけど。

……それにしても。

『部長室』と記された扉の札を見直す。技術開発部の中で、部長の肩書きを持つ人間はひとりだけだ。

……ファイファー教授が？　なぜ。これらの空容器がいつから溜め込まれたのかは知らないが、部屋の主の摂酒量は見るからにアルコール依存症患者のものだ。ジェリーフィッシュの生みの親が、どうしてここまで酒びたりになってしまったのか。

「解りません。単純に考えれば、著名になったが故のストレスということになるのでしょうが」

ファイファー教授の容態について、通院歴を含めて社内外へ聞き込み。仕事がネズミ算式に増えていく。

「こちらは後回しにして、取り急ぎ執務室を調べましょう。この部屋に次世代機の情報があるとも思えません」

「同感だわ」

執務室の奥側半分のブースを漣に任せ、マリアは手前側のブースに取り掛かった。書類の束にひとつずつ目を通し、これはと思われるものを選り分け——

「レン！　いつまでこんなことしなきゃいけないの!?　もう嫌！」

ものの五分で音を上げた。

「何を甘えたことを言っているのですか貴女は」

またですか、と漣。「『地道な作業は捜査の基本』などと私に偉そうに語ったのはどこのどなたですか」

「だってさっぱり解らないわよ、どれが重要かそうでないかなんて」

専門用語や記号だらけの文書の山から必要なものだけを選び出すなど、火星語の書類の束から金星語の書類を選び出すのに等しかった。

「読めそうなものだけピックアップして下さい。それ以外は今は無視して構いません」

「了解」

紙束をぱらぱらとめくり、無理そうだと思ったらすぐ次の紙束に移る。漣のアドバイスのおかげか、少なくとも作業速度だけは格段に上昇した。

紙束を早々に片付け、次に引き出しに手をかけたとき、机の下の床に、ビニール紐で結わえられたノートの束が置かれているのが目に入った。ゴミに出そうとしてそのままになっていたものらしい。

手近にあったハサミで紐を切り、一番上の一冊を引っ張り出す。『1981. 10. 01〜／Neville Crawford』——几帳面というより神経質そうな字で表紙に記されている。ノートを開くと、書かれていたのは日毎に区切られた宿直日誌のような文章だった。

『一九八一年十一月十日　サンプル10／合成実験（3）
原料：アクリロニトリル 一〇グラム　触媒：A 一〇ミリグラム　合成開始温度：五〇度
攪拌（かくはん）速度：六〇回毎分
一〇：〇〇　合成開始 ↓ 一〇：四五　突沸発生、合成中断
［考察］突沸までの時間は延びるも失敗。生成熱量の問題？』

『一九八一年十一月十二日　サンプル10／合成実験（4）
原料：アクリロニトリル 五グラム　その他条件は前回と同じ
一〇：〇〇　合成開始 ↓ 一三：二〇　合成終了
［考察］原料使用量半減により突沸抑制。やはり生成熱量の問題か。有機合成は本質でない部分で振り回されることが多すぎる』

実験ノートのようだ。他のページを見ると、文章に加えて化学式や手描きの図も記されている。記述の半分以上は物質名や温度といった情報の羅列だったが、人間らしく読める部分も多かった。これは割と当たりかしらね。内心小躍りしつつマリアはページをめくった。

『一九八一年十一月十三日　サンプル10／硬化実験
原料：合成済みサンプル10 一〇〇ミリグラム、シアン化ナトリウム 一〇ミリグラム　溶

媒：水　触媒：C－04五ミリグラム
一〇：〇〇　反応開始　↓　一六：〇〇　取り出し、硬化見られず
［考察］失敗。条件の変更で対処可能か検討必要。
●反応温度低すぎ？　↓　加熱し再実験
●塩では反応進まない？　↓　実験室でのシアン化水素使用は危険大。Rはどう確認していたのか？　死ぬ前に訊き出すべきだったか』

ページをめくる手が止まった。

……『死ぬ前に訊き出すべきだった』？

ただの実験記録には不釣合いな、物騒極まりない文言。直前の『Rはどう確認していたのか？』という記述も謎めいているが、文脈から考えるに、この『R』とは何かの物質ではなく、特定の人物を指しているということだろうか。

「Rの行っていた確認方法を、Rが死ぬ前に訊いておけばよかった」――？

窓の向かいの壁には、メンバーの行動予定表と思しき黒板が設置され、ゴム磁石製の名札が何枚か貼り付けられている。『Philip Phifer（フィリップ・ファイファー）』『Neville Crawford（ネヴィル・クロフォード）』『Christopher Brian（クリストファー・ブライアン）』……イニシャルに『R』を含む名前はどこにも見当たらない。

……どういうこと。『R』って誰。『死ぬ前に訊き出すべきだった』って……実験のことを訊くのに、なぜこんな物騒な言い回しが出てくるのか。

背筋が粟立つ（あわだつ）のを感じながら、マリアは実験ノートを読み進めた。読みながら、右手の人差し指を無意識に顎の下に当てていた。

そこに記されていたのは、一言でいえば無残な敗北の記録だった。

『失敗』『不可』『中断』――いくつもの負の言葉がページの端々に刻み込まれている。成功したと思しき記述が稀に見つかっても、次の日付では『気嚢硬化検討……失敗。製造部は何をやっているのか』と苛立ち混じりの殴り書きにぶつかる有様だ。書き手の焦燥はページを追うごとにあらわになっていき、最終ページに至っては『気嚢硬化検討……失敗。この役立たずが‼』と露骨な憤怒の言葉で締めくくられていた。

そしてそれらの言葉の合間に、『R』に関する記述も見つかった。


『Rの実験資料、再度要ヒアリング　↓全員記憶なし』

『Rの両親へ電話も繫がらず　↓手の空いているWの派遣を検討』

『Wより連絡　Rの両親は四年前に他界、自宅跡地はガスステーションに　糞！』


『Rの両親』という言い回しからするに、やはり『R』は人名とみて間違いなさそうだ。『W』も同じく人名、こちらは黒板の名札にもある『William Chapman』のことだろう。このノートの書き手――ネヴィル・クロフォード――が、『R』の持っていた知識への渇望を日を追うごとに募らせていく様がよく解る。

だが、なぜ。ジェリーフィッシュ開発の最先端にいたはずのネヴィル・クロフォードが、なぜここまで他人の知識に固執しなければならないのか。しかも『W』を『R』の実家に差し向けてまで。

『R』とは何者なのか。ネヴィル、そして他の技術開発部の面々との間に、一体どんな関係があったのか？

ノートの最終ページは『一九八二年七月二十七日』、約半年前で終わっている。他のノートをめくってみたが、日付はすべてこれより古いものばかりだ。紙束の間や引き出しの中も探ったが、この日付より後に書かれたノートが見当たらない。

孵化棟でのカーティスへの聞き込みによれば、彼らが新素材の真空気嚢の開発に成功したのは約二ヶ月前。その期間を含む実験ノートがどこにもなかった。

そんな馬鹿な、と思いかけて、マリアは自分の見落としに気付いた。彼らが航行試験に実験ノートを持参していったのなら、一番新しいノートはあの事故機の中だ。こんなところにあるはずがない。

……そして、事故機は軍に回収されてしまった。

ゴンドラが炭と化した炎の中、ノートが焼失を免れたとは思えない。だが、もしほんの一ページ、いやページの一部分だけでも燃え残っていたら——そのわずかな可能性を確認することさえ今は不可能だった。

軍の連中め。張っ倒してでも回収を止めるべきだった。

激しい後悔に襲われつつ、マリアは次のブースに移った。机の上の本立てに手を伸ばすと、やや色褪(あ)せた写真が目に入った。両面を透明なガラスで挟むタイプの、額縁のない写真立てだ。記念写真だろうか。明るい陽射しの下、六人の男女が赤土の荒野に立っている。

写真の中央に、やや大柄の五十過ぎと思しき男が立っている。マリアも新聞やテレビなどで朧(おぼろ)げに見覚えがあった。真空気嚢の生みの親、フィリップ・ファイファー教授だ。頬のこけた陰気な風貌は、航空工学の権威というより、コミックに出てくる悪の秘密組織の科学者といった雰囲(ふんい)

気だ。

その教授の周りを、四人の男と一人の女が囲んでいる。いずれも若々しい。二十代前半か、ともすれば十代に見える者もいる。

そして彼らの遙か背後に、白く大きな物体が浮かんでいた。

ゴンドラと、クラゲの触手のような橋脚が物体の下部に取り付けられている。橋脚の先端のプロペラは宙に浮いていて、ゴンドラの真下からロープのようなものが垂れ下がり、地面に打ち込まれたと思しき金具に結わえられていた。

右下の日付は『一九七三年六月二十八日』――ファイファー教授が真空気嚢を発表した翌年。遅まきながら、マリアは写真の意味を理解した。デモ機の完成記念だ。教授と一緒に写っている男女は、当時の教授の研究室の学生たちに違いない。

……これが、人類史上初のジェリーフィッシュ、ね。

遠い将来、歴史の教科書に載ってもおかしくない一枚だ。売ったらいくらになるかしらね、と不謹慎な邪念をよぎらせつつ、何の気なしに写真立てを裏返し――マリアは思わずその手を止めた。

別の写真が挟まっている。

表の真空気嚢の記念写真とぴったり背中合わせに、もう一枚の写真が重ねられていた。透明なガラスの裏板を透かして、その全体をマリアははっきり見ることができた。

こちらも集合写真だ。緑溢れる山々と湖を背景に、六人の男女が並んで立っている。キャンプの一シーンと思しき、和やかな雰囲気の一枚。

リバーシブルか、洒落た真似をするものね。感心しつつマリアは写真を眺め――写真立てを表に向け、また裏返した。

裏側のキャンプの写真のメンバーと、表側の記念写真のメンバーは、ほぼ同じだ。しかしキャンプの写真に教授はいない。


代わりにひとり、見知らぬ少女が写っていた。


丸眼鏡をかけ、長い黒髪を二つに編んで左右に垂らした小柄な少女。繊細な、しかし利発そうな顔立ち。胸元の膨らみは女の子らしく柔らかで、ジーンズに包まれた両脚はすらりと細い。正確な年齢は解らないが、見た目はハイスクールに入学したての年頃かと思えるほど若い。

もうひとりの女――こちらは明らかに大人の色香を漂わせた金髪の女だ――は表側の記念写真にもしっかり写っていたが、眼鏡の少女の方は、裏側のキャンプの写真にしか存在しなかった。

研究室のメンバーの親族だろうか。仲間内の旅行に年下の家族がついていくのはありえない話ではないが――

行動予定表に目を戻す。いくつかの名札の中、女性名は『Linda Hamilton（リンダ・ハミルトン）』――金髪の女が彼女だろう――ただひとり。

マリアは写真立ての四隅のねじを緩め、二枚の写真を引っ張り出した。写真の日付は『一九七〇年四月三十日』、表の写真の三年前だった。キャンプの写真を裏返す。左下に書きつけられた文字列を目にした瞬間、マリアの背筋は凍りついた。


『親睦（しんぼく）キャンプにて　研究室メンバー、そしてRと』

『Rと』⁉

――Rはどう確認していたのか？　死ぬ前に訊き出すべきだったか。

……まさか。

この眼鏡の少女が、ネヴィル・クロフォードの記していた『R』？

いや待て、そんな馬鹿な。ネヴィル・クロフォードが『R』の知識を欲していたのなら、『R』は真空気嚢について少なくともネヴィルより多くの経験や知識を積んでいたことになる。

……それを、この少女が？

むろんマリアとて、並居る男どもを蹴散らし、異例の若さで警部にまで昇進した身だ。女だからとか若いからといった理由で人の能力を判断すべきでないことは理解している。だがそのマリアでさえ、『R』に対して無意識に抱いていた先入観を、瞬時に振り払うのは容易ではなかった。

この少女が、『R』――？

証拠はない。彼女は単に研究室の誰かの知り合いに過ぎず、たまたまイニシャルが同じ『R』だっただけなのかもしれない。

しかし――だとしたらこの写真はなぜ、こんなところへ隠されていたのか。ブースの衝立には写真を貼れるスペースなどいくらでもある。わざわざ別の写真の裏側へ、人目に触れないように飾る必要などどこにもない。

そこに写されているのは単に、山へ遊びに行った若い男女の和やかな一場面でしかない。これといった怪しい物体も見当たらない。真空気嚢の記念写真になく、キャンプの写真に存在するものといえば、背景の違いを除いては、この眼鏡の少女しかない。……

漣を呼ぼうとした矢先、「マリア、少しよろしいですか」相手からマリアを手招いた。

「どうしたの」

駆け寄るマリアに、「これです」漣が正面を指差した。

テレビに似たごついディスプレイを載せた、乳白色の四角い箱。妙なボタンの並んだ板のようなものがコードを介して繋がっている。

「……コンピュータ？」

何もない机の上に、コンピュータが一台、ぽつんと置かれていた。書類や文具の散らばる他のブースと比べると、寒々しいほどの殺風景ぶりだ。

コンピュータを見るのはマリアも初めてではない——給料の前借りをする際に、署の事務室で何度か見た覚えがある——が、仕事で使う機器としてはまだまだ物珍しい代物だった。

「航行試験の計画書に『自動航行機能を新規追加』とあります」

ＵＦＡの総務課から手に入れた資料をめくりながら漣。「推測ですが、これはその航行プログラムの作成に使われていたものでしょう」

「レン、あんたコンピュータ使えるの？」

「多少は」

「何も映ってないじゃない」

ディスプレイの点灯ランプは灯っているが、画面の中はほぼ真っ黒だった。

「だから妙なのですよ。このマシン、中身がすべて消去されています」

「……え？」

「データはおろかオペレーティング・システムも入っていません。起動用ディスクがありましたのでそれを使ってチェックしたところ、内蔵ディスクが丸ごと初期化されていました。データ保存用のフロッピーディスクが見当たらないところを見ると、これは誰かが意図的に行ったとしか──」

「レン、お願い。人類の言葉で話して」

「『このコンピュータに入っていたはずの情報が、何者かの手ですべて消し去られている』のですよ──恐らくは自動航行システムのプログラムが」

漣の言葉を理解するのに、しばしの時間が必要だった。

「自動航行プログラムが、消し去られた？」

「試験計画書を読む限り、技術開発部がコンピュータを必要とする部分といえば、そこ以外に思い当たりませんので」

「……ちょっと待って、何で言い切れるのよ。別の使い方されたかもしれないでしょ、例えばほら、真空気囊の素材探しとか」

必要な条件をコンピュータに打ち込み、コンピュータが答えをはじき出し、その答えを人間が検証する。研究でコンピュータといえば、まずそういう使い方のような気がするが。

「現実のコンピュータはコミックやSF小説とは違います」

マリアの問いを漣は一蹴した。「『こんな新しい素材はないか？』などという漠然とした問いに答えてくれるほど、コンピュータは柔軟でも有能でもありません。仮にそんなことが可能だとしたら、それは人間の方があらかじめ答えを知った上で、コンピュータに受け答えの真似事をさせているに過ぎないのですよ」

沈黙が訪れた。

漣の言わんとすることが、マリアの脳に徐々に染み渡った。

次世代機は墜落したのではなく単に不時着したに過ぎない――それが、現場や遺体の状況から導かれた現時点での結論だ。しかし、ジェリーフィッシュがなぜ不時着を余儀なくされたのかは未だ見当もついていない。

仮に漣の言う通り、このコンピュータが自動航行システムの作成に使われていたとしたら。

そのコンピュータの中身が消去されていた、という事実が示すのは――

と、そのとき、かすかな音をマリアの耳が捉えた。

彼女たちが上ってきた階段の下――扉の軋み(きし)と靴音。

マリアは漣と顔を見合わせ、一呼吸後には行動に移っていた。音を立てぬようコンピュータのブースを離れ、執務室の扉の陰に背を貼り付ける。

足音は徐々に近付いてきた。階段を上っている。かすかな、本当にかすかな、靴底と床との摩擦音。歩みは遅い。まるで氷の上を歩いているかのように慎重な足取りだ。

……誰？

ＵＦＡの社員だろうか。だが、この建屋には技術開発部の居室しかない。他の部門の棟からも離れている。

第一――この脚捌(さば)きはどう考えても、単に迷い込んだとか野次馬といったものではない。

気配を極限まで殺しつつ、マリアは待った。

侵入者の気配が、扉の正面、マリアたちの間近にまで迫った。足音が止まる。果てしなく長い沈黙が、一秒、また一秒と過ぎ、

そして何拍かの無言の後、侵入者が凄まじい速度で室内に躍り込んだ。

――その足元へ、マリアは渾身の蹴りを叩き込んだ。

コンマ一秒の狂いもなかった。侵入者の頭部が美しい弧を描き、顔面から床に激突した。

漣が飛び出し、侵入者の背に乗って腕を捻（ひね）り上げる。マリアは脇のホルスターから拳銃を引き抜き、侵入者の頭頂部に銃口を押し当てた。

「あんた誰？　正直に答えなさい。でないとあんたの頭、てっぺんの方が円形脱毛症になるわよ」

「——おのれ」

侵入者が口惜しげに呻き、マリアの銃を押し上げるように頭を上げた。三十代前半と思しき精（せい）悍（かん）な男だ。赤く腫れた顔の中、両眼が憤怒の炎に揺らめいていた。

「馬鹿にするな。誰が……誰が貴様らの言いなりになどなるか、共産主義者（コミュニスト）め！」

「……え？」

マリアの口から間の抜けた声が漏れた。

共産主義者呼ばわりされたからではなかった。その顔と声がマリアの記憶を刺激した。「……お前——」男もマリアに視線を釘付けにしたまま、呆けた表情に転じている。

「まったく」

やれやれ、漣が男から身体を離した。「こんなところへ何の御用ですか。指揮官殿」

男の身を包んでいるのは、U国空軍の軍服。

墜落現場でマリアたちからジェリーフィッシュを奪い去った、空軍の指揮官がそこにいた。

インタールード（Ⅱ）

後で知ったのだが、彼女もちょうどその頃、ショッピングモールでアルバイトを始めたばかりだった。私がしどろもどろになりつつ、模型店を探しているのだと伝えると、彼女はさらに破顔し、

——こちらがそうですよ、お客さま。

と自分の背後を示した。

故郷ではまるで見たことのない、色鮮やかな船や飛行機の模型の数々が、店先に展示されていた。

それから彼女と私は、模型店のアルバイト店員と常連客の間柄になった。

色々な話をした。他の客の手前、交わせる言葉は多くなかったし、懐の寂しい身とあっては毎日模型を買いに訪れることもできなかったが、それでも私は少しずつ、レベッカとの時間を積み重ねていった。

——飛行機、好きなんだね。

彼女から声を掛けられたのは、私にとって赤面に値するあの出会いからしばらく経った頃だった。

この頃には彼女も、他に客がいないときは友人のような言葉遣いをしてくれるようになってい

た。私が飛行機の模型ばかり見たり買ったりしているのを、彼女も気付いていたのだろう。私がそうだと答えると、彼女は嬉しそうに、自分も、と答えた。

　飛行機好きの女の子というのは、当時のU国でも珍しい存在だったと思う。少なからぬ驚きに包まれながら、どんな飛行機が好きかと私が訊き返すと、レベッカはしばらく天井を見上げ、

　——こういうの、かな。

と、店先の展示模型のひとつを指差した。

　それは、私が想像していたものとは少々違っていた。主翼もなく、プロペラは後方にひとつ。機体は小さなゴンドラのような箱だけ。その代わり、大きな卵のような気嚢が全体の大部分を占めている。

　飛行船だった。

　それは『飛行機』とは違うのではないか、と言い返そうとしたとき、ちょうど他の客が来店し、結局その日はそこで終わりになった。

　話の続きを聞けたのは数日後だった。

　——エンジンで飛ぶ飛行機とは違うけど、空に浮かぶ乗り物というのは同じでしょ？

　——空とひとつになって、風の続く限りどこまでも行けるような……そんな感じが好きなの。

　——どうして好きなのかって言われると、自分でもよく解らないんだけど……あなたはどう？

　レベッカはやや照れたように微笑んだ。

　最後の彼女の問いに、自分がどう答えたのかはよく覚えていない。確かなことといえば、その日、私の財布から飛行船の模型一箱分の金が消えていったということだった。

だから、レベッカの所属が航空工学科ではなく、それどころか工学部でもなく、理学部の化学科だと知ったときはまたも驚いた。

何でも、彼女の祖父が高名な化学者で、自宅に簡単な実験室のようなものまで造っていたという。レベッカは子供の頃から、その祖父の家で実験の真似事をして遊んでいたらしかった。模型店で働くようになったのも、彼女の祖父の専門分野だった合成樹脂が、模型の材料に使われていることを知ったのがきっかけなのだと彼女は語ってくれた。

――この模型を、もしそのまま空に浮かべることができたら素敵だって思わない？

そんなある日、飛行船の模型の前で、レベッカは私に尋ねた。

彼女の問いの意図を量りかね、私は首を傾げた。気嚢の部分に水素を詰め込むということだろうか。危険ではなかろうか。そもそも重量的にちゃんと浮かぶのか――私の疑問に、ううん、と彼女は首を振り、

――だから、危ないガスなんか使わないで……

彼女の説明はしかし、その男の来訪で遮られた。

――レベッカ、まだ終わらないか。

旧い蓄音機から発せられたようなくぐもった声が、店の出入口の方から響いた。

色の薄い栗毛に緑の瞳の、捉えどころのない雰囲気の男が、音もなく佇んでいた。棚の奥に立っていた私に気付いた様子はなかった。

――うん、もう少し待ってて、サイモン。

レベッカは私から視線を外し、男に笑いかけた。

それが、私とその男――サイモン・アトウッドとの最初の邂逅だった。

第5章　ジェリーフィッシュ（Ⅲ）——一九八三年二月八日　一八：三〇～——

　ハーケンを岩肌に突き立て、ハンマーを叩きつける。何十回となく殴打し、ようやくハーケンが充分めり込んだのを確認すると、ウィリアムはワイヤーを縛りつけた。

「クリス、いいか！」

　声を嗄らして叫ぶ。「おお！」クリスの声を合図に、渾身の力を込めてワイヤーを引く。機体がわずかに手前に動いた。緩んだワイヤーを素早くハーケンに巻きつけた。

　ジェリーフィッシュの実効的な重量は、その見た目に反して極めて軽い。真空気嚢の浮力が機体の重量を打ち消しているため、人間ひとりの力でも簡単に動かすことができる。

　だから今、ウィリアムたちが力仕事を強いられているのは、機体の重量ではなく強風のせいだった。

　推力制御プロペラの回っていないジェリーフィッシュは、巨大な凧(たこ)のようなものだ。扁球形状が気流をある程度受け流してくれるとはいえ、真空気嚢の広大な表面積が受ける風の力は、大人ひとりの腕力でいつまでも支え続けられるものではない。これでも一時に比べれば風はだいぶ弱まっている方だ。今のうちに作業を終わらせなければならなかった。

　……くそったれ(Shit)。

　皮膚を剝ぎ取られるような冷気。下半身は雪に埋まっている。防寒着に染み込んだ汗は冷え、まるで氷水に浸かっているようだ。そのくせ頭はひどく熱っぽい。ウィリアムは息を荒らげつつ、再びワイヤーを握り締めた。

不可解な、としか言いようのない状況だった。

ジェリーフィッシュが突如針路を変え、H山系に入り、あわや山肌へ激突するかと思われる距離まで急進したそのとき、ウィリアムの脳を満たしたのは死の恐怖だった。

だが、その後のジェリーフィッシュの動きは、彼の想像を大きく逸脱した。

機体は再び高度を上げ、雪肌を滑るように山脈の奥へと突き進んだ。

どれほどの距離を飛んだだろうか、ジェリーフィッシュは唐突に速度を落とし、この窪んだ雪原へ滑り降り――そして、それっきり動かなくなった。

ウィリアムが自失から醒めるまで、たっぷり十分以上の時間を要した。

切り立った岩壁に囲まれた、一、二キロ四方の平坦な窪地。夏場にはさぞ美しい草原が現れるのだろう。しかし今、窓の外に広がるのは、残酷なまでに白い氷雪だけだった。

岩壁は高く険しい。全高二〇メートル強のジェリーフィッシュの、さらに二、三倍はあるだろうか。しかも上端がせり出していて、特別な装備なしで登り切るのは明らかに不可能だ。抜け道らしき隙間も、視線の届く限りでは見当たらない。

そして、ジェリーフィッシュは飛び立つ気配もなかった。

機体を揺り動かすのは時折吹き抜ける雪風だけ。ゴンドラの軋りと風の叫びの他は、どこまでも深い静寂が広がっているばかりだった。

『――ィリアム、ウィリアム。聞こえるか？　無事なら大きな声で返事しろ！』

ノイズ混じりの引き攣った声が響く。ウィリアムは慌てて無線機を拾い上げた。

「ああ、何とか――」

『おお、生きてたか！　これで全員、とりあえず助かったな』

助かった？


……違う、自分たちは助かったのではない。

閉じ込められたのだ。この雪の牢獄に。

※

重労働を終え、食堂の椅子に腰を落とした瞬間、凄まじい疲労感がウィリアムにのしかかった。

クリスも、普段の軽口が嘘のように無言でテーブルに突っ伏している。

「早く着替えろ。……冷えるどころではないぞ、今夜は」

ネヴィルの声と表情にも、疲労が色濃く漂っている。ひとつ離れたテーブルでは、エドワードが椅子に座り込んだまま、疲れ切ったように視線を床に落としていた。

「ねぇ」

リンダが誰にともなく問いかけた。ただひとり力仕事には加わっていなかったが、不安からか恐怖からか、声はネヴィル以上に掠れていた。「私たち……いつ帰れるの」

返答はない。

「ねぇ、みんな」

「無理だな。……少なくとも自力では」

陰気な声とともにクリスが身を起こした。「あれから操舵室で色々いじったが、航行モードの手動切り替えも再起動も全然利かなかった。誓ってもいい、システムそのものが書き換えられてるぜアレは。……それと、予備のディスクも二枚とも駄目だった。正直、今のオレらじゃ手の打ちようがない」

「そんな」

リンダは表情を強張らせ、続いてヒステリックな声をエドワードに浴びせた。「あんた！　どうしてくれるのよ。どうしてくれるのよぉ！　あんたでしょ、あんたがやったんでしょ。自動航行のプログラムとか、全部あんたの担当だったじゃないっ」

「待って下さい」

エドワードが声を上げた。「確かに、自動航行システムを組んだのも航路の設定を行ったのも僕ですが、だからといって犯人扱いされるのは心外です。執務室のコンピュータに触れられる人間なら、プログラムの改竄は誰にでも可能だったはずです。

それに、緊急停止スイッチの方はどうなりますか。こちらは自動航行システムとは別系統です。ジェリーフィッシュの機械的な構造に詳しい貴方たちの方が、僕よりよほど怪しいことになりませんか」

「わ――私じゃないわよ。私、コンピュータなんて触れもしないもの」

「それが『できないふり』ではないと、どのように証明を？」

「やめろ、二人とも」

険悪な雰囲気に耐えられず、ウィリアムは割って入った。「犯人探しは後でいい。今はここから出ることを考える方が先だろう」

「というか、助けが来るまでどうやって生き延びるか、だな」

クリスが後に続く。「ここら周囲数キロ、絶壁でぐるっと囲まれてる。気嚢のてっぺんによじ登っても崖の上まで辿り着くのは無理だ。仮に這い上がれたとしても、登山の装備も経験もないオレらがこの真冬の雪山を麓まで強行突破するのは自殺行為だぜ」

「だ、だったら」

「言っただろ。待つんだよ、助けが来るのを。

もう企業秘密云々を言ってる場合じゃない。他のジェリーフィッシュか飛行機か、とにかく誰かがオレらを見つけてくれればそれでいい。最悪誰も気付かなくても、オレらが帰らなかったら会社が警察に通報するはずだ」

「そ……そっか、そうだよね」

リンダが笑みを浮かべた。押し寄せる不安を無理やり押し隠したような、歪な笑みだった。

「クリス、スポンサーへは連絡したか」

「——一時間ほど前にな」

クリスの返答には一瞬の間があった。「表立っては動けないと言ってたが、ま、警察の捜索開始より遅れることはないだろうぜ」

「そうですか」

エドワードが息を吐く。ネヴィルとクリスも口許を緩め——しかし、彼らの眼は全く笑っていなかった。

「となると、救助が来るのはいつと見ればよいでしょう」

「クリスの話を考慮すれば、早くて明後日といったところだろう。凍結防止と熱源確保のために、動力は可能な限り動かしたままにしておくが、救助が来るまで燃料が保つかどうかは微妙な線だ。空調の使用は可能な限り控えろ。解ったな」


三号室に戻ると、ウィリアムはドアの鍵を閉め、寒さに震えながら着替えを済ませた。

腕時計の針は十九時三十分。夕食は休憩を挟んで一時間後となった。少々間が空くが、今はその方が助かる。疲労を抜かなければ食事が喉を通りそうにない。

だが、いざベッドに横たわり目を閉じてみても、眠りの底から幾度となく意識を引き戻された。冷気のせいばかりではなかった。取り繕ったはずの安堵が、皆と離れてひとりになった途端、砂のように崩れ果てていた。

早ければ明後日にも救助が来る、ネヴィルはそう言った。だが――本当に間に合うのか？

苦悶に歪んだファイファー教授の死に顔が、記憶の扉の陰から這い出す。

――本当に、ただの発作だったんでしょうか。

先程の場では皆、示し合わせたように触れもしなかった教授の死。だがエドワードの言う通り、あれが本当に事故でも病死でもなく――そして、自動航行システムや緊急停止スイッチの異常も、トラブルでなく何者かの手によるものだとしたら。

そいつはこの後、何をするつもりなのか。

救助が来るまでの間、そいつは大人しく待っていてくれるのか……？

閉ざしたはずの目が、いつの間にかドアを凝視していた。ウィリアムはベッドの中、寒さとは違う何かに身体を震わせ続けた。

結局、ろくに眠れなかった。

一時間後、ウィリアムが再び食堂に戻ると、他の四人はすでに丸テーブルを囲んでいた。ひとまず何事もなかったことに安堵しつつ、ウィリアムは空いた椅子に腰を下ろした。

各人の前には缶詰とフォークが一揃い。アルミ製のケトルがひとつ、湯気を立てながらテーブルの中央に置かれている。その脇には、紙コップが五つ重なっていた。

「これだけか。まったく、随分侘しい夕食だぜ」

「贅沢を言うな。これでも多すぎるほどだ」

ネヴィルの小言に、「解ってる。いちいち突っ込むなって」クリスが顔をしかめる。

試験機の不時着から半日近くが過ぎていた。真冬の日は短く、日中でさえ夕闇のようだった窓の外は、すでに深い闇に呑み込まれてしまっていた。

当初の計画では、ウィリアムたちは今日のうちにUFA社へ帰還するはずだった。昨日までにチェックポイントで購入した食料はほとんど残っていない。立て続けに発生した異常事態のせいで追加の買い出しもできていない。艇内に常備された二日分の非常食、それがウィリアムたちに残された食料のすべてだった。

「そこのケトルは？」

「ただのお湯ですよ」

エドワードはにこりともせず、「エンジンの熱で温めました。いざとなれば雪水も使えますので、当面は水には困らないと思います。……動力が働いている限りは、ですが」

生活用水の配管は保温されているわけではない。空調が切れれば艇内の気温が下がり、瞬く間に凍結してしまう。熱源の停止は自分たちの死に直結する。そして、タイムリミットは決して余裕のあるものではなかった。

「お湯でも何でもいいわ。もう凍えそうよぉ」

リンダが紙コップに手を伸ばし、ネヴィルと自分の前にひとつずつ順に置いた。他の三人も紙コップを取る。リンダがケトルを掴み、注ぎ口をネヴィルの紙コップへ運んだが、ネヴィルは「要らん」と冷ややかな声で押し止めた。リンダはやや傷ついたように眉をひそめ、自分の紙コップに湯を注いだ。ケトルをクリスに回し、温もりを嚙み締めるように自分のコップを手で包む。クリス、エドワード、そしてウィリアムも順繰りに紙コップに湯を満たして手を添えた。

「……ネヴィル、飲まないのか？」

「死にたければ勝手に飲め。俺は知らん」

「は？」

「そんな得体の知れない液体を進んで口に入れるほど、俺は無用心でも馬鹿でもない」

テーブルの上を緊張が走った。リンダとクリスがコップの中をまじまじと見つめ、そして、血の気の失せた顔でエドワードを凝視する。

——まずい。

ウィリアムの心臓が跳ねた。

ネヴィルが口にした台詞は、決して言ってはならないことだった。その湯は毒入りだ、俺たちは皆殺しにされようとしている——それは、今朝の「毒殺など臆測に過ぎない」というネヴィル自身の言を否定し、メンバーの相互不信の引鉄（ひきがね）を引く宣言に他ならなかった。

「……ネヴィル、それはどういう意味ですか」

エドワードの声からは抑揚が失せていた。「僕が、この中に何かを入れたとでも？」

「ほう、そうなのか？」

「解りました、僕が先に飲みます。それでいいでしょう」

紙コップを口に運ぶエドワードに、ネヴィルは見下すような視線を向けた。

「勝手にしろ。その水が本当に安全だと思えるのならばな」

エドワードの動きが急停止した。表情が消え失せた顔で、視線をコップに落とす。

背中に滴り落ちるものをウィリアムは感じた。

ジェリーフィッシュの飲料水は、貯水槽から配管を通してキッチンに引かれている。エドワードの沸かした湯も、その貯水槽から汲んだもののはずだ。……その貯水槽に、直に毒が混ぜられたとでもいうのか。

「……待って。そんなはずないわ。だってこの水、みんなずっと飲んでたじゃない！」

「毒など後からいくらでも放り込める」

息を詰まらせたような音がリンダの口から漏れた。

つい数刻前まで、このジェリーフィッシュはすさまじい混乱に包まれていた。その間、誰がどこで何をしていたのかを、ウィリアムとて完全に把握しているわけではない。

「どうした、早く飲め」

ネヴィルが命じる。エドワードは手の中の紙コップを見つめ、次いで冷たい憤怒に満ちた視線をネヴィルに突き刺し――

そして一息に湯を呷り、叩きつけるように紙コップを置いた。果てしない沈黙が続いた。

一分、二分、三分――五分が過ぎた。エドワードの身体に異変が生じる様子はなかった。

「……大丈夫、みたいだな」

クリスが恐る恐る口を開く。リンダが表情を泣き笑いのように崩す。ウィリアムも詰めていた息を吐き出した。当のエドワードは無言のまま、玩具のゼンマイが切れたように椅子に身体を沈めた。

ネヴィルは鼻を鳴らし、席を立つと、しばらくしてワインの瓶とコルク抜きを手に戻ってきた。キッチンに仕舞われていたものを引っ張り出してきたらしい。

「何だ、湯（こっち）はお預けかよ。毒味までさせときながら」

「飲みたければお前たちが飲め。身体を温めるなら酒（これ）の方がよほど良い」

けっ、とクリスが吐き捨てた。ネヴィルは意に介した風もなく、コルクを抜いて濃紫色の液体を紙コップに注いだ。

すっかり温（ぬる）くなった湯を、ウィリアムは胃に流し込んだ。ここ数日で飲み慣れた、かすかに金臭い味そのままだった。空になった紙コップに再びケトルの湯を注ぐ。ネヴィルにワインを請うほどの厚顔無恥（こうがんむち）さはさすがになかった。

「ねぇ、どうするの、これから」

「だからさっきも言っただろオレが。救助が来るまで待つ、それだけだ」

「そうじゃなくて。私たち、これからどこで寝るのよぉ」

「どこってそりゃ……客室以外にあるかよ」

「だから――」

「リンダ。全員でひとつの部屋に入るべきだ、って言いたいのか？」

燃料を保たせるために空調の使用を控えるべきだとすれば、最も合理的なのは全員が一箇所に身を寄せ合うことだ。客室には二段ベッドがひとつしかないが、残りの三人が床で毛布に包まれるだけのスペースは充分ある。

だが、リンダの回答はウィリアムの予想を外した。

「違うわよ馬鹿。

全員一緒なんて嫌。私、人殺しと一緒の部屋で寝るなんてまっぴらよっ」

食堂の空気が一瞬で凍結した。

「何でよ。何で誰も言わないの。教授が変な死に方して、こんなとこで遭難させられて――こんなの普通じゃない、誰かの仕業に決まってるじゃないっ」

「落ち着けリンダ、誰かって誰だ。オレらの中に犯人がいると、まだ決まって――」

「航行システムとか緊急停止スイッチとか、他の人間がどうやっていじれるのよ！

誰よ、誰よこんなことしたの。早く名乗り出なさいよ！」

応える者はいなかった。

それはつい先刻、ウィリアム自身が抱いていた不安そのものであり――恐らくは他の、犯人を除く全員が等しく感じている恐怖でもあった。

これは誰の仕業なのか。自分たちはこれからどうなるのか。

本当に、救助が来るまで何事もなく生き延びられるのか？

「ならリンダ、貴女はどうすればいいと？」

エドワードが問いを投げる。「このゴンドラに客室は三つしかありません。キッチンには鍵がない。エンジンルームは外側からしか施錠できない。内側から鍵を掛けられる場所といえば、後は操舵室だけです。残りの一人を鍵のない場所に放り出せと、貴女は言うのですか」

「……それは――」

　窓に視線を逸らすリンダ。深い夕闇に、幾多の雪の小片が、不気味な唸りを上げながら舞い踊っている。

　……無理だ。この猛吹雪の中で過ごすなど、それこそ自殺行為だ。

「皆が別個に行動するのは却って危険だと僕は思います。僕たちをこの場所へ追い込んだのが誰であれ、その人物に部屋の鍵を開けられないという保証はありません」

　このゴンドラは、家族や親しい仲間内での使用を想定して設計されている。扉の施錠は内側からつまみを捻るだけの簡単なものでしかない。自動航行システムを改竄してのけた人間が、扉の合鍵を用意していないとは決して断言できない。

　それと、エドワードは敢えて触れなかったようだが、リンダの案にはもうひとつ心理的な障害がある。教授の遺体が客室の中だ。全員が別個に安全な場所で休むにしても、一人が必ず教授の遺体と同じ場所で過ごさねばならない。遺体を外に出してしまえば済むのだろうが、教授がその場所で死んだという心理的な嫌悪感は簡単に拭い去れるものではなかった。

「……なら、お前はどうすべきだと？」

「全員でひとつの客室に固まって、睡眠を一人か二人ずつ交替で取りましょう。起きている人間が三人以上いれば、犯人もそう簡単に手出しはできないはずです」

　妥当な案だ。クリスも、渋々といった体でリンダも、エドワードの案に頷いた。

「ネヴィル。お前もそれで――」

　クリスが傍らを顧み、その表情が凍りついた。「……ネヴィル？」

　返事はない。

ネヴィルは俯いたまま、青白い顔で身体を震わせていた。額を伝う汗。目を見開き、口から荒い息を吐き出している。

「ネヴィル？」「ネヴィル――」「おい……ネヴィル、どうした」「ねえ、ネヴィル!?」

皆が言い終える間もなかった。

操り糸の切れた人形のように、ネヴィルが椅子から転げ落ちた。

二度、三度、床の上で全身が激しく痙攣する。首を絞められたような呻き声。床に倒れ込んだ際の衝撃で眼鏡に罅が入っている。その奥で、両眼が光を失いつつあった。

「ネヴィル！」

四人が椅子を蹴った。ネヴィルは応えない。身体を何度も震わせながら、喘ぎと呻きを弱々しく繰り返している。

「ちょっと……何、これ……何なの……何なのよこれぇっ！」

「おい……冗談はやめろ。持病の発作か!?」

そんなはずはない。ネヴィルにこんな持病があったなど聞いたこともない。

――毒!?

まさか、さっきのワインが？

「何をしているんですか。早く吐かせて下さい」

エドワードの声が鼓膜を叩いた。「それから水を。胃の中を洗い流さなければ――」

クリスは横面を叩かれたように目を見開き、凄まじい速さでケトルを摑んだ。リンダは青ざめた顔のまま、「嘘……うそよ……」と呟きを繰り返している。

それらの光景を、ウィリアムは呆然と見つめるばかりだった。

エドワードたちの努力は無駄に終わった。

一時間後、ネヴィルの心臓は永遠に停止した。

※

澱んだ沈黙が食堂を包み込んでいた。

クリスもリンダもエドワードも、皆、力尽き果てたように椅子に身を沈めている。

時計の針は二十二時を回っていた。誰も口を開く者はなかった。ネヴィルを喪った衝撃と——それ以上の暗澹（あんたん）たる恐怖が、ウィリアムから立ち上がる気力を奪っていた。

間違いない。もうごまかしようがない。

俺たちは命を狙われている。犯人（そいつ）は教授を殺し、俺たちをこの雪山に閉じ込め——そして俺たちを皆殺しにしようとしている。

誰が。なぜ。確かに俺たちには命を狙われる可能性がある。が、どちらが本当の理由なのかは未だに解らない。敵国のエージェントとやらが本当に俺たちの研究成果を奪おうとしているのか。

それとも——

「嫌……もう、嫌よぉ」

泣き疲れた声で、リンダが首を振った。「お願い、許して。おうちに帰して。死にたくない、私、まだ死にたくない——」

「リンダ、落ち着いて下さい」

エドワードの声も、今はさすがに疲労の色が濃くなっていた。「犯人が僕たちの中にいると、まだ決まったわけではありません。今、このジェリーフィッシュの中にいるとすら、決して断言はできないんです」

ネヴィルの飲んでいたワインに毒が混入していたのかどうかは、結局解らないままだった。

そもそも件のワインは、出発の際にネヴィル自身が用意したものらしい。宴席でしか酒を口にしないネヴィルが試験航行に酒を持ってきた、という事実がウィリアムには少々引っかかったが――仮に、艇内に持ち込まれる前の段階ですでに毒が混ぜられていたのだとすれば、エドワードの言う通り、犯人がジェリーフィッシュの中にいるという前提そのものが自明のものではなくなってくる。

だが――

「じゃあ、そいつは今、どこにいるのよぉっ」

リンダは声を荒らげた。「何で私たちはこんなところにいるの。どうして自動航行システムがいじられてたの？　そいつが毒入りワインで私たちを皆殺しにしようとしてただけなら、わざわざ私たちを雪山に閉じ込める必要がどこにあるのよ！」

今度はエドワードが口を閉ざす番だった。ウィリアムもとっさに反論できず、クリスに視線を送る。「嘘だ……どういうことだ」クリスはリンダたちの口論など耳に入らぬ様子で、テーブルに肘を突いて左手に額を乗せ、青ざめた顔で呟いていた。

「みんな、解ってるんでしょ。教授が死んで、こんなところに閉じ込められて、ネヴィルも死んで――これで終わりだなんて、そんな虫のいい話あるわけないいじゃない！　だって、そうよ、これはあの娘の、レベッカの」

「リンダ!!」

彼女の身体がびくりと跳ねた。

自分の怒声に半ば呆然としつつ、ウィリアムは声を絞り出した。「少し黙れ……それとも、俺が犯人の代わりに口を塞いでやろうか」

リンダの瞳が恐怖に強張った。「……冗談だ」吐き捨てるように継ぎ足しながら、ウィリアムの心臓は急激に暴れ始めていた。

まずい――聞かれなかっただろうな?

だが、彼の祈りは裏切られた。

「レベッカ?」

エドワードが、怪訝な、しかし深い疑念の視線を三人に突き刺した。

「待って下さい――『レベッカ』とは誰ですか」

第6章　地　上（Ⅲ）――一九八三年二月十二日　一五：三〇～――

「なるほど」

漣は目の前の軍人に向き直った。「つまり貴方があの場に赴いたのは、我々と同様、ファイファー教授らの執務室を調査するためだった、と」

「ああ。それと、工作員が侵入していないかどうかの監視も兼ねてな」

U国第十二空軍少佐、ジョン・ニッセンは、不機嫌な声を隠そうともしなかった。

やや短めに刈り揃えられた銅褐色の髪。身長一八〇センチを優に超えようかという体軀。濃灰色の両眼は、獲物を狙う肉食獣のように鋭い。軍人らしい精悍な雰囲気を漂わせた男だが、それは筋肉質（マッチョ）な大男というよりは、極限まで洗練された、俊敏な豹（ひょう）に近かった。

恐らくは戦闘員としても一級の実力の持ち主なのだろう。それだけに先刻、警察官とはいえ明らかに自分より非力なマリアにああも見事にしてやられたことが、彼にとって相当な屈辱であったろうことは疑いようがなかった。

――F署の応接室だった。

技術開発部の執務室でのひと悶着から数刻。マリアと漣は情報交換という名目で、この軍人から詳しい経緯を聞いていた。

執務室の捜索は思わぬ形で中断されてしまったが、そちらの方はマリアが署から応援を呼びつけて継続中だ。数時間もすれば区切りがつくと思われた。

「UFA社の保有する気嚢式浮遊艇の製造技術は、国防の点から見ても極めて重要なものだ。万が一R国の手に渡ることがあれば、我がU国にとって非常な脅威になる。

……特に今回は、気嚢式浮遊艇の開発者であるファイファー教授自身が命を落としている。教授らの研究成果の保護は我が空軍にとっても最優先事項だった」

「事故機を空軍（そちら）が回収されたのも、同様の理由ですか」

「教授らがUFAの一員としてジェリーフィッシュの研究を続けていたことは我々も知っている。それがどのようなものであれ、真空気嚢の最新技術が敵国に流出するという事態は、たとえそれが残骸の一欠片であっても絶対に避けねばならなかった」

「だったら一言入れなさいよ、警察（こっち）にも」

マリアもマリアで不機嫌丸出しだった。「あたしたちがどんだけ苦労してると思ってんの？　証拠品をほとんど根こそぎ持ってかれて、事故の全容どころか捜査方針もさっぱりなんだから。もういっぺん足引っ掛けてすっ転ばしてやりたい気分だわ」

たとえ現場が寸分違わず保存されていたとしても、マリアが仕事に精を出す可能性は無に等しかっただろうが、それをこの場で口に出す漣ではなかった。

「機密の保護が最優先だった点は理解してもらいたい」

ジョンのこめかみがかすかに引き攣った。「それに我々とて、君たちを蔑ろにしていたわけではない。あの時点では、遺体を引き渡すことが我々にできる最大限の譲歩だった」

死体を置いていったのは『不要だから捨て置いた』のではなく、警察（こちら）に対する一応の配慮だったわけか。何とも解りづらい心遣いだ。

「……だが、君たちの言い分ももっともだ。結果として警察の捜査を一時的にでも妨害する事態となったことは、この場を借りて謝罪したい。ファイファー教授らの執務室にいるのが君たち捜査官である可能性も、こちらとしては想定してしかるべきだった」

不満を抑えるように、神妙に上半身を傾けるジョン。マリアの挑発に態度を硬化させるのではと内心危惧していたが、思いの外紳士的な男のようだ。マリアもこうも素直に謝られるのは予想外だったのか、「……ふん」とバツが悪そうにそっぽを向いた。

「そちらが回収した遺留品を、我々の方で検分させてもらうことはできますか」

「手続きを取ろう。機体の残骸など、物理的に引き渡し不可能なものについては引き続きこちらで保管させてもらうことになるが、君たちの捜査を拒否するつもりはない。

今回の事故は我が国にとっても大きな損失だ。我々としても、事態の究明に必要とあらば協力を惜しまないつもりだ」

手のひらを返したような協力姿勢だ。……軍の思惑としては、警察と早めに手を結んで、運輸安全委員会との主導権争いを有利に進めたいのだろうが。

もっとも、本来は軍の手が入らない状態で検分するべきだったのだが、今さら蒸し返しても始まらない。「助かります」漣は丁重に礼を述べ、

「ほんとにそれだけ？」

マリアが、冷たく燃える瞳をジョンに向けた。

「……それだけ、とは？」

「あたしたちに隠してることがあるでしょ、って言ってんのよ」

マリアの美麗な唇の端が吊り上がった。「――あの機体、あんたたち空軍が教授たちに造らせ

てたものなんじゃないの？」

　ジョンの表情が一瞬強張るのを、漣は――そして恐らくマリアも見逃さなかった。

「墜落の第一報が入ったのが昨日の未明。あんたたちが事故機を回収したのがその数時間後。でもね、遺体の身元がファイファー教授たちだと判明したのはさらにその後なのよ。

『ファイファー教授の研究成果を保護するため』とか言ったわよね。……あんたたち、あれがファイファー教授の試験機だと、あの時点でどうして解ったの？」

　ジョンの頬が、今度は確実に硬直した。

「ジェリーフィッシュはU国だけでも百機が出回ってるのよ。まさか、その百機の所在を数時間で全部確認したわけじゃないわよね。

　そもそも『数時間』といったって、第一報を受けてから捜索隊が現場に行って、軍に協力要請を入れるまでのロスタイムを含めての話よ。正味は二、三時間しかなかったはずなの。そんな短い時間であれが教授の試験機だと確認して、回収用のジェリーフィッシュとか人員を手配して……って、ちょっと手が早すぎるんじゃない？

　教授たちの書類関係は警察（こっち）が一通り押さえたわ。見せて欲しかったら洗いざらい喋（しゃべ）りなさい。あんたたちも、運輸安全委員会とドンパチやってるときにあたしたちとまで揉めたくはないでしょ。

ま、話したくなかったらそれでもいいけど」

　無表情を装いつつ、漣は密かに呼吸を整えた。

　……恐ろしい女（ひと）だ、まったく。

　空軍の動きの不自然さについては漣も察していた。彼らが教授たちの死に何らかの形で関わっているに違いない、とも気付いてはいた。だが証拠がなかった。

それを――ジョンの短い説明に隠された綻(ほころ)びに一瞬で勘付き、あまつさえこうも大胆に叩き返すとは。普段は分別のない言動ばかりで生活能力も皆無に近い彼女が、この若さで警部にまで昇進できた理由を、漣は垣間見た気がした。

長い沈黙が訪れた。

マリアは冷ややかな視線を軍人に浴びせ続けている。……やがて、ジョンの口許から自嘲とも諦念ともつかない吐息が滑り落ちた。

「ここから先の話は、くれぐれも内密に願えるだろうか。

君たち二人だけ――とまでは言わないが、不用意に情報が広まるのは好ましくない。必要最小限の内に留めてもらうよう願いたい」

「約束するわ。署長には黙っておくから」

ジョンが苦笑を返した。

「……我々空軍も、あの事故機がファイファー教授らのものだと最初から確信していたわけではなかった。ただ、可能性は高いと危惧はしていた」

「教授たちと連絡が取れなくなったから、ですか」

ああ、ジョンは頷いた。

「教授らが我々の依頼を受けて新規の気嚢式浮遊艇を開発していた、という君たちの推測は事実だ。我々とUFAとは、軍用機の製造などで以前から取引があったからな。その流れで教授たちに新型ジェリーフィッシュの開発を依頼するのは、我々にとってはさほどハードルの高いことではなかった」

軍事転用できない技術はない、か。真空気嚢の開発者たちが、軍からの依頼を心の奥でどう考えていたのか、それは永遠に知る由もないことだった。

「製造部の方は、空軍（あんたら）が噛んでることを全然知らなかったみたいだけど？」

「UFA側でこの件を知っているのは、ごく一部の上層部と教授たちだけだ。研究開発に直接関わらない人間に伝えたところで、却って情報漏洩の危険が増すだけだからな。

もっとも、教授たちもさすがに開発には苦労していたようだが」

――どこから調達したものだったのかは解りません。

――緊急時にどこへ問い合わせればいいか見当もつかなかったのは困りものでした。

教授たちがカーティスらに素材の出所を伏せていた理由が、これで氷解した。軍事機密とあれば迂闊に情報を漏らせるわけがない。

「苦労したっていうと、あんたたちが教授に依頼したのはいつのことなの」

「五年前だ。……軍事技術がそう簡単に実用化できるものでないことは私も充分承知している。ましてやジェリーフィッシュはそれ自体が世に出たばかりの新技術だ。個人的な感覚でいえば、五年という開発期間は決して長いものではない。航行試験まで進んだと聞いてむしろ驚いたほどだ。が――

航行試験の直前になって、彼らから連絡が途絶えた」

「……え？」

マリアが間の抜けた声を漏らす。さしもの漣も返答が一瞬遅れた。

「待って下さい。直前、ですか？　終了予定日を過ぎてから、ではなく」

状況からして、教授らと外部との通信が途絶したのは、彼らが事故に見舞われたとき――具体的には航行試験の最中、それも終盤になった辺りだとばかり考えていた。それ以前から連絡が途絶えていたとはどういうことなのか。

が、続くジョンの言葉は、漣たちの混乱に拍車を掛けるものだった。

「『直前』だ。具体的にはそう、今から三日前になるか。

その前日、四日前には彼らの代表者から『順調に進んでいる』旨の連絡を受けていたのだが……我々も完全に油断した」

三日前？

教授らが航行試験に出発したのは二月六日。今から六日前のはずだ。

それが、三日前——二月九日？　おかしい。話が噛み合わない。

「我々自身で教授らの行方を追跡すべく準備を整えていた矢先に事故の報が入った。……最悪の事態も想定はしていたが、それに近い事態が生じてしまったわけだ」

「……彼らから試験計画書は受け取っていますか？　こちらに回していただきたいのですが」

「手配しよう」

何かある。それも想像以上に深い何かが。

「教授らの行方を追っていたとのことですが、貴方がたは、教授らの動向を常時把握されていたわけではなかったのですか」

「二十四時間三百六十五日監視、といったことは行っていない。我々の依頼を受けて軍事技術開発に携わっている研究者は、教授たちの他にもU国内に何万人と存在する。彼ら一人ひとりに常時監視をつけるほどの人的余裕や予算は我々にはない。

むろん、身辺調査や思想調査は行っているし、研究の開始に当たって機密保持契約（NDA）も結んでいる。そもそも軍事機密を扱うとはいえ、彼ら自身はあくまで愛国心を持った善良な一市民に過ぎん。危険人物扱いしていることが世間に知れれば軍への信用に関わる。

それに、こういった機密を保持するための最上の策は、『漏洩に対する防御を固める』ことではない。『機密の存在自体を気付かせない』ことだ。監視のために人員を動員するという行為はそれ自体、そこに機密事項があることを敵国に悟らせるようなものだからな」

ファイファー教授らの執務室に向かった空軍関係者がジョンひとりだけだったのも、そういう理由か。裏を返せば、事故の直後に彼らが試験機を慌てて回収したのは、彼らの動揺がそれほど深刻なものだったことを示しているとも言えた。

「でもさ、ジョン」

精悍な青年軍人を、マリアは偉そうにファーストネームで呼び捨てた。「ファイファー教授は、言ってみたらその道じゃ国内外の有名人だったわけでしょ。あんたたちの言う敵国から狙われる可能性だってあったんじゃないの？　その辺はどう考えてたのよ」

「実は何度か、護衛をつけさせてもらいたい旨を教授たちに申し出たことがある。『研究に集中できなくなる』と断られたが」

断られた？

「それは、ここ最近の何ヶ月か——彼らが新型機の開発に成功した後も、でしょうか」

「ああ。『仕上げがまだ残っているから』とな」

研究が完成に近付いた後になってもなお、軍の護衛を拒絶した……？

「ってことは何？　あんたたち、軍事機密満載の新型機を開発した教授たちを、航行試験の最中もずっとノーガードで放り出してたってわけ？」

「だから、我々が事態に気付いたのは航行試験の直前だったと先程も説明しただろう。航行試験が開始されたら、各チェックポイントに人員を配置して警護に当たるはずだった」

間違いない。警察（こちら）と空軍とでは、航行試験の日程の認識に齟齬（そご）がある。

なぜ――

「それに、我々もただ手をこまねいていたわけではない。彼らに軍用の通信機器を提供し、有事の際には我々に連絡するよう伝えてあった。

……むろん、このような事態になってしまった以上、警備に万全を期しておくべきだったという批判は甘受するしかないが」

声に苦渋を滲ませるジョン。それが純粋にファイファー教授たちを悼（いた）んでのものか、軍の面目の失墜を嘆いてのものかは解らなかった。

「教授らの研究がこのような形で失敗に終わった以上、新型気嚢式浮遊艇の開発計画は白紙に戻らざるを得ない。……しかし、生臭い話になるが、我々も少なからぬ資金を彼らに投入してきた。それをすべて無駄にするわけにはいかない。せめて今回の事故の原因を突き止めないことには、計画を再開することもままならんし、何より教授たちが浮かばれん。

――君たちにすべてを話すのも、一刻も早く真相を究明するためだ。改めて協力を願いたい」

再び頭を下げるジョン。マリアは居心地が悪そうに顔をしかめていたが、やがて苦々しく息を吐き、

「ジョン、その前に聞かせて。今回の件、あんたたちはどこまで摑んでるの。ただの事故じゃない、ってことはもう察してるだろうけど」

空軍少佐の返答には、いくばくかの間があった。

「……現時点では我々も、結論を出すに足るだけの情報を得られていない。上層部の見解も割れているのが現状だ。が——

あくまで私見だが、あれは墜落ではない。教授たちが死んだのは不時着の後だ」

漣とマリアは顔を見合わせた。

「なぜ、そう思われるのですか」

「機体の損壊が少なすぎる」

ジョンは明快に断言した。「仮に墜落だとすれば、ゴンドラか、少なくとも揚力制御プロペラを支える橋脚に重大な損傷が生じていたはずだ。だが回収した機体は焼失こそしていたものの、骨格そのものは全く綺麗なものだった。

教授たちを乗せた試験機は恐らく、何らかの理由であの場へ不時着を余儀なくされた。そして——何事が発生したのかは解らんが——機体が焼失し、教授たちも命を落とした。……今の段階ではこの程度の推測が限界だ」

漣たちと異なる方向から、この青年軍人は漣たちとほぼ同じ見解に達していた。

「その、『何らかの理由』についてはどうお考えですか。敵国の介入の可能性については」

——殺し合いよ。

不時着後の船内で、乗員同士による命の奪い合いが行われた。それが現時点での漣たちの推論だ。しかし、その具体的な全貌は未だ輪郭（りんかく）さえ見えていない。

仮に、それがファイファー教授らの研究成果を狙った何者かの手によるものだとしたら。

執務室のコンピュータで作られていたはずの自動航行システム。それを消去したのも、その『何者か』の仕業なのだろうか。

「正直に言えば、軍内部でもそれを懸念する声は大きい。R国(アカ)どもの介入を許し、機体を奪われようとするさなかに墜落の憂(う)き目に遭ったのだと。

だが、これも個人的な見解になるが……その可能性は薄いように思える」

「なぜ?」

「敵国にそれらしき動きが見えない。

奴らが次世代機を強奪しようとすれば、経路はどうあれ最終的に向かう先は国境線か海だ。ジェリーフィッシュは気球などと違い、折り畳んで箱に詰められるものではない。数十メートル単位の物体を運び出そうとすればそれなりの援護は間違いなく必要になる。だが陸海軍や連邦捜査局の情報を加味しても、少なくともここ数日、国境および近隣の海域に、敵国のものと思しき機影等が確認された形跡はなかった」

「……試験機を奪うため、とは限らないんじゃないの? 単に教授たちを始末できればそれで良かったのかもしれないわよね。ジェリーフィッシュの造り方さえ聞き出しちゃえば、現物に拘(こだわ)る必要なんてないでしょうし」

「だとしても場所が問題だ。なぜあんな雪山の奥へ? この季節、H山系は天候が荒れやすい。観測所によれば、教授らが消息を絶つ前後の数日間も山麓一帯は吹雪に見舞われていたらしい。そんな山の空を、ただでさえ風に弱いジェリーフィッシュで飛ぶなど、工作員自身にとっても自殺行為だ」

確かにその点は、漣も引っかかりを覚えていた。

仮に、教授らを雪山へ導いたのが何者かの意図によるものだったとしよう。では、その者は教授たちを殺害した後、自分はどうするつもりだったのか?

単に不時着しただけの試験機から勝手に火が出るはずがない。それが敵国の工作員の仕業だとすれば、その者は仕事を終えた後、必ず雪山を脱出しなければならない。周囲を崖に囲まれた、登山道もない悪天候の冬の山を。

現場周辺からは、教授たち以外の遺体も生存者も発見されていない。工作員はどうやってあの絶壁を乗り越えたのか。よほど周到に登山の準備を整えていたのか。

しかしなぜ？　人目のない場所へ教授たちを隔離するだけなら、何も山脈の奥まで危険を冒して入り込む必要はない。麓の森林地帯で充分だ。

「そもそも、教授たちのジェリーフィッシュに工作員がいつ、どうやって乗り込むことができたのかも問題だ。

ゴンドラの窓は嵌め殺しだ。出入口の扉も、内側からロックされれば外からは開けられない。空を飛んでいる間は接近することもままならない。外部の人間が侵入するには、ジェリーフィッシュが地上に降りている間のわずかなタイミングしかなかったはずだ」

そして、教授たちも部外者の侵入には注意を払っていただろう。仮に力ずくで開かせるにしても、物理的にであれ心理的にであれ、よほどの圧力が必要となる。ジョンによれば、空軍は教授たちに緊急連絡用の無線機を与えていたという。それを使って軍に救援も求めぬまま、工作員のなすままにさせていたとはおよそ考えにくい。

「じゃあジョン、工作員の仕業でもないならあんたはどう考えてるのよ」

「詳細は解らないと述べただろう。君たちはその捜査でＵＦＡにいたのではないのか」

マリアの美貌が露骨に歪んだ。

「私は情報を出した。今度は君たちの番だ。空軍の事故調査員として、君たち警察へ情報提供を要請したい。今回の件、君たちはどこまで摑んでいる?」

再び沈黙が訪れた。

マリアは長いことしかめ面のまま顎に手を当てていたが、やがて「――オーケイ、ジョン」と勿体ぶったように息を吐き出した。

「あんたの言うことももっともね。解ったわ、ギブアンドテイクで行きましょ。

でもその前にもうひとつだけ教えなさい。こっちの情報を出すのはそれからよ」

「……何だ」


「あんたたちが教授たちに開発させてた新型ジェリーフィッシュの、新しい機能は何?」


ジョンの顔が再び強張った。

「――無理だ。今、そこまで明らかにするわけには、」

「そいつが新素材の真空気嚢と関わりがあることは解ってるのよ」

マリアは大胆にカードを切った。「その開発のために教授たちが散々失敗を繰り返していたことも、唯一成功したのがほんの二ヶ月前だったってことも。

素体を造ってた下請け会社にもこれから調べを入れるわ。あんたたちが作らせようとしてた新素材の正体も、いずれ明らかになる。今隠したところで時間の無駄なの。だったら今のうちに喋っておいた方が捜査もさっさと進むし、お互いのためなんじゃない?」

まったく、本当にこの人は。

三度目の長い沈黙だった。悪魔じみた笑みを湛えるマリアを、ジョンは忌々しげに睨みつけ

――やがてマリアが勝った。

「そこまで言うからには、そちらの捜査状況はすべて伝えてくれるのだろうな」

「女に二言はないわ。これから手に入る情報も全部流してあげる」

署長が聞いたら卒倒しそうな台詞を、マリアは平然と口にした。ジョンは脱力したように口許を緩めた。

「解った、君たちを信用しよう。我々が教授たちに開発を依頼していたのは――

レーダー捕捉不能型気嚢式浮遊艇。いわゆる、ステルス型ジェリーフィッシュだ」

※

「レーダー捕捉不能型（ステルス）？」

……なるほど、まさかとは思ったがそういうことか。空軍が血相を変えるわけだ。

「材料そのものから新規に開発していたということは、電波吸収方式ですか」

「ああ。真空気嚢の性質上、形状制御方式が困難なのは我々も予想できたからな」

「ちょ、ちょっと待ちなさい」

マリアが困惑したように、「いきなり宇宙語を話すのはやめて。今の話は何？　解るように説明しなさいよ」

「マリア。軍事用語で言う『ステルス』の意味はさすがにご存じですよね」

「え!?………あー、う、うん、知ってるわよそれくらい」

「ご存じないようですので説明しますと」

やれやれ、漣は大仰に首を振ってみせた。「戦争映画などで、レーダーを使って敵影を捕捉するシーンがよく出てきますが、ステルスとはそのレーダー探知を無効化しすり抜けてしまう性能のことです。貴女にも理解しやすいよう子供向けに表現すれば『透明人間のような性能』とでも言えるでしょう。……どうです、理解できましたか？」

「よく解ったわよ！　あんたが一言多いのは！」

「透明、という言葉は少々誤解を招くな」

青年軍人の口に苦笑が滲んだ。「レーダーで使われるのは可視光ではなく、もっと波長の長い電波だ。この電波を周囲に放つと、照射圏内の物体が電波を反射する。この反射波を検知し、飛んできた方向と時間から物体の位置を割り出すのが、レーダーの基本原理だ。

さて、以上を基に、物体をレーダーに捕捉されないようにするにはどうすればいいか」

生徒を試す教師のような口調でジョンが問う。マリアは露骨に眉を寄せ、次いで右手の人差し指を顎に当てた。

「つまり……電波が反射されなければいい、または反射されても検出地点まで届かなければいい、ってこと？」

「その通り。

反射波が検知されなければ、その物体はレーダーにとって存在しないも同然だ。それを実現する方法は大きく二つ。『そもそも電波をスポンジのように吸収してしまう材料を使う』か、『反射波が後方に逃げるような構造にする』か。

だが後者の『形状制御方式』は真空気嚢への適用が難しい。真空気嚢の形状は、大気圧を相殺するために球形かそれに近いものにしなければならないからだ。よって」

「前者の『電波吸収方式』――飛んできた電波を吸い取っちゃう材料を探すことが、新型ジェリーフィッシュの開発方針になったわけね」

教授たちが開発に五年もの歳月を要した理由を、漣は理解できた気がした。真空気嚢の原材料や製造方法には、恐らく代替の余地があまりない。そこにステルス機能を併せ持った素材を見出すのは、開発者本人らをもってしても困難を要したに違いなかった。

「ステルス性素材そのものは、我々も別途、戦闘機用に開発している。それを貼り付ければ、手元の技術だけでも一応はステルス性ジェリーフィッシュの製造は可能だ。

だが、ジェリーフィッシュ――特に真空気嚢は表面積が巨大だ。その全面にステルス素材を貼り付けるとなると、工数も費用も重量も馬鹿にならん。それよりは、最初から真空気嚢にステルス性を持たせる方が遥かに効率的だ」

「……ん？　『全面』って言ったわね。ゴンドラとか橋脚とか、真空気嚢以外の部分は」

「当面は、今述べた戦闘機用のステルス性素材を転用することになっていた。真空気嚢とは関係ない部位の素材開発まで教授たちに任せるのは、明らかに非効率だったからな。

今回の試験機に関しては、こちらから教授たちへ極秘裏に戦闘機用ステルス素材を提供し、彼ら自身が貼り付けの施工を行う段取りになっていた」

――技術開発部の人に一度引き取ってもらったんですよー。

――ゴムみたいな変な素材が外側に貼られてました。

そういうことか。空軍が事故機をなりふり構わず回収したのは、戦闘機用のステルス素材が事故機の一部に使用されていたからでもあったのだ。

「軍用機としてのジェリーフィッシュの長所は、何を措いてもその静音性にある。これにステルス機能が加われば、夜間の補給や歩兵動員の際に、強大な優位性を持つことになる——はずだった。

だが、すべて水の泡となった」

拳を握り締めるジョンに、漣はしかし、「心中お察しします」と社交辞令を述べる以上の同情を示す気にはなれなかった。

強力な軍事兵器を開発するということは、敵側の人間を多く殺す技術を生み出すことに他ならない。先程の言葉が、要は「敵を殺しにくくなった」の言い換えに過ぎないことを、彼はどこまで自覚しているのだろうか。

だが、それは今議論すべきことではない。ジョンも職業軍人としてそんなことは百も承知なのかもしれない。教授たちの死の真相を突き止めること、それが今の自分たちの共通の目的であるはずだった。

「私の話は以上だ。君たちの話を聞かせてくれ」

駆け引きの段階は過ぎていた。教授たちの執務室のコンピュータが初期化されていた件を漣が話すと、ジョンの両眼が見開かれた。

「それは——ＵＦＡの内部にすでにスパイが入り込んでいた、ということか⁉」

「とは限りません。これまでの貴方のお話を伺うに、むしろ状況は逆のように思われます」

「逆？」

ええ、漣はマリアを一瞥(いちべつ)し、再びジョンに視線を戻した。

「外部犯など最初から存在しない——犯人は、教授たち技術開発部の中の誰かである可能性が高いのではないか、と」

　遺体の状況――墜落の痕跡が認められないこと、一体は首や手足が切断されていたこと――を伝えると、ジョンの表情が今度こそ驚愕に凍りついた。

「切断されていた……⁉」

「ご存じありませんでしたか」

「遺体の方は君たち警察に任せきりだった。他殺の疑いがあるとまでは聞いていたが……確かに不可解だ。奴らの手口ではない……いや、それではしかし」

「詳しいことはまだ全然よ。あんたたちに遺留品をごっそり持ってかれたおかげでね。

　でもね、これだけは言えるわ。あたしの勘だけど賭けてもいい。この事件、軍事技術がどうとかいうだけの話じゃ絶対にない。もっと深い裏があるわ。――それも、ファイファー教授たち自身に関わる何かが」

　青年軍人は表情を強張らせたまま身動きひとつしなかった。やがて、

「遺留品については至急手配する」

　押し殺した声とともに、ジョンは懐に手を差し入れ、漣とマリアの前に何枚かの写真を並べた。

「……ここで見せる必要もあるまいと思っていたが、状況が変わったらしい」

「これは……？」

「遺留品の一部だ。燃え残ったトランクのひとつの中に――ファイファー教授のものと思われるが――入っていた。私がＵＦＡを訪れたのは、これと同じものが教授たちの執務室に残されていないか調査するためでもあったのだが」

　ノートと思しき紙片の写真だった。

表紙を写したものが一枚、罫線の引かれたページのひとつを写したものが一枚。他の写真は、これらを何回かに分けて接写したもののようだった。

「実験ノート!? 残ってたのね」

マリアが興奮したように身を乗り出し、やがて「……え?」と眉をひそめた。

「何よこれ。ただの複写(コピー)じゃない」

撮影されていたのは、正確にはノートそのものではなかった。『ノートの表紙を複写した紙』と、『ノートの中の一ページを複写した紙』が、それぞれ一枚ずつ。

「ニッセン少佐、これは一体」

「いや、我々が複写したわけではない」

漣たちの疑念に空軍少佐は答えた。「この『ノートの複写』が遺留品なのだ。原本は——少なくとも原形を留めた形では——遺留品の中からは見つからなかった」

ノートの複写が、ファイファー教授のトランクの中に?

改めて写真を見る。罫線の引かれたページには、日付や化学反応式や数字、何かの説明図と思しき手描きの線図などが所狭しと書き込まれている。それでいて雑然とした印象は受けない。繊細で美麗な字がそう感じさせるのだろう。

もう一度、今度は最初から目を通す。光の加減か複写の不具合か、ところどころ掠れて読みづらい部分もあったが、『NaCN + ■■』『触媒を混合』『硬度：■■』といった記述を認めることができた。『膨らませて中へ』、そして寝かせたCの字の切れ目に矢印を引っ張った図なども記されている。

間違いない、真空気嚢の実験ノートだ。

筆跡から推測するに、書き手は女性のようだが——技術開発部の執務室で見た『リンダ・ハミルトン』のノートの字とは明らかに異なっていた。誰が書いたものだろうか。

ページに記された日付は『一九七〇年三月二十三日』。随分と古い。十三年も前のノートを、わざわざ複写までして持ち歩いていた——？

「複写はこの二枚だけですか。他のページや、他のノートの表紙は」

「ない。焼け残ったトランクは他にも複数あったが、同様のものは一切見つからなかった」

「あんたたち、遺留品に勝手に手をつけたの？」

「教授たちの実験ノートを探すためだ。教授たちの命が喪われたとしても、せめてノートが残っていれば我々が研究を引き継げると判断して行った。

必要な記録は残してある。警察の捜査に支障を来すことはないはずだ」

「……………で、ノートは見つかったの」

「炭化した紙片と思しきものは見つかったが、文字を識別できる状態ではなかった」

「……そう」

マリアは肩を落とした。脱力したように写真のひとつを手に取り、「つまりこいつが、あのジェリーフィッシュの中に残されてた貴重な手がかりって……」

彼女の言葉が不意に途切れる。漣は傍らの上司を見やり——息を呑んだ。

マリアの様子が急変していた。

「嘘……まさか……これ！」

写真を持つ手をかすかに震わせ、叫びにも似た声を上げながら。

『Rebecca Fordham 1970. 01〜』と記された表紙の複写を、マリアは凝視していた。

インタールード（Ⅲ）

サイモンが現れたあの日以降、模型店でレベッカに逢えない日が多くなった。

憂鬱な日々が続いた。

彼女も学校にはちゃんと足を運んでいるはずだったが、まさか正門や化学科棟の前で待ち構えるわけにもいかない。

そもそも、大学のキャンパスで彼女に声をかける勇気など——ましてや、あの男について面と向かって彼女に問い質す勇気など、私にありはしなかった。

——あいつは誰なのか。

——君とはどういう関係なのか。

醜く澱んだ問いを胸の奥に抱えたまま、時は過ぎていった。

そんなある日、たまたま所用で、普段より遅い時間に模型店に足を運ぶと、あら、とレベッカが棚の陰から姿を現した。

レベッカと店で顔を合わせるのは久しぶりだった。何となく気まずい思いに囚われ、私は曖昧な会釈の後、彼女から顔を背けるように新作の模型の箱を手に取った。……と、

――どうしたの？

彼女が私の顔を覗き込んだ。何だか元気なさそうね。

何でもない、気にするな。思わず強い語調で距離を取ってしまった私に、そう、とレベッカは傷ついたような顔を向け、それから再び陳列棚のチェックを始めた。

凄まじい罪悪感に襲われた。躊躇に躊躇を重ねた挙句、君こそ忙しそうだね、と、私は嫌味にしか聞こえない台詞を口走っていた。

心臓が凍りついた。立て続けの大失態だった。嫌われた――仄暗い絶望感が背中を駆け上った。

が、彼女の反応は予想外のものだった。

レベッカは瞳をぱちくりさせ、次いで、花が咲いたように顔を綻ばせた。

――もしかして、心配してくれてたの？

違う、思わぬ返答にしどろもどろになった私へ、彼女は眼鏡越しに優しい瞳を向け、ありがと、と唇を動かした。

――実験が忙しくなっちゃって、シフトを後ろにずらしてもらってたの。だから、大丈夫だよ。

何が大丈夫なのかよく解らなかったが、彼女のその言葉を聞いた瞬間、心の奥底に溜まっていた澱が一気に抜けていった。そっか、私がようやく笑うと、レベッカの微笑みもさらに温かなものになった。

サイモン・アトウッドが彼女の高校時代の先輩だったこと、あの日はその縁でサイモンの知り合いの研究室へ顔合わせに行っていたのだということを、私は彼女の口から聞いた。

――今ね、すごく面白いところなの。

研究について語るときの彼女は、いつも、無邪気な子供のようだった。

彼女の話は難しかった。素人同然の私のために彼女なりに噛み砕いて説明してくれているのは伝わったし、内容も朧げながらイメージはできたが、ともすると興が乗った勢いで専門用語が矢継ぎ早に飛び出すこともあって、当時の私には、彼女の話を百パーセント理解するなどとてもできなかった。

それでも、彼女の話を聞くのは楽しかった。

難しい理論を説明するときの理知的な瞳。実験の失敗や成功を語るときの哀楽に満ちた声。万華鏡のように変わる彼女の表情を見ているだけで、レベッカの語る研究の世界の素晴らしさを、自分も共有できたような気がした。

彼女にとって、研究は——特定の相手に想いを寄せる暇もないほど大事なのだということを、私は充分すぎるほど感じ取ることができた。

逆に、私が語ることのできる話題は哀しいほど少なかった。

友人もなく、好きなものといえば模型か、そこから派生した機械や電子工作くらいのもの。底の浅い私の話に、レベッカはそれでも笑顔で耳を傾けてくれたが、彼女ほど深い話ができるはずもなく、話題は早々に尽きてしまった。

——自分は、海月みたいなものだから。

まともに話題も振れない恥ずかしさから、ある日、レベッカにそんな言葉を零してしまったことがある。自意識丸出しの私に、けれど彼女は嫌な顔ひとつせず、

——知ってる？　海月って、氷点下の海の中でも泳ぐことができるんだよ。

逆にそんなことを教えてくれた。

——たとえ凍ってしまっても、温かくなればまた生き返るんだって。

——だからね。海月だから駄目だなんて、そんなことないんだよ。

そこまで言ってない。照れ隠しに言葉を継ぐ私に、彼女は悪戯っぽく小首を傾げ、そう？　と笑った。泣きたくなるような、優しい笑顔だった。


けれど——彼女のその笑顔は、決して私ひとりだけに向けられるものではなかった。

店に他の客が現れれば、レベッカの微笑みはそちらを向き、私と彼女の二人だけの短い時間は終わってしまう。

彼女の優しさは、他の誰に対しても分け隔てなく、

——そして彼女にとって、私は知人ではあっても、決して特別な存在ではないのだ。

第7章　ジェリーフィッシュ（Ⅳ）――一九八三年二月八日　二二：四〇～――

「誰ですか、『レベッカ』とは」

氷刃のようなエドワードの声に、ウィリアムは沈黙を返すことしかできなかった。

クリスも、口を滑らせたリンダ本人も、青ざめた顔で口を引き結んでいる。

聞かれた――よそ者には決して知られてはならないその名前を、知られてしまった。

「『レベッカのせいでこの後も良からぬことが起きる』。今、そのようなことを仰いましたね。どういう意味ですか。貴方たちは、その『レベッカ』から何かしらの恨みを買っていたということですか。答えて下さい、『レベッカ』とは一体」

「やめろエドワード」

クリスが沈黙を破った。「そんな女なんぞオレらは知らん。リンダの言い間違い、お前の聞き間違いだ」

「ごまかさないで下さい。そんな言い逃れが通用すると――」

「黙れ！」

怒声が食堂を揺らした。……目下の人間への叱責ではなかった。図星を突かれ、震えを含んだ声で喚き散らすだけの、無様な恫喝だった。

「やめろ、二人とも」

泥沼に入り込む前に、ウィリアムは割って入った。「今はそんな言い争いをしている場合じゃないだろう。仲間割れなどしてたらそれこそ犯人の思う壺だぞ。死にたいのか」

エドワードは口を閉ざした。クリスも眉根を歪めたまま、背凭れに身を預けた。

重々しい沈黙が流れた。

……最悪だ。

今しがたのクリスの反応は、考えられる限り最悪の返答だった。『レベッカ』に対するエドワードの疑念は、強まりこそすれ決して消えることはないだろう。

「――それで、これからどうするのですか」

どれほどかの間の後、エドワードが口を開いた。「ここで救援が来るのを待ちますか」

『レベッカ』についての問いはなかったが、それが一時の留保に過ぎないことは、冷気を含んだ彼の視線を見れば明白だった。

「いや。待つにしても、食堂に居続けるわけにはいかないだろう」

肉体的にも精神的にも、ウィリアムの疲労は極限に達しつつあった。「さっきお前が言っていたように、どこかの部屋に入って一人ずつ交替で休みを取る。残りの三人は見張る。……みんな、とりあえずそれでどうだ」

「嫌よ」

リンダの口から、断固とした拒絶の声が放たれた。「そんなの嫌……ひとりだけで寝るなんて……その間に殺されちゃったら、どうするのよ……！」

「リンダ……だからそうならないように、残りの三人で見張ると」

「犯人がひとりだけだなんて、どうして言えるのよ！

その三人がみんな犯人だったら……ううん、たとえ二人でだって、残りのひとりが殺されちゃったら……それでお終（しま）いじゃない！」

ウィリアムは言葉に詰まった。

犯人がひとりだけとは限らない。その可能性を否定する証拠はどこにもなかった。

「なら、どうしろって言うんだお前は。

皆で寝るのも駄目、ひとりで寝るのも駄目……オレら全員、ずっと起きてろと言うつもりか」

「……それは」

そんなことは不可能だ。人間である以上、気力にも体力にも必ず限界は訪れる。

あるいは一日程度なら、意識を保ち続けることは可能かもしれない。吹雪が止んで救助が来られるようになれば、ネヴィルが言い遺した通り、明後日にも助かる見込みはある。

……だが、来なかったら。

吹雪が止まず、会社も親族も様子見を続け、軍（スポンサー）も自分たちを見捨て――一日を過ぎても何の助けもなかったら。その先、自分たちが生き続けられる保証はあるのか。

いや、それ以前に、果たして犯人が悠長に待ってくれる保証などあるのか？

「それはひとまず脇に措きましょう。ひとりであれ複数であれ、いつまでも起き続けられるわけではないのは犯人も同じですから。

むしろ問題は、そうでなかったときの場合です」

「そうでなかったとき？」

「犯人が僕たち四人の中にいない――そういう場合です。

部外者が航行システムや緊急停止スイッチに手を入れることはできない、とのことでしたが、果たして本当でしょうか。ＵＦＡの警備が一分の隙もないほど完璧だと……部外者の侵入する余地など針の穴ほどもないと、確信を持って言えますか。

いえ、部外者ばかりではありません。自動航行システムや緊急停止スイッチを改竄することができたのが、教授やネヴィルを含めた僕たち六名だけだと、なぜ言えるのですか」

場が静まり返った。

「……待て。お前、オレら以外の誰かがここに忍び込んでるって言いたいのか」

他の誰か――どころの話ではない。


「サイモンが⁉」


ウィリアムの声に、ひっ、とリンダが喉を鳴らした。

馬鹿な――奴が？

いや、むしろ真っ先に挙げてしかるべきだった選択肢だ。仮に今回の事態がレベッカの死に起因しているのだとすれば、奴には俺たちを抹殺すべき充分な理由がある。

「可能性のひとつですが、ありえない話ではありません。

それと、教授もネヴィルも毒殺です。僕たちがこの場所に閉じ込められたのは自動航行プログラムの異常によるものです。極端な話、ここまでの行為は、犯人がジェリーフィッシュに乗り込んでいなくても充分に可能です」

エドワードの言わんとすることを、ウィリアムは衝撃とともに理解した。

「犯人は、ここに先回りしている……⁉」

「この雪原を、僕たちは隅々まで調べ回ったわけではありません。崖の外周だけでも五、六キロはあります。そのどこかに犯人が隠れ潜める物陰はないとどうして断言できますか。

そもそも、今の僕たちには崖の上を確認する手段がありません。犯人がもし、窪地の中でなく外側に潜んでいたとしたら。下から道具なしで這い上がることは不可能でも、上から道具を使って降りることは充分に可能ですよね」

凍りつくような沈黙だった。四人の口許から、薄い湯気が途切れ途切れに立ち上った。

「……なら、どうしろって言うんだお前は」

「可能性を潰していくしかありません。ひとつずつ。

皆でジェリーフィッシュの中を見回って、部外者の痕跡がないかどうかを探すんです」

※

船首の操舵室に始まり、食堂、キッチン、客室、洗面所、バスルーム、そしてエンジンルームまで、出入りが可能な範囲をまず見て回ることにした。

部屋を覗かれることについては、リンダがかなり強い抵抗を示したが、「犯人を匿っているのですか」というエドワードの声に結局は屈した。この青年は手荷物検査すら提案したが、これはさすがに他の三人が激しく反対した。鞄を開けた隙に偽の証拠を放り込まれる危険がある、という理屈に、エドワードは結局反論できなかった。

三つの客室のうち、二号室には教授とネヴィルの亡骸が横たわっている。彼らの死を目の当たりにするのは耐えがたかったが、だからと言ってそこに犯人が潜んでいないとも、今の状況では決して断言できなかった。

そうやって捜索を一通り終え、四人は食堂に戻ってきた。が——

「……いないな」

「ああ」

ウィリアムは肩の雪を払った。人の姿はおろか、気配も、誰かがいたと思しき痕跡も見つからなかった。

天井裏も床下も、蓋を開けられるところは覗いてみたが、電気関係のコードや配管が詰め込まれていて、とても人が入れるような隙間などなかった。

犯人がゴンドラの外へ逃れられるとしたら、経路は二つだけだ。食堂とキッチンの間にある正規の出入口か、エンジンルームの奥の非常口か。

だが正規の出入口は、まず内側から閂型のレバーを物理的に操作する必要がある。外壁のスイッチでも開閉はできるが、それには内側のレバーが解除されていることが絶対条件だ。先程確認した際は、このゴンドラの出入口のレバーは下りていた。

一方、エンジンルームの奥の非常口は前室のドアと併せて二重扉の形になっているが、いずれの扉も内側から施錠されていた。外側には鍵穴もないので、外へ逃げた後で鍵をかけることもできない。

そして、窓はすべて嵌め殺し。

今、このゴンドラの中には、死者を除いてはウィリアムら四人しかいない——そう結論せざるをえなかった。

「ちょっと……どういうことよエドワード」

「部外者が潜んでいるというのはあくまで仮説に過ぎません。その可能性を消すことができただけでも前進と思いますが」

　リンダは苦々しげに口をつぐんだ。

　……前進、か。

　その一歩が、本当に自分たちの身の安全に繋がっているとは限らない。この捜索で確認できたのは、あくまで『ゴンドラの中に潜んでいる部外者も、外に逃げた部外者もいなかった』という事実だけだ。生き残った四人の誰が皆をこの場所に追い込み、教授とネヴィルの命を奪ったのか。肝心な部分は全く明らかになっていない。

　そして実のところ、外部犯人説が完全に否定されたわけでもない。

　今、ゴンドラに部外者がいないことが解ったからといって、これから部外者がやって来ないという保証はどこにもないのだ。

　皆が寝静まった後、そいつが例えば、窓を割ってゴンドラ内に躍り込んだら。

　そのとき自分は――果たしてどうなってしまうのか？

「……そうか……何だ、そういうことか」

　不意に、クリスの口から、彼に似つかわしくない乾いた笑いが溢れ出した。

「クリス？」

「すまん、ちょいと忘れ物を思い出した。取ってくるぜ」

「忘れ物？」

　エドワードの声に疑念が滲んだ。「この状況で勝手に動かれるのは――」

「いちいちうるさいんだよお前は。煙草（たばこ）だ煙草。せめて一本くらい吸わせろ」

「待って！　ひとりで出歩いたら――」

「『ここにはオレら四人しかいない』んだろ？　お前ら三人で固まってりゃこっちも安全だ」

「そうじゃなくて」

リンダは恐怖に染まった瞳でウィリアムとエドワードを見つめ、次いですがるような視線をクリスに向けた。「私をひとりにしないでって言ってるの！」

――犯人がひとりだけだなんて、どうして言えるのよ。

胃をねじ切られるような痛みがウィリアムを襲った。先程の捜索は結局のところ、リンダの不信感を助長する結果にしかならなかったらしい。

……いや、本当にそうか。

リンダのこの怯えは、本当に、ただの疑惑や疑念によるものなのか？

「なら、全員で一緒に行きましょう」

「大げさだな。たかが四、五分程度に付き添いなんて子供かオレは。

――リンダ、そんなに心配なら無線機でも入れとけ。それなら互いの状況も解るよな」

どこか突き放したように言い捨て、クリスは食堂の外に消えた。止める間もなかった。

残された三人は、気付けば同極の磁石が反発し合うように、互いに距離を取って椅子に腰を下ろしていた。

リンダは、猛犬と同じ檻に閉じ込められたかのごとく、怯えた顔で無線機を握り締めている。

エドワードは、不信と諦念に満ちた、しかしどこか感情の抜け落ちた瞳を、ぼんやりと周囲に巡らせている。

澱んだ沈黙だった。下手に会話を試みようものなら、またリンダを刺激しないとも限らない。

彼女を今この場でどうこうする意思などウィリアムにはなかったが、この状況で再び騒ぎが起きれば、待っているのは今度こそ、決定的な相互不信の連鎖と破局だ。

……だが、実のところ犯人は誰なのか。

クリスか、リンダか、エドワードか。

クリス――普段の仕事でも、ベンチャー時代の財政面でも、今回の航行試験でも、技術開発部の事実上のナンバー2（ツー）だったのが実はこの男だ。今回の状況は決して偶発的なものではない。相当前から計画が練られていたはずだ。ネヴィルが死んだ今、航行試験全体を俯瞰（ふかん）、制御できる立ち位置にいたという点では、四人の中で最も怪しく思える。

リンダ――こちらは逆に、一見犯人には最も似つかわしくない。怯え切っている今の姿もさることながら、日頃の彼女の言動と、今回の異常極まる状況とがどうにもそぐわない。

……だが、それが本当にリンダのすべてだと果たして言えるのか。自分の見てきた彼女が本当の彼女だと、どうして断言できるのか。そもそも、ネヴィルやクリスが技術開発部の実質的な中核だったのなら、その二人に最も容易に近付くことができたのも彼女だ。

エドワード――技術開発部の中では最も下っ端の、期間限定で雇われた部外者。今回の事態が彼女――レベッカの一件に端を発しているのなら、彼は巻き添えでここに閉じ込められた被害者に過ぎない。

……が、それは本当か。

自動航行プログラムの改竄を最も容易に行えたのがこいつだ。それに、ウィリアムは彼の素性を知らない。ネヴィルがこいつをどこから連れてきたのかも解らない。彼が本当にレベッカと関わりがないとなぜ言えるのか。

いや、そもそも、今回のこれは本当にレベッカに起因するものなのか……

「ウィル」

エドワードの抑揚の失せた声に、ウィリアムははっと我に返った。

「どうしました。僕が犯人かもしれないと考えていましたか」

図星を指され、ウィリアムは返答に窮した。エドワードの口許がかすかに緩んだ。

「構いませんよ。そう思われるのは当然です。残された四人の中で『レベッカ』の死に関わっていないのは僕だけでしょうから」

「いや、そこまでは――」

「ウィルっ!!」

リンダが悲鳴を上げた。

――しまった――!

血の気が失せた。自分がとんでもない失言を放ってしまったことを、ウィリアムは悟った。

「……そういうことですか」

エドワードの唇の端が、笑みとも憤りともつかない形に動いた。「貴方たちは、その『レベッカ』という人を殺したんですね」

目の前に漆黒の幕が下りるような感覚を、ウィリアムは味わった。

「ち――違う！　そんなことは一言も」

「取り繕ったところで無駄です」

エドワードは手袋の嵌まった右手を防寒着のポケットに入れ、テーブルの上にそれらを広げた。

何かの複写と思しき二枚の紙片に視線を落とした瞬間、ウィリアムの心臓は凍りついた。

『Rebecca Fordham（レベッカ・フォーダム） 1970. 01～』と書かれたノートの表紙。

　化学式や数字や図が緻密に書き込まれたノートの一ページ。

「教授の部屋の机に置いてありました。最初は意味が解らなかったのですが……貴方たちにはよほど大切なもののようですね」

　ウィリアムと、青ざめた顔のリンダを交互に見やりつつ、エドワードの声はどこまでも無感情だった。「『レベッカ』という人のことを隠したところで、犯人が感謝して貴方たちを見逃してくれるとも思えません。むしろ、犯人の動機がその『レベッカ』に関わりあるものだとしたら、事実を隠すことは犯人の特定を妨害することに等しい。何も知らないまま巻き添えで殺されるのは僕だって御免（ごめん）です。

　話して下さい。『レベッカ』とは誰ですか。貴方たちとはどのような関係で――そしてなぜ、貴方たちは『レベッカ』を殺したのですか」

「それは――」

　お終いだ。

　もはや隠し切ることなどできない。自分たちの罪はすべて暴かれたも同然だった。

「言う必要はないぜ、ウィリアム」

　いつの間に戻っていたのか、食堂の入口にクリスが立っていた。

「クリス――」

　発しかけた声が立ち消えた。

クリスの様子が妙だった。前髪から小さな雫を滴らせ、血色は失せ、瞳には不気味な色を湛えている。

そして、彼がその手に握っているもの。

「……クリス？　ねえ、一体」

「言ったところで、どうせすぐに忘れることになるんだからな」

クリスの両腕が動いた。引鉄の付いた長い筒――散弾銃。

「クリス、お前!!」

「恨みっこなしだぜ」

散弾銃を構えながら、クリスは楽しげに呟いた。「大丈夫、痛いのは一瞬だ。お前ら全員、きっちりあの世へ送ってやる」

第8章　地　上（Ⅳ）──一九八三年二月十二日　一六：四〇〜──

「ちょっとジョン、何よこれ！　最初からさっさと出しなさいよこの腐れ軍人！」

　レベッカ──『R』!?

「なっ、」

　呆気に取られた顔のジョン。漣も意表を突かれた表情を向けた。

「マリア、落ち着いて下さい。何があったのですか」

「何がもへったくれもないわよ」

　ネヴィル・クロフォードの実験ノート、そしてキャンプの写真に記されていた『R』の件を二人に説明すると、返ってきたのは部下からの、冷ややかという表現すら生ぬるい叱責だった。

「マリア。貴女こそ、そのような重大な事実をなぜ隠していたのですか。まったく警部が聞いて呆れますね」

「話そうと思ったらあんたに呼ばれたんじゃない！」

「待て──いや待て」

　空軍少佐が混乱もあらわに、「つまり、君の言う写真の少女が、この表紙に記された『レベッカ・フォーダム』だということなのか!?　だとしたら、君が今言った、ネヴィル・クロフォードのノートの記述の意味は……まさか」

「断言はできません。少なくとも今の段階では」

ノートの複写を撮影した写真のうち、罫線の引かれたページを大きく写した一枚を、漣は静かに凝視した。「……ですが、仮にそれが事実だとすれば、何もかもが大きく変わってしまうことになります。今回の事件の様相も、この複写の意味も。

ニッセン少佐。この二枚の複写ですが、具体的にはどのような形で発見されたのですか。トランクの中から発見したと仰っていましたが」

「……宛名も何もない封筒が、荷物と一緒にトランクに放り込まれていた。この二枚はその封筒の中から発見されたものだ。封筒には他に何も入っていなかった」

「そうですか」

漣は頷いて、「少佐、改めて要請します。この複写を含め、運搬可能なすべての遺留品を直ちにこちらへ回して下さい。

それと、この件はくれぐれも内密にすることをお勧めします。これが万一公になれば、ＵＦＡや貴方がた空軍、下手をすればＵ国そのものの威信を損なうことになりかねません」

※

ジョンが憔悴(しょうすい)した様子で去り、応接室にはマリアと漣の二人だけとなった。

「……ねえ、レン」

知らず、マリアの口からは呟きにも似た問いが零れ落ちていた。「あんたはどう思うの、あの複写のこと。それと『Ｒ』のこと。ネヴィル・クロフォードの言葉の意味。なぜ教授たちは死んだのか。その他もろもろ」

漣は答えない。眼鏡の奥の鋭利な瞳が、同じ問いをマリアに投げ返していた。

……まったく、いい部下に恵まれたものだわあたしも。

「解ってるのならはっきり言いなさいよ。あたしだってすんなり信じてるわけじゃないんだから。

真空気嚢を創り出したのはファイファー教授たちじゃなかった、

あの写真の少女、『レベッカ』が本当の生みの親だった――なんてこと」

複写されたノートの表紙の字は、罫線の引かれたページの字と同じだった。

それは客観的に見れば、『レベッカ・フォーダム』が一九七〇年に真空気嚢に関する実験を行っていた、という事実を示しているに過ぎない。

そして、『レベッカ・フォーダム』もまたファイファー教授の研究室の一員であったことを、単に示唆しているに過ぎない――はずだった。

だが、技術開発部の執務室に、『レベッカ・フォーダム』の名札はどこにもなかった。

漣の入手した試験計画書にも教授らの論文にも、名前は一切見当たらない。そして。

――Rはどう確認していたのか？　死ぬ前に訊き出すべきだったか。

真空気嚢研究の最前線にいたはずのネヴィル・クロフォードが、新素材の真空気嚢の開発に行き詰まり、『R』の知識を執拗に欲していたという、もうひとつの事実。

この『R』こそが『レベッカ・フォーダム』であり、あの写真の少女なのだとしたら。

――親睦キャンプにて　研究室メンバー、そしてRと。

『R』はファイファー教授の研究室のメンバーではない。その意味するところは——

マリア自身をして、未だに信じがたかった。どう見てもティーンエイジャーとしか思えないあの眼鏡の少女が、航空機の歴史を塗り替える大発明を成し遂げたとは。

「現時点ではあくまで臆測に過ぎません」

厳格な部下は律儀に前置きした。「ですが、そう考えれば筋が通ることがひとつあります。

——そもそも真空気嚢がなぜ、畑違いの航空工学者の手で発表されたのか」

「畑違い？」

「UFA社製造部のプリッドモア氏も述べていましたが、教授たちの最大の研究成果は、真空気嚢の作製方法——より詳細には、原料となる有機高分子、反応に用いる無機系触媒、反応生成物の結晶構造、反応機構——とされています。

ですが、これらは厳密には『真空気嚢』ではありません。『真空気嚢を造るための素材とその合成法』です。教授たちの仕事とされているこれらの成果は、『航空工学』よりむしろ『合成化学』の分野に近いものです。

一方、航空工学とは乱暴に言ってしまえば『航空機』を開発する学問です。『航空機に使われる素材』を開発する学問ではありません。紙飛行機で例えれば、より遠くまで飛ぶ紙飛行機の形や折り方、飛ばし方を考えるのが航空工学であって、紙そのものを作るのは彼らの本来の仕事ではないのですよ」

——彼らの研究は正直、得体が知れないと申しますか——

——機械職人が化学合成の実験レポートを読むようなものでした。

「にもかかわらず、ファイファー教授らは『紙』を作ることができた。これ以上ないほど頑丈な紙を。なぜか」

紙職人が彼らの傍にいたからだ。

それがあの写真の少女、『レベッカ・フォーダム』だった。

「『レベッカ』と教授たちにどのような繋がりがあったのかは解りません。教授の教え子らと年齢がそれほど離れていなかったらしいことを考えると、彼らの誰かと個人的な知り合いだった可能性もあります。ともかく教授は、彼女の生み出した新素材を基に、『真空気嚢』を世に発表した。

だがその裏で、ひとつの悲劇が生じた」

『レベッカ』が死んだ――ネヴィル・クロフォードの記述によれば。

なぜ彼女は命を落としたのか。事故か、病か……それとも。

今は何も解らない。ひとつ言えるのは、『死ぬ前に訊き出すべきだったか』という表現に、彼女への哀悼(あいとう)の意など微塵も見出せないということだった。

「彼女と教授たちの関係がどのようなものであったにせよ、もし彼らが『レベッカ』にわずかなりとも敬意を払っていたら、彼らは彼女の名誉のために、自分たちが真空気嚢の真の発明者でないことを最初から公表していたはずです。が、私が資料に目を通した限りでは、彼らがそのような発言をした記録はひとつも見つけられませんでした」

教授たちは『レベッカ』を闇に葬(ほうむ)った。葬って、彼女の研究成果を自分たちのものとして発表した。

彼らは時代の寵児となった。真空気嚢は航空機の歴史を変え、大手航空機製造会社のＵＦＡが彼らを招き入れ――そして空軍が彼らの技術に目をつけた。

空軍の要望が、漣の言う「紙飛行機の折り方」の範囲に留まるものであれば、彼らもまだ対処のしようはあっただろう。だが空軍の依頼は、『紙』そのものを作り替えなければ決して実現しえないものだった。

ネヴィル・クロフォードが実験ノートの中で焦燥を募らせていた本当の理由が、今なら手に取るように解る。紙の漉き方もよく知らない人間が、透明な紙を作らねばならなくなったのだ。それも国家権力を取引相手にして。

技術開発部の実験室を見たときに覚えた違和感の正体を、マリアは今では明確に理解していた。実験台も流しも、学校の化学実験室のように最初から作り付けられたものではなく、すべて後から持ち込まれたものだった——彼らが本当に真空気嚢素材の開発者であれば、初めから導入されていてしかるべきものだったはずなのに。

恐らく、軍から依頼が来た後で慌てて体裁を整えたのだろう。ジェリーフィッシュの機体の改良を行うことはあっても、真空気嚢の素材そのものを一から開発し直すことなど、あっても当分先のことだと高をくくっていたに違いない。因果は巡るとはよく言ったものだ。

となると、彼らが殺し合う羽目になったのは——新素材の開発を巡る、いわば内紛のようなものだったのだろうか。

開発に行き詰まり、事態を打開する目処も立たず、空軍に疑惑を抱かれかねない状況が日に日に強まる中、いっそ真実を明らかにすべきだと声を上げる者が現れ、隠し通すべきだとする者たちとの間に深刻な対立が生じ——いや。

「何だかんだ言って、教授たちは新素材の開発に成功してるのよね。でなかったら航行試験までこぎつけられたはずがないわけだし」

彼らも当面の危機は乗り越えていたはずだ。少なくとも、真実を明らかにすべき理由は無くなっていたはずで、先述の対立もほぼありえなかったことになるのだが――

「どうでしょう。そう考えるのはいささか早計と思われますが」

「……え？」

「行き詰まった研究が何かをきっかけに一気に進展する、という事例が多くあることは事実です。しかし、真空気嚢が教授たちの発明ではなかったとしてですが、素材開発に関しては全くの素人だったはずの彼らが、ステルス性を有する真空気嚢の開発という、彼らにとって二重に困難な課題を、ネヴィル・クロフォードの実験ノートの最後の日付――昨年七月二十七日からの短期間で都合よく解決できたとは思えません。素人の思いつきが事態を打開するのは物語（フィクション）の世界だけです」

「教授たちは、実は開発に成功してなかったって言うの⁉　待ちなさいよ。それじゃ例の試験機はどうなるの。新しい機能も何もない、今までのジェリーフィッシュをお色直ししただけの代物だったってこと？」

「自動航行システムの追加や、ゴンドラの内装変更があったはずですので、一応は『次世代機』という面目は保てていたでしょう。ステルス機能付きの真空気嚢を、軍用はともかく民生向けのジェリーフィッシュに採用するわけにもいかなかったでしょうから。

　ですが、その肝心のステルス性真空気嚢を彼らが本当に開発できていたのかどうか、現時点では実は、全く証拠がありません」

　――ああでも、最後の奴だけは通常品と同じような色でしたね。

『同じような』どころではない、従来の素体そのままだったというのか。

だがなぜ。漣の推測が正しいとしたら、彼らはなぜ、本質的には従来と変わらない機体を、新規の試験機と偽るような愚挙に出たのか。彼らの取引相手は空軍だ、およそ騙し通せる相手ではない。そんな自殺行為に等しいことを、どうして――

自分が思考の陥穽(かんせい)に嵌まりかけていることに気付いて、マリアは慌てて首を振った。彼らが開発に成功したという証拠は確かにない。だが、失敗したという証拠も見つかっていない。そもそも『レベッカ』が真空気嚢の本当の発明者だったことも――さらに言えば、ノートの複写に残されていた『レベッカ・フォーダム』の名と、ネヴィル・クロフォードの実験ノートに書かれた『R』と、マリアの見つけた写真の少女とが本当に同一人物を指しているのかどうかも、まだ確証が得られたわけではないのだ。

「レン、これからやらなきゃいけないことを挙げてって。署長への報告は無視でいいから」

「『レベッカ・フォーダム』の身元の割り出し、およびファイファー教授らとの背後関係の確認。教授らが素体を調達していた下請け先の調査。『事故』に至るまでの教授らの足取りの確認。すべての遺体の身元確認および死因・死亡推定時刻の確定。空軍からの遺留品の引取りおよび検分。空軍に赴いての機体の検分。技術開発部の執務室に残されていた各種書類の精査。実験室に残されていたサンプルの分析……重要な案件はこんなところでしょうか」

まったく、やることが多くて涙が出そうだわ。

「『レベッカ』の身元調査を最優先で。

それと、実験室のサンプルはジョンに回して。警察(うち)がやるより軍にやらせた方が早いわ」

了解、と告げて漣は応接室を出ていった。ひとりきりになるとマリアは椅子に思い切り身を預け、染みだらけの天井を見上げた。そして「ああもうっ！」燃える赤毛を掻き毟った。

※

「――『レベッカ』の身元が解った!?」

翌朝、いつものように電話で叩き起こされ、漣の自動車の助手席でサンドイッチを胃に詰め込んだマリアは、部下からの報告に素っ頓狂な大声を上げた。

「ちょっとレン、どんな魔法を使ったのよ。悪魔に魂売っ払いでもした？」

「そんなわけがないでしょう。貴女ではあるまいし」

漣は呼吸するように暴言を吐いた。「例の複写に記されていた日付――一九七〇年三月二十三日から、真空気嚢の発表までの期間に絞って、A州近郊での死亡記事を洗いました」

漣はハンドルを握りつつ、片方の手で胸ポケットから新聞記事の複写を取り出した。「貴女の見た写真の少女が『レベッカ』だとしたら、彼女の健康状態はキャンプに行ける程度には良好だったはずです。その彼女が死んだとすれば、考えられるのはよほどの急病か、事故か自殺か……あるいは殺人です」

車内を一瞬の沈黙が走った。

「いずれにせよ、若い少女の変死とあれば大なり小なり新聞記事になっていたかもしれない――と、山を張ったのが当たりました」

記事の日付は一九七〇年七月十八日、実験ノートの日付の数ヶ月後だった。

『A州立大で女子学生死亡　実験中の事故か

十七日夜、A州立大学理学部の実験室で、レベッカ・フォーダムさん（19）が倒れているのを学生らが発見し、通報を受けた救急隊が駆けつけたがすでに死亡していた。

フォーダムさんは同大同学部の一年生。現場に実験器具とシアン化ナトリウムの瓶が残されていたことから、警察ではフォーダムさんが実験中に操作を誤るなどして青酸ガスが発生し、中毒死に至ったものとみて、詳しい調べを進めている。……』


レベッカ・フォーダム――複写ノートの表紙に記されていたのと同じ名前。

そして、シアン化ナトリウムを使った実験。間違いない、真空気嚢素材の合成実験だ。しかもA州立大学といえば確か、

「ファイファー教授らがかつて在籍していた大学です。この記事の少女こそ、例のノートの書き手とみてよいでしょう」

十九歳――この記事の少女が例の写真の少女だとまだ確認されたわけではないが、本当に高校を出たばかりだったのか。

「ところでマリア。この記事にご記憶はありますか。十代の女子大学生の事故死というニュースが、当時のU国でどの程度目を引くものだったのか、私には解らないのですが」

「言われればそういうニュースを観た気がするけど、正直覚えてないわ」

警察官になって解ったことがある。この国では多くの若者が、あるときは事故に、あるときは犯罪に巻き込まれて毎日のように命を落とす。彼らの死が世間を騒がせることは、あったとしても相当に稀で、しかも次の日には別のニュースの波に呑まれて消えていく。

「大体、十三年前って言ったらあたしはまだ小学生よ？　被害者の名前とか現場がどこかとか、

そんな細かい情報なんて完全に抜け落ちちゃってるわよ」

「その頃から三十回も留年を繰り返していたのですか。よほど学業に苦労されたのですね」

「留年も浪人も一度たりともしてないわよあたしは！」

赤点追試は日常茶飯事だったけれど。「そもそもＡ州立大はＦ署の管轄外だし。あたしに訊くより所轄の署に問い合わせた方が早いでしょ」

「手配済みです。当時の担当者が明日の午後まで不在とのことですので、その前にＡ州立大学を回ることにしましょう」

「了解」

まったく、手回しの良い部下に恵まれたものだ。

だが、それにしても——実験中の事故？

「ねえレン。あたし、理系の学部のことはよく解らないんだけど、大学一年の女の子が、下手したら命に関わるような実験なんてできるもんなの？」

「不可能とは言いませんが、常識的にはおよそ不自然です。少なくとも私の母国では。

学生が実験室を自由に使えるのは、実験室の管理責任者から許可を与えられている場合だけです。大学に進学して一年足らずの学生が、危険を伴う実験を認められることは通常は考えられません。

では、レベッカが無断で実験を行っていたのかというと、それもいささか不可解です。他の人間に見つからないようにしていたとしても、そんな時間帯には実験室自体が施錠されているはずですから。

そもそもの問題として、ネヴィル・クロフォードに知識を欲されていたほどの彼女が、そのような危険を冒すほど無分別な――そして、不測の事態に対する安全対策を何も打たない人間だったのかどうか」

背中が粟立つのを感じた。……それはつまり、

「ただの事故じゃなかったってこと⁉　ちょっと、何やってたのよ所轄の連中は」

「解りません。貴女の言う通り捜査が極めて杜撰だったのか、でなければ、それが不自然と思われない何かしらの事情があったのか。

いずれにせよ、この記事の続報は見つかっていません。所轄の捜査員が電話で話してくれたところによると、対外的にはそのまま事故死として処理されたようだとのことです。詳しいことは当時の担当者から聞いてくれ、と」

当時の捜査資料が当てになればよいが、そうでなければマリアたちの手でレベッカの事故を洗い直さねばならない。昨日の予感が最悪に近い形で現実化していくのを、マリアは忌々しい思いとともに感じ取った。

※

「ああ、あの事故かい。よく覚えてるよ」

さらに翌日の月曜日――A州立大学、事務棟一階の学生課。

レベッカ・フォーダムに関する資料の有無をマリアたちが問い合わせると、丸々とした体型の女性職員はしみじみと息を吐いた。

「私も何十年とここに勤めてるけど、キャンパスの中で死人が出たのは後にも先にもあのときだ

けだったからね……しかも一年生の女の子だろ。人生まだまだこれからだったろうに、可哀想なことさね」

マリアにとっては日々押し寄せるニュースの波のひとしずくに過ぎなくても、関係者にとっては生涯忘れがたい事件だったに違いない。それが、人死にとは無縁の平和な大学の中であればなおさらだ。

「それで、彼女の資料ってどんなのが欲しいんだい。講義の履修届とか、どうでもいいのはさすがに捨てられちまってるよ」

「彼女の顔写真ってある？　入学手続の書類とか、顔が解れば何でもいいわ」

所轄の署もさすがにレベッカの写真くらいは持っているだろうが、今は一刻も早く、あの写真に関する推測の当否を確かめたかった。ちょっと待ってな、職員はそう言って執務室の外に消え、しばらくして厚いファイルを抱えて戻ってきた。

「広報部から借りてきたよ。――これでいいのかい」

職員がファイルを広げ、一点を指差す。

学内広報紙のバックナンバーだった。一九七〇年七月二十日、事故の三日後だ。サマースクールの間に緊急に発行されたものらしい。『理学部女子一年生、実験中に事故死』――新聞記事よりも遙かに大きな見出しが躍っている。

そして職員の指先の上に、彼女の写真が載せられていた。

丸眼鏡、左右二本に編まれた黒髪、利発そうな顔立ち。

ＵＦＡ社の執務室の写真の少女がそこにいた。

『レベッカ・フォーダムさん（19・理学部）』。写真の真下に短いキャプションが記されている。

疑惑は事実に変わった。

もう間違いない。この少女が『R』だ。彼女こそがネヴィル・クロフォードの実験ノートに記された『R』であり、例のキャンプの写真の少女であり、試験機の残骸から発見されたノートの書き手なのだ。

記事の他の部分に目を向ける。事故そのものの記述は新聞記事のそれとさして変わらない。代わりに、レベッカ自身をはじめとした学内関係の情報に紙面の多くが割かれていた。

『祖父に憧れて
レベッカさんが本学の理学部に進学したのは、同学部の教授でもあった祖父、ニコラス・フォーダム氏（故人）の影響だった。氏は強化プラスチックの合成や触媒活性に関する研究で多くの業績を残している。レベッカさんはそんな祖父に子供の頃から憧れていたと、高校時代の知人だったサイモン・アトウッドさん（21・工学部）は振り返る。……』

『才能がもたらした悲劇
祖父の影響で幼い頃から化学実験に慣れ親しみ、高校時代の化学の成績も「抜群」（友人談）だったレベッカさんは、入学初年度から研究室に籍を置き、受講の傍ら化学合成に関する研究を行っていた。今回の事故は、関係者が不在の間、その実験のさなかに発生したものとみられており、若き才能が失われたことを嘆く声も多い一方で、才能ある彼女を放任するあまり適切な指導を怠ったのではないかと、所属研究室の管理指導体制の不備を批判する声も上がっている。……』

「何でも、その娘を預かってた研究室の教授が、彼女のお祖父さんの友人だったみたいでね。死んだ親友の代わりに、この娘を孫のように可愛がってたらしいよ。
でも、この事故で研究室はお取り潰し。その教授も解雇された挙句に自殺しちまったそうだ。……まったく、やりきれない話さね」

——でなければ、それが不自然と思われない何かしらの事情があったのか。

『何かしらの事情』が本当にあったのだ。レベッカが、化学合成について恐らくは大学一年生のレベルを遥かに超えた知識と経験を持っていたこと。実験室の管理責任者がレベッカの個人的な知り合いだったこと。特別な事情が二つも。

しかも、レベッカはその責任者——所属研究室の教授から相当に溺愛されていたらしい。とすれば、実験室の出入りもかなり自由に許されていたとしておかしくない。

だが——

「彼女のいた研究室には他にも学生がいたはずですが、彼らはどうなったのでしょう」
「小さい研究室だったらしいからね。別の研究室に散り散りになったって聞いてるよ」
「所属していた方々に話を伺いたいのですが、彼らの名前や転属先などは解りますか」
「さすがにそこまではねぇ……うちの事務書類は研究室単位まで細かくは分類されてないからね。誰がどの研究室にいたかまでは解らないよ」
「そうですか」

漣の表情は変わらなかったが、声には少々の落胆が含まれていた。

レベッカの行っていた『化学合成に関する研究』が、真空気嚢材料の合成についてのそれであったことはほぼ間違いない。それが周囲にどこまで知れ渡っていたのかを、漣は確かめたかったのだ。まあ、他のメンバーの連絡先は所轄の署に問い合わせるしかあるまい。やることが雪だるま式に増えていく。

「ねえ、おばちゃん」

マリアは広報紙の文章の一点を指し示した。「それじゃこの——レベッカの知人だったっていう『サイモン・アトウッド』って奴のこと、解る？」

※

職員の女性から他にいくつかの情報を聞き出した後、マリアと漣は、レベッカの事故があった現場——理学部化学科棟へ向かった。

通りすがりの学生たちが、マリアたちへ次々に奇異の視線を投げてくる。私服の若い学生が多い中、スーツ姿の二人組が連れ立って歩いているのはさすがに目立つらしい。

因果な商売だ。まあ、他人からどう見られようが別に知ったことではなかったが。

「理学部三号館五階、五〇七実験室——と」

無機質な建屋の玄関をくぐり、エレベータで階上へ。生前のレベッカが所属していた、ベン・ミーガン研究室のかつての実験室の前に、マリアたちは立っていた。

ドアのガラス越しに中を覗き込む。両脇の壁際に据えられたドラフト、重厚な実験台。十三年前の悲劇の痕跡はどこにもない。学生と思しき防水エプロン姿の青年が、緊張の面持ちでガラス器具を傾けている。その背後で、こちらは三十代半ばらしき無精髭の男が腕を組んでいた。未熟な学生を見守る指導教官といったところか。

と、無精髭の男がこちらに気付いた。大学の方ではないようですが」若い男子に何事かを言い置き、廊下に出てくる。

「失礼ですが、何か御用ですか。大学の方ではないようですが」

不審げな視線をマリアの頭から足先へと這わせ、男が問う。「これは失礼しました」漣が慇懃に会釈し、身分証を掲げた。

「F署の者です。実は訳あって、十三年前にこちらで起きた女子学生の死亡事故を調査しているのですが」

瞬間、男の顔色が変わった。

「……レベッカの？」

小声で呟きながら、漣の身分証を凝視している。マリアは思わず漣と顔を見合わせた。

「もしかしてあなた、彼女の知り合いなの」

「——ええ」

やがて、男は深々と息を吐いた。「ミーガン教授の研究室にいた者です。……それで、調査に来られたと仰いましたが、具体的にはどのような？」

「本当にいい娘でしたよ、レベッカは」

A州立大学理学部化学科助教授、ミハエル・ダンリーヴィーは、寂寥を帯びた表情で語り出した。

化学科棟の一角の小さな会議室だった。マリアと漣の前にはマグカップが二つ。ミハエルの前には琥珀色の液体入りのビーカーが湯気を立ち上らせている。化学者がビーカーでコーヒーを飲むって本当だったのね、と、マリアは妙な感動を覚えていた。

「いい娘？　小娘の分際でとか、えこひいきされやがってとか、そういう感情はなかったのかしら」

「とんでもない」

何を馬鹿なことを、というようにミハエルは目を見開いた。「確かに当初はそんな声もないではありませんでしたが、すぐ消えて無くなりましたよ。もしあなたが彼女と接することができたなら、そんな悪意を抱き続けるのが難しいことはすぐに理解できたはずです」

「誰かに恨まれるような少女ではなかった、ということですか」

「ええ」

ミハエルは頷いた。「明るくて気配りのできる、優しい娘でした。研究に情熱を持っていて、それでいて冷静な分析もできて——科学に足を突っ込む者の中には螺子の外れた連中も少なからずいるのですが、あの娘は違いました。彼女ほど、人間としての魅力と科学者としての才能を併せ持った人物を、ぼくは今も知りません」

静かな語り口の中に、懐かしさ以上のものが滲み出ていた。

「愛してたの？　彼女のこと」

「随分ストレートに訊きますね」

気分を害した様子もなく、ミハエルは微笑んだ。「そうですね。ぼくを含め、研究室の中で彼女を愛していない者などいなかったでしょう。でもそれはたぶん、恋愛感情とは違うものだったと思います。どちらかといえば、妹――家族に対するそれに近かったのではないかな。あの厳しかったオヤジさん……ミーガン教授が彼女に対しては途端に甘くなるのも、本当の祖父と孫のやりとりを見ているようで微笑ましくさえありましたから」

「家族というと、プライベートでも彼女と付き合いがあったのかしら」

「残念ながら」

ミハエルが苦笑を浮かべた。「親友の孫に手を出したら承知せんと、ミーガン教授が恐ろしい顔でぼくらに警告してましたからね。迂闊に付き合いなどしようものなら冗談抜きで研究室を追い出されかねませんでしたよ。

それに、ぼくらもぼくらで、『妹』にそういうアプローチを行うのははばかられる雰囲気がありました。オヤジさんの家で皆でパーティーをしたりといったことは当然ありましたが、そういった機会を除いて、大学の外で彼女と個人的に親しく付き合っていた奴は、少なくともぼくらの研究室の中にはいなかったはずです」

「……プライベートでの、もっと広く言えば、貴方がたの研究室の外でのレベッカさんについて、貴方がたはあまりご存じではなかった、ということでしょうか」

漣が核心のひとつに迫る問いを発した。そうですね、ミハエルは呟いた。

「彼女が実家を出てこちらでひとり暮らしをしていたこと、その際オヤジさんが色々と世話をしていたことは、レベッカ本人が話してくれました。ですが、研究室以外の場所で彼女が普段どうしていたのかまでは、残念ながら知りません。オヤジさんが見てくれているから大丈夫だろうと、半ば任せきりにしてしまっていたのも事実ですが」

「貴方がたの研究室のメンバーでない誰かと、彼女が交際していた可能性については」

「否定はしません。現に、そんな噂を研究室の奴らが話しているのを聞いた覚えがあります。彼女が男子学生と連れ立って、工学部の建屋に入っていくのを見たとか何とか」

……航空工学科だ。

ファイファー教授の研究室に足を運んでいたに違いない。一緒にいた男子学生はファイファー教授の教え子のひとりだろう。恐らくは――

「しかし、これはぼくの勘ですが、あの頃のレベッカには研究室の内外を問わず、特別に親しく付き合っている恋人はいなかったのではないかな」

「そのように考える、何か根拠のようなものがおありですか」

「レベッカは優しくて良い娘でしたが、あの頃の彼女は恋愛よりむしろ、研究の方に多くの情熱を注いでいるように見えました。

それに、もし彼女にボーイフレンドがいたのなら、彼女自身の口から、少なくともオヤジさんには伝わっていたはずです。そういうことを家族相手に隠せるような娘ではありませんでしたから。――ですがオヤジさんも特に、レベッカに恋人がいることを認識しているような素振りはありませんでした」

「では、貴方がたの研究室でのレベッカさんはどのように過ごされていたのでしょう」

「当時の彼女はまだ一年生でしたので、ぼくらのように毎日朝から晩まで研究室や実験室に居続けていたわけではありません。講義やアルバイトが終わった後、ふらりと研究室に現れて、皆と話をしたり実験をしたりデータをまとめたりして、時間になったらまた帰る。それがぼくの記憶する、研究室でのレベッカのすべてです。

ですが……それでも、レベッカがいたあの頃は楽しかった。当時は今以上に、理工学系の女子学生は珍しい存在でもありましたのでね。彼女がいるだけで、研究室に木漏れ日が満ちるような明るさがありました。

……彼女の身に、あんなことが起きるまでは」

ミハエルの声色が変わった。沈黙の漂う中、漣が口を開いた。

「当時の新聞記事によれば、レベッカさんは誤って青酸ガスを吸って亡くなられたとのことですが、具体的にはどのような状況だったのでしょうか」

「それが――実はぼくらも、彼女が命を落とす前後の状況について、新聞や学内紙より多くの情報を持っているわけではないのです。彼女があのとき何の実験をしていて、どんな失敗をしてしまったのか、本当のところは今も、全く明らかになっていません」

「え？　ちょっと待ちなさいよ。あんた今さっき、『自分は毎日朝から晩まで実験室に居続けてた』って言ったじゃない。あんたたちが彼女を発見したんじゃないの？」

「発見したのは確かにぼくたちですが、事故当日にレベッカがあそこで実験していたことは、研究室の誰も知りませんでした」

「……どういうことよ」

「学会です」

抑揚の失せた声でミハエルは返した。「当時、M州で国際学会が開催されていて、彼女を除くメンバーはオヤジさんも含めて皆、一週間ほど研究室を留守にしていました」

M州はA州から飛行機で片道五、六時間。U国の東の果てだ。

「レベッカは、学会のエントリーのタイミングを逃していたことと、アルバイトが外せないということで、A州に残ることになっていました。

事故があったのはちょうどぼくらが帰ってくる日のことで……夜に空港へ到着して、ぼくを含め仕事の溜まっている何人かで大学へ戻って――それで、彼女を発見したんです」

助教授の顔からは血色が無くなっていた。残酷を承知の上で、マリアは質問を続けた。

「詳しく話してもらえるかしら、そのときのこと」

「……夜遅く……二十二時頃だったでしょうか。五〇七号室――研究室に戻ってみたらドアが開いていました。明かりは消えていて人影はなく、けれど、実験室の鍵が保管場所から消えていました。それで、おかしいということで皆で実験室に向かって……ドアのガラス越しに、レベッカが倒れているのが見えました。

暗い部屋の中、表情はよく解りませんでしたが、彼女だということは背格好からすぐ解りました。妙な臭いがかすかに漂っていて、これはまずいと防毒マスクを取ってきて、ドアを開けようとしたのですが……ノブは回ったものの、どういうわけかいくら押してもドアがほとんど動きません。その原因は後で解ったのですが、あのときは理由を考える余裕もありませんでした。とにかく彼女を助けねばという一心で、皆して夢中でドアを蹴破って、急いで彼女を抱え出しました。窓も開け放って、救急車を呼んで――

しかし……結局、手遅れでした」

沈黙が訪れた。

ミハエルは言葉を途切れさせたまま、コーヒーに口も付けず、静かに液面を見つめていた。

「……ドアがほとんど動かなかったって、どういうこと」

「プラスチックの欠片が、床とドアの間に挟まっていたんです。

ぼくらの研究室は、機能性有機高分子、いわゆる多機能プラスチックが専門でしたので、合成後のサンプルの余りなど、プラスチックの破片がゴミとして頻繁に出ていました。それを溜め込んでいたゴミ箱がひっくり返っていて、中身が散らばって――そのうちのひとつが、ドアに噛んでしまったようでした。レベッカが倒れた拍子にゴミ箱にぶつかったのだろう、ということでしたが」

プラスチックのゴミが散らばって、ドアに噛んだ……？

「窓の鍵は閉まってたの？」

「はっきり覚えています。開けたのはぼくでしたから」

「あなたたちが彼女を発見したとき、彼女はひとりだけだった？　他に誰かがぶっ倒れたりとかはしてなかったかしら」

「あのときはレベッカしか目に入りませんでしたが……他の人間はいなかったはずです。ガスが残留している可能性がありましたので、レベッカを実験室の外に運び出した後も、誰かしらが二人以上廊下にいて、実験室に人が近付かないようにしていました。他の誰かが実験室から這い出てくることがあれば、さすがに気付いたはずです」

「よく解ったわね、毒ガスが出てるかもって」

「化学実験室に人が倒れていて異臭を感じたら、真っ先に疑うのは有毒ガスの発生ですよ」

内側からプラスチック片が挟まり、窓の鍵は全部閉まっていた。部屋の中にはレベッカひとりしかいなかった。

それって、まさか――

「レベッカさんが何の実験をしていたのか解らない、と仰いましたが、ドラフトの中はどんな様子でしたか。『実験中』と判断されたのなら、何かしらの実験器具や薬品が残されていたはずですが、そこからある程度の推測はできなかったのでしょうか」

「……言葉が悪かったですね。『何の実験をしていたか』までは一目で解りました。中和滴定です。ビュレットと、その下に液体入りのビーカーが置かれていましたから」

「中和滴定？」

「濃度が未知の液体に濃度が既知の別の液体を垂らして、何cc入れれば中和されるかを測定する実験です。液体の濃度を測定する基本的な方法で、高校の化学実験にも大抵は組み込まれていますよ」

ご存じないのですか、とでも言いたげな視線を向けられた。……全く覚えていない。

「レベッカのときは——薬品の中身は後で知ったのですが——シアン化ナトリウム水溶液に塩酸を滴定させていました。シアン化ナトリウム水溶液の濃度測定を行っていたのだろう、というのが警察の見解でしたが。

ぼくが『解らない』と言ったのは、レベッカが何のためにそんなことを行ったのか、ということです。

青酸塩に強酸を加えると青酸ガスが発生するのは、化学の知識を持った人間には常識です。そんな危険な操作を、たとえドラフトの中であろうと、シアン化ナトリウム水溶液の濃度を知るためだけにあのレベッカが行っていたなんて、とても信じられません。水溶液を作る前に、シアン化ナトリウムの重量を測定しておけば事足りたはずです。

しかもぼくたちが留守にしている間に、なんて。いくら研究室の鍵を渡していたとはいえ、そんな馬鹿な真似を、レベッカが——」

ミハエルの表情が、疑念と、それ以上の苦渋に歪んでいた。

「彼女が行った実験にしてはあまりに杜撰だった、と？」

「ぼくらが適切な指導を怠ったのではないか、と学内紙には書かれていましたが、とんでもない。レベッカの化学実験に関する知識と経験は、当時院生だったぼくをも上回っていましたよ。皆で互いの研究テーマを議論し合うこともありましたが、いつもぼくらの方が彼女からヒントやインスピレーションを貰ってばかりでした。『そんなことはない、自分もたくさん教えてもらっている』と彼女は謙遜していましたが。

そのレベッカが、あんな——」

ミハエルは同じ言葉を繰り返した。

——本当のところは今も、全く明らかになっていません。

警察の見解など臆測でしかない、真実は闇の中のままだ——恐らくはそれが、彼にとっての現実なのだ。この助教授にとって、レベッカの事件は決して終わっていないのだ。

「少し立ち戻った質問をさせていただきます。研究テーマを議論し合っていたとのことですが、貴方は当時のレベッカさんの研究内容をどの程度までご存じでしたか」

「大学の研究室レベルになると、各人がそれぞれ異なるテーマを深く突っ込んでいくので、正直、隣の席の人間がやっていることを完全には把握できない、といったことも珍しくありません。レベッカの研究に対するぼくの理解や記憶も、つまりはその程度になってしまうのですが——彼女のテーマは確か、強化プラスチック樹脂の合成だったと記憶しています。触媒反応の理論付けが難しすぎて、ぼくには半分も理解できなかったのですが……シアン化ナトリウムを原料のひとつに使っていたのは覚えています。だからこそ、警察も実験中の事故と判断したのでしょうが」

やはり真空気嚢だ。カーティスの説明とも整合する。

「彼女が亡くなったとき、その研究はどこまで進んでいたのかしら」

「……かなり進んでいる、とは彼女から聞いていました。ですが詳細は解りません。

せめて実験ノートが残っていれば、レベッカの遺志を引き継げたかもしれないのに」

背筋に電撃が走った。

「実験ノートが、無くなってた……!?」

「研究室で遺品を整理しているときに気付きました。残っていたのは、二、三日前に新調したばかりの、ほとんど何も書かれていない真新しいノートだけで、それ以前の古いノートが、どこにも。……警察にも問い合わせたのですが、現場の遺留品にも彼女の鞄にも自室にも、そのようなノートはなかったとのことでした」

ファイファー教授のトランクに残された、レベッカの実験ノートの複写。その原本が、彼女の死の前後に消失していた――!?

「単刀直入にお尋ねします」

冷気を纏っているかのような、漣の平坦すぎる声だった。「レベッカさんの事故について、貴方自身はどのようにお考えですか。不幸な事故だったと思われますか」

「……いいえ」

ミハエルの返答にはかなりの間があった。「そんなはずはない。あんな、とても彼女がやったとは思えない実験で命を落として、ノートまで無くなっていて――それでただの不幸な事故だったなんて、そんなことがあるはずがない。あれは――」

言葉が途切れた。その先の台詞が、ミハエルの口から紡がれることはなかった。

だがマリアも、恐らくは漣も、彼の言葉の続きを知っていた。

――レベッカの死は事故ではない、殺人だ。

「あたしたちが訊くのも何だけど、当時の捜査官は何と言ってたの。あなたの疑いをまともに受け止めもしなかったの？」

「一応は耳を傾けてくれました。しかし、発見当時の状況が状況だ、と。『検証の結果、件のプラスチック片は実験室の中から嵌まり込んだとしか考えられない。この物理的な事実がある以上、やはり彼女がひとりで実験を行い、失敗したと解釈するしかない』――と」

プラスチック片を実験室の外から差し込むことはできない。その事実が、他の些細な不自然さをねじ伏せてしまった、ということか。

「……結局、ぼくらの研究室は解散に追い込まれました。

彼女を実験室に自由に出入りさせていたこと。その実験室で彼女が亡くなったこと。真相がどうあれ、オヤジさんが解雇されるにはそれらの事実だけで充分でした。皆は散り散りになり、オヤジさんはまるで別人のように、目も当てられないほど憔悴して……最後には自ら命を絶って――

そしてぼくは未練がましくここにいる、というわけです」

自嘲に満ちた笑みの後、ミハエルは不意に表情を引き締めた。

「ところで、まだ理由を伺っていませんでしたね。あなたがたはなぜ、十三年も経った今になって彼女の件を調査しに来たのですか」

「……申し訳ありませんが、現段階でその質問に答えることは」

「いいわ。教えてあげる」

マリアは胸ポケットに手を差し入れた。「マリア⁉　それは」漣の制止を無視し、二枚の写真
――レベッカのノートの複写を撮影した写真を、ミハエルの前に並べる。

「どう？　見覚えある？」

ミハエルはいぶかしげに写真に目を落とし、次いで顔を驚愕に染めた。息を乱し、写真を持つ手を震わせる。

「この字――この字は……NaCN……銅酸化物系触媒……一九七〇年三月――間違いない、これは、これは！

刑事さん、どこでこれを！」

「今はまだ言えないわ。ここで話せるのは、これが出てきたからあたしたちがここに来た、ということだけ。

でも安心して。あなたの無念は必ず晴らす。ミーガン教授の、そしてレベッカ自身の無念も。あなたたちの人生を狂わせた奴らの所業を、あたしたちが全部明らかにしてみせる。だからもうしばらく待っていて。お願い」

※

「ったく、お前さんらも酔狂(すいきょう)なもんだぜ」

Ｐ市警察署捜査課、ドミニク・バロウズ刑事は、眠たげな目に好奇の色を浮かべた。「十三年も前の死亡事故を掘り起こそうなんてよ。何かあったのか？」

「国家機密に関わることですので、申し訳ございませんが現時点ではお答えいたしかねます」

漣が先手を打った。何だつれねぇな、ドミニクは愉快そうに笑った。

――思いがけずミハエルの証言を手にした後、マリアと漣はＰ市警察署を訪れていた。

ドミニク・バロウズ刑事――レベッカの事故の当時の担当者は、四十代後半と見える銀髪の中年男だった。口調こそぞんざいだが、他の縄張りから来たマリアたちを嫌な顔ひとつせず迎え入れているところを見ると、意外と面倒見の良い男なのかもしれない。

「で、お前さんたち、何から知りたい？　どこまで知ってるんだこの件は」

「先程、ダンリーヴィー氏から話を伺いました。ただの事故にしては引っかかるところが多い――という見解も含めて」

「何だ、そこまで知ってんのか。なら話すことはそんなに多くねぇな。

被害者はレベッカ・フォーダム、当時十九歳。Ｃ州Ｍ高校卒業後、Ａ州立大学理学部化学科へ入学。家族は両親のみ。大学入学を機に親元を離れ、アパートでひとり暮らしをしていた。

死亡推定時刻は死体発見の三時間から五時間前――時刻で言うと十七時から十九時の間だ。死因は青酸ガスによる中毒死。胃の中からは毒物などは検出されていない。検死の点からも、彼女が毒ガスを吸って死んだのは確実だったわけだ。

発見当時の所持品は時計と財布。それから実験室の鍵がポケットに入っていた」

「十八時前後っていうと、夕方よね。目撃者はいなかったの？」

「当日は夏休みだぜ？　昼間にサマースクールがあっただけだ。その時間まで化学科棟に居残ってたのは、論文の追い込み実験をやってた計十名足らずの学生連中だけ。しかもそいつらは自分の実験に手一杯で、他の実験室の人の出入りなんか見ちゃいなかった」

「それ以前のレベッカの足取りについては」

「当日の朝九時頃、アパートから出るところを目撃されてるのが最後だ。

レベッカはサマースクールを取っていなかったらしく、当日の大学内での目撃情報はない。恐らくアパートを出た後、午前中の講義が行われてる間に研究室へ向かい、ひとりで実験をしていたのだろう……ってのが公式見解だな」

　正門での出入りは確認できなかったのか、と訊きかけて、マリアは思い直した。彼女も今日初めて知ったのだが、A州立大学の正門の出入りはかなり自由だ。通行証が掲示されていれば自動車も簡単に通り抜けられる。警備員がひとり配置されてはいたが、夏休みとはいえサマースクールで恐らく千人単位の学生が出入りする中、レベッカひとりの目撃情報を取るのは難しかったに違いない。

「事故のいくつかの不審点について、貴方がたはどのようにお考えだったのでしょう。

　レベッカ・フォーダムが当時行っていたとされる実験が、彼女の知識と経験に照らしてあまりに稚拙（ちせつ）だったこと、彼女の実験ノートが失われていたこと――だけではありません。

　まず死体発見当時、実験室の照明が点いていなかったこと」

　――暗い部屋の中、表情はよく解りませんでしたが――

「当時は七月だったとはいえ、夕刻となれば手元が暗くなってきていたはずです。照明も点けずにレベッカが作業を続けていたとはおよそ考えにくい。なのになぜ実験室の照明が消えていたのか。

　次――同じく死体発見当時の状況ですが、ドラフトは動いていたのでしょうか」

「……いや。スイッチは切れてたな。ドラフトの扉も開いていた」

「ならばそれも不自然です。ドラフトとは、その中で発生したガスを実験室内に漏出させないようにするための設備です。たとえ中で青酸ガスが発生しても、ドラフトが正常に動いていれば専用の配管を通して安全に屋外に排気できるし、扉を閉めればガスが実験室に漏れ出すこともない。実験者が青酸ガスを吸い込む危険は小さかったはずです。

　にもかかわらず、レベッカ・フォーダムはドラフトを動作させることも、扉を閉じることもしなかった。なぜでしょう」

　ドミニクの表情から笑みが消えていた。「……ったく」銀髪を掻き毟りつつ、彼はマリアたちにファイルを投げてよこした。

「俺たちだってその辺は気付いてなかったわけじゃねぇよ。検死結果をよく読んでみろ」

　言われるままにファイルをめくる。検死結果をまとめたページに目を這わせながら、マリアは自分の顔が強張っていくのを感じた。

「……頭部を含む上半身の数箇所に打撲……性器に裂傷⁉」

「何日も経ったものじゃねぇ。死んだ当日か、せいぜい前日に生じたもんだろう、とさ。当時の検死官の見解ではな。

　レベッカ・フォーダムは死の直前に性交渉を行っていた。……いや、違うな。

強姦（レイプ）だ」

　室内が静まり返った。

　強姦……⁉　そんな、

「どういうことよ。ミハエルはそんなこと一言も言ってなかったわよ！」

「捜査上の秘密って奴だ。この件は関係者にも伏せてある。仮にこれが本当に強姦だったとして、そいつがボロを出したときのためにな」

「……性交渉の相手は、特定されたのですか」

ドミニクは首を横に振った。

「随分行儀の良い奴だったらしくてな。相手の体液は検出されてねぇ。まあ、たとえ検出されたとしても、血液型でざっくり四分の一に絞るくらいがせいぜいだったろうがよ。

だが、誰が相手だったにせよ、もしレベッカが強姦されていたのなら、さっきお前さんたちが言った不審点にも一応の説明はつけられる。解るか」

ドミニクの謎かけの答えを、マリアは呼吸するように理解した。

「自殺……」

「実験が稚拙だったのも、ドラフトが動いてなかったのも、最初から死ぬつもりだったのなら何の不思議もねぇだろ。実験室の照明が消えていたのは、恐らく死ぬ前に誰かに発見されるのを避けるためだ。わざわざ実験中のトラブルに見せかけたのも、自分が死んだ本当の理由を、家族のように付き合ってた研究室の連中に知られたくなかったからだろうな」

事故に見せかけた自殺――確かに一見筋は通る。だが、

「実験ノートが無くなってたのはどう説明するのよ。

それに、レベッカがドアを固定するのに、鍵じゃなくプラスチック片を使ったのはなぜ？　単に自殺を邪魔されたくなかったのなら、内側から鍵を掛ける方が確実じゃない。

大体、いくら自殺の理由を知られたくなかったからって、実験室で事故まがいの死に方をしたら、研究室の皆に迷惑が掛かるのは――最悪、研究室そのものが無くなっちゃいかねないのは彼女にも解り切ってたはずよ！」

「だから『一応の』と前置きしたじゃねぇか。全部の疑問にすんなり答えられてるわけじゃねぇのはこっちも解ってんだよ。

　ノートは、もう自分には必要ねぇから捨てちまったのかもしれねぇ。プラスチック片だって、後でミハエルたちがいきなり毒ガスを吸っちまわねぇよう気を利かせたのかもしれねぇ。死に場所に実験室を選んだのも、後先を考えられないほどショックを受けてただけかもしれねぇ。説明はいくらでもつけられる。少なくともただの事故って考えるよりはな。

　それに、俺たちも阿呆じゃねぇ。ミハエルたちの証言通りにドアががっちり固定されるには、プラスチック片が部屋の内側から、結構深く嵌まってなきゃならないってことは、しっかり実験して確認済みだ。

　問題のプラスチック片は――こいつは床やドアとの擦れ跡から選別できたんだが――L字ブロックを思い切り平べったくした形状をしていた。で、薄い側、L字の横棒の部分がドアに嵌まってたんだが、こいつの厚みがドアと床の隙間とぴったり一致していたんだ。どんな偶然か知らねぇが。

　この『ぴったり一致』ってのが厄介でな。床やドアの縁の微妙な凹凸のせいでなかなか嵌まらねぇんだよ。しかもこのプラスチックってのがむやみに硬い代物でな。外から棒でつまむとか紐で引っ張る程度の力じゃ全然喰い込まねぇ。

　転がった拍子に微妙な角度がついて嵌まり込んだか、内側から勢い良く叩き込んだか――とにかく、実験室の中からしかプラスチック片は嵌められなかった。実験室の床にはプラスチック片による傷もくっきりついていたんだが、あんな傷が残るほど深く隙間に差し込むのは、部屋の外側からじゃ無理だ――というのが俺たちの結論だ。

事故か自殺か、少なくともどちらかしか考えられねぇんだよ」

　無言が訪れた。

「…………じゃあ何で」

「言えるわけねぇだろ」

　ドミニクはどこか気まずそうに吐き捨てた。「あのときのあいつらの姿を見てたらよ。妹のように可愛がってた娘を喪って、死人みてぇな顔で打ちひしがれててよ。……そこへ『実は彼女は強姦されていたかもしれません、彼女はそれで自殺したのかもしれません。でも犯人は解りません、逮捕できる当てもありません』なんて、傷に塩を擦り込むだけの台詞が吐けるかよ。

　大体、彼女が強姦されて自殺したってのも、実のところはっきりした証拠があるわけじゃねぇ。そう考えれば筋が通りやすいってだけの、単なる臆測だ。前夜に恋人と密かに愛を交わして、翌日に本当に事故で命を落としただけなのかもしれねぇ。頭や身体の打撲も、倒れるときに床に打ちつけただけなのかもしれねぇ。実験内容もドラフトも照明も、理屈をこねれば解釈なんかいくらでも捻り出せる。

　……現に捜査会議でも、結局は事故ってことで落ち着いちまった」

　ドミニクの最後の台詞に、明らかな苦渋が滲み出ていた。

　……そういうことか。

　銀髪の中年刑事は言明しなかったが、レベッカの件が最終的に事故として片付けられたのは、恐らく面子のせいだ。強姦による自殺となれば、まず強姦事件として犯人を特定しなければならない。だが明確な証拠がない。仮に相手を特定できたとしても、合意の上だったとそいつが言い張ってしまえば、被害者が証言できない以上有罪に持ち込む手立てがない。

藪（やぶ）をつついても警察の恥をさらすだけだ――そんな下らない面子が、P署の上層部の連中に、強姦そのものをなかったと解釈する方を選ばせたのだ。ドミニクの意見をねじ伏せる形で。

だが――

「ねえ、ドミニク。

ドアに挟まってたっていうプラスチック片、まだ保管されてる？」

※

果てなく広がる剝き出しの荒野を、夕陽が赤橙色に染め上げている。助手席のシートを思い切り倒し、半ば寝転がるような格好で、マリアは手帳を眺め続けていた。

「……ねえ、レン。レベッカを手にかけた相手って、もう解らないのかしら」

「強姦犯――とした場合ですが――の体液や皮膚の細胞などが採取保管されていれば、あるいは可能かもしれません」

自動車のハンドルを握ったまま、マリアを顧みもせずに漣が返す。「生物の遺伝情報は、細胞核の中のデオキシリボ核酸（DNA）という物質が担っていると言われています。いずれ技術が発達して、そのDNAを分析できるようになれば、血液型よりも遥かに詳細な、指紋並みの人物特定が可能になるだろう――という話を耳にしたことはあります」

今は夢物語ということか。

それに、ドミニクのあの口ぶりでは、強姦者の体細胞など採取されてもいないだろう。

「……あたしさ。今朝まではこの事件、単なる内ゲバなんじゃないかと思ってた。新型ジェリーフィッシュの開発を巡る、教授たちの内紛みたいなものだったんじゃないかって」

漣は答えない。構わずマリアは続けた。

「でも今日、色々と聞き込みに回って――自分の馬鹿さ加減を思い知らされた気がしたわ。もっとシンプルで根本的な、けれどずっと強い動機を忘れてたんじゃないかって」

自分が馬鹿だということに今頃気付いたのですか、全く救いがたいですね――そんな暴言が、しかし部下の口から発せられることはなかった。ただ静かに、漣は一言を返した。

「復讐、ですか」

「ええ」

レベッカを汚し、死に追いやり、研究成果を奪ったのがファイファー教授の研究室の連中であって――レベッカを愛した者が、もしその事実を知ったなら。

「その推論には重大な欠陥があります」

漣の声はいつも通り冷静だった。「ファイファー教授らがレベッカの復讐のために殺害されたのだとしたら、犯人は少なくとも、教授らがレベッカを死に至らしめたのだという何かしらの確信を持っていなければなりません。犯人はどうやってそれを得たのでしょう。レベッカが強姦されていた――と仮定しますが――ことは関係者には伏せられていたはずです。ただの直感でそのような結論に至ったとしても、大量殺人を犯すほどの動機にまでなりうるものでしょうか」

「決まってんじゃない。レベッカの実験ノートよ」

車内に静寂が下りた。

「ドミニクは『レベッカ本人が捨てた可能性がある』とか言ってたけど、そんなことありえない。だって教授のトランクには、彼女のノートの複写が残されてたのよ。複写があるのなら原本だって存在してたはずだし、原本から複写を取った人間もいたはず。そいつは誰？　原本は誰が持ってたの？　教授たちしかいないでしょ。教授たちが、レベッカの死に乗じてノートを奪って、それを基に真空気嚢を造り上げた。そう考えるのが普通でしょ。

　なら、教授のトランクにはどうして原本が入ってなかったの？　ネヴィル・クロフォードがレベッカの知識を必死に探し求めてたのはどうして？

　答えはひとつしかないわ。ノートが犯人の手に渡ってしまったからよ」

　漣の無言は続く。身体を仰向けに倒しているマリアから、部下の表情はほとんど見えない。が、シートの陰から覗くその横顔が、かすかに動いたように見えた。

「具体的な状況は知らない。でも、レベッカのノートを手に入れた犯人は、そこに書かれてる内容がファイファー教授の真空気嚢技術そのものだということを知ってしまった」

だとしたら――教授らの論文や著作にレベッカの名前がどこにもなく、本来レベッカに与えられるべき名誉を彼らが不当に享受している状況を見れば――レベッカを死に追いやったのもまた教授たちの仕業なのだということくらい、小学生にだって解る連想ゲームだ。

　たとえそれが、公式には事故として処理された死であったとしても。

「死体発見の状況はどう説明しますか。レベッカの死が教授らの手によるものならば、彼らはレベッカを殺害し、現場を偽装した後、実験室の外からプラスチック片を差し込まねばなりません。そのようなことは不可能だったとバロウズ刑事も述べていたはずですが」

「できたのよ。連中には」

「え？」

「素体よ。真空気嚢の。

ネヴィルたちはゴミ箱のプラスチック片を床にばら撒き、中和滴定の仕掛けを施した後、すぐさま外へ出て、素体の切れ端をドアの下へ押し込んだのよ。触媒を塗った上で」

硬化する前の素体は、柔らかい樹脂の布切れだ。ドアを閉めながらでも、あるいはドアの外からでも、扉の下に押し込むのはそう難しくない。その状態で青酸ガスと反応させれば、素体は扉の隙間で固まり、ドアストッパーの代わりとなる。

こうして、『レベッカが実験中に青酸ガスを吸って倒れ、散乱したプラスチック片のひとつがドアの隙間に嵌まった』という状況が出来上がった。

「つまり、中和滴定で青酸ガスを発生させたのは」

「レベッカを殺すためじゃない、ドアの隙間の素体を固めるためだったのよ」

問題のプラスチック片は平べったいL字形で、薄い部分の厚みがドアの隙間と一致していた――とドミニクは語っていた。偶然でも何でもない。隙間に挟まった部分と部屋にはみ出た部分とで厚みに差が生じ、その状態で石膏（せっこう）の型取りよろしく硬化しただけなのだ。

「バロウズ刑事らは気付かなかったのでしょうか、この仕掛けに」

「気付くわけないでしょ。あんたも解ってるくせに。

この事件が起きたときには、真空気嚢はまだ公表されてなかったのよ。青酸ガスと反応して固まる樹脂なんて、あたしだってこの前聞き込みして初めて知ったくらいなのに、当時のドミニクたちが想像できたはずないわ」

返答はなかった。やがて、漣がやれやれと言わんばかりに息を吐いた。

「穴の多い推測ですね」

「何よ、文句でもあるの？」

「そうではありません。大筋は恐らく貴女の言われた通りでしょう。

ですが、レベッカの実験ノートについて言えば、最初に手に入れたのがファイファー教授たちだったとは限りません。レベッカ本人からある程度詳しい説明を受けていれば――そして、真空気嚢材料や触媒等のサンプルを手に入れていれば――ノートがなくとも真空気嚢の作製にこぎつけることは不可能ではなかったと思われますので。

むしろ、ノートは最初から犯人の手に渡っていた、と考えるべきではないでしょうか。

レベッカの死後、教授たちは彼女のノートを手に入れようとした。しかしその時点ですでにノートは失われていた。レベッカから仕入れた知識を基に、彼らはどうにか真空気嚢を完成させたが、研究の詳細なノウハウは実は彼らも理解できていなかった。……

もし彼らが、一度でもレベッカのノートを手にしていたなら、ネヴィル・クロフォードもそのように記述していたはずです。『レベッカのノートをよく読むべきだった』などと。そうではなく『死ぬ前に訊き出すべきだった』と書かれていたということは、彼ら自身もレベッカのノートを目にする機会がなかったことを示唆しています」

言われてみればそうだ。レベッカのノートが教授たちの元から犯人の元へ転々としたと考えるより、最初から犯人の手に握られていたと考える方が自然だ。

だが。

「教授のトランクに残ってた複写は何なのよ。原本を持ってなかったら複写のしようも」

マリアは言葉を切った。

「脅迫でしょう。恐らくは犯人からの」

漣がマリアの後を継いだ。「一枚の複写は封筒に入れられていたそうですが、単なる予備やメモ代わりであったのなら、封筒の中というのは保管場所としては不自然です。むしろ、何者かの手で封書として送りつけられたと考える方が筋が通ります」

レベッカの署名の入った表紙を一枚、サンプルとして任意のページを一枚。脅迫の材料としては充分すぎるほどだ。

「犯人は、レベッカのノートを複写し、ファイファー教授――あるいは教授たちの元へ送った。『自分はお前たちの罪を知っている』と。

その脅迫行為の真意は今のところ不明ですが、封書を受け取った教授たちが恐慌に駆られたであろうことは想像に難くありません。レベッカのノートの存在を世に知られることは、彼らにとって身の破滅に等しかったでしょうから」

「……待って。知らぬ存ぜぬで押し通されたら犯人はどうするつもりだったのかしら。極端な話、真空気嚢技術がレベッカのアイデアを盗んだものだっていうのはあくまで状況証拠からの推測なだけで、物的な証拠はないわけでしょ。単なる偶然の一致でした、で済まされる恐れはなかったのかしら」

「ありません。レベッカのノートはその存在自体が、彼らの社会的地位を法的にも脅かしかねないものです」

「どういう意味？」

「特許ですよ。

私もU国のことを知り尽くしているわけではありませんが、この国の特許制度が『先発明主義』であることは聞いています。役所への届出日時にかかわらず、その特許の実際の発明日が最も早かった者に権利が与えられる、という制度ですね。

レベッカのノートに記された日付は一九七〇年。ファイファー教授らの発表の二年前です。特許の審査や裁判に『偶然の一致』という言い逃れは通用しません。つまりレベッカのノートこそ、真空気嚢の本当の発明者が彼女であることを、特許法の上で保証する無比の証拠なのですよ」

――これら無機系触媒、有機高分子および反応生成物の結晶構造、反応機構、そして気嚢の作製方法こそが……ジェリーフィッシュ関連特許の根幹となっているわけです。

レベッカのノートの存在が明るみに出れば、教授たちの特許は効力を失う。それはつまり、UFA社のジェリーフィッシュ事業の屋台骨がへし折られることに等しい。教授たちは剽窃者の烙印を押されるだけでなく、多額の賠償問題にさらされることになっただろう。

そうなる前に命を落としたことが、彼らにとってせめてもの幸運だったのかどうか――

「でも結局、教授たちは――まあ、まだそうと確認されたわけじゃないけど――殺されちゃったわけよね、レベッカのノートを手に入れた犯人に。だとしたら、殺す前に犯人が脅迫の封筒を送りつけたのはどうしてなのかしら。不必要に警戒されるだけのような気がするけど」

「先程も申し上げましたが、その目的は現時点では不明です。単に教授たちを苦しめたかっただけなのか、あるいは何かしらの合理的な理由があったのか。

そもそも、犯人がファイファー教授たちの中にいないとすると、一昨日の議論と同じ疑問が生じます。犯人はどうやって試験機の中に入り込み、そして復讐を果たした後どうするつもりだったのか。あるいは自分も死ぬつもりだったのだとすれば――」

「ちょっと待って。……犯人が教授たちの中にいない、とは限らないんじゃない？

レベッカを強姦して死に追いやったのは、確かにファイファー教授の研究室の連中かもしれない。でも、全員がそれに加担してたとは限らないわよね。悪行に走ったのは一部の人間だけで、事情を全く知らなかった奴だっていたかもしれないわ。

例えば——ミハエルは否定してたけど——レベッカがファイファー研究室の誰かと恋仲になってて、そいつの部屋にノートを忘れていって、直後に別の奴がレベッカを手にかけて……とか。その後の、ファイファー教授たちの真空気嚢の開発も、全員が同じことを一緒にやってたわけじゃないでしょうし」

「あんたも言ったじゃない。『紙そのものを作るのは航空工学の本来の仕事じゃない』って。その『紙を作る』グループが教授たちの研究室に新しくできて、本来の『紙を折る』グループに隠れて悪行を働いたことだって充分ありうるわ」

レベッカの死後、犯人が教授の論文を目にし、そこに書かれている内容が、レベッカのノートに書かれているそれと全く同じであることに気付いたとしたら。

犯人が教授たちの中にいたのなら、どうやって試験機に潜り込んだのかなどという問題は最初から存在しない。そして犯人が、レベッカを救えなかったこと、レベッカの研究が奪われるのを防げなかったことへの自責の念に駆られていたとしたら——復讐を果たした後、自分だけ生き残ろうとは微塵も考えなかったかもしれない。

「どっちにしろ、あの六つの遺体の中に、明らかに他殺じゃない奴がひとつあるはずよ。そいつが犯人に違いないわ」

「ボブに確認してみましょう。そろそろ全員の検死結果が出てもよい頃です」

漣が静かにハンドルを傾ける。緩いカーブを抜け、左手の、褐色の肌を剝き出しにした丘が背後に遠ざかると、視界が一気に開け、紅い荒野が地平線の彼方へ連なっていた。

一直線に延びる幹線道路、その遙か左手に、ガスステーションと思しき建物の影が見える。その傍らで、白く平たい扁球形の物体――ジェリーフィッシュが、夕陽に赤く染め上げられていた。

荒野の中のガスステーションは、長距離ドライバーにとって文字通り命綱だ。それは空を往く船にとっても同様であるらしく、クルージングの最中と思しきジェリーフィッシュがああやって補給のためにガスステーションの近くに降り立っているのを、マリアはここ数年、結構な頻度で目にしていた。

「余談ですが、民生用ジェリーフィッシュの保有数はA州が最も多いそうですね。ＵＦＡお膝元だからというわけではなく、民家が少ない上に気候も安定しているのでジェリーフィッシュを飛ばしやすいのだとか。他の州からの来訪者も多いようです」

「へえ」

生粋のＵ国人の自分より、なぜそんなに知識豊富なのかこのＪ国人は。嫌になってくる。

そうこうするうちに、漣の自動車はガスステーションに辿り着いた。

遠目には大豆ほどの大きさだったジェリーフィッシュが、今はマリアたちのほんの一〇〇メートルほど先で、見上げんばかりの巨体を休ませている。漣が公衆電話をかけている間、マリアも自動車から降りて外の空気を吸いながら、誰の物とも知れぬ機体を見つめていた。

美しい巨軀を前に、愁い混じりの吐息が零れ出た。

これを、わずか十九歳の少女が生み出したのか。

そして、ファイファー教授らに研究成果と生命を奪われた――

教授らの誰かが、素体をドアストッパー代わりに使ってレベッカの死を事故に仕立て上げた——というのは、現時点ではマリアの推測に過ぎない。だが幸運にも、プラスチックの欠片は今もP署に保管されていた。証拠品が処分されぬよう、ドミニクが手を回していたのだろう。当人は笑って答えなかったが。

マリアはドミニクに掛け合い、問題の欠片をこちらに回してもらうよう約束を取りつけていた。欠片を分析すれば、マリアの考えが裏付けられるはずだった。

「……はい、お願いします…………ああ、ボブ。九条です、お忙しいところ申し訳ありません。……ええ……それで、検死の方の進捗を…………はい。

…………何ですって？」

部下の声音が変わった。

「それは本当ですか。誤認の可能性は——

…………そうですか…………解りました、直ちに戻ります。正式な報告はその際に」

受話器を置き、険しい顔つきで漣が戻ってくる。

「レン、どうしたの。何かあった？」

「マリア、大変良い知らせです。六名の被害者の検死結果が出揃いました。

全員、他殺です」

「……は⁉」

マリアの声が裏返った。「ちょっ、ちょっと待ちなさいよ。他殺？　全員が⁉」

「詳細は署に戻った後、ボブから説明があるかと思いますが……今しがた電話口で聞いた限りでは、例の六つの遺体の中に、自殺と判定できるものはひとつもなかったそうです」

漣の報告を、マリアは愕然とした思いで聞いていた。

ファイファー教授の研究室の誰かが、レベッカの復讐のために他の全員を殺害し、自らも命を絶った。それが、つい先程までマリアが描いていた事件の概要だった。六名の中に自殺者がいないのなら、彼らを殺害した七人目が、あの試験機の中にいたことになる。

だが、彼らの試験計画書の中に、七人目の名前などどこにも書かれていなかった。

『以上六名』——参加メンバーのリストの最後もそう結ばれていたはずだ。

存在するはずのない七人目が、試験機の中にいた——そいつは何者なのか。どこから来て、どこへ消えてしまったのか？

「戻りますよ、マリア」

漣がマリアを促した。「一から考察のやり直しです。あの中に自殺者がいないとなれば、敵国の工作員説も含め、部外者説をもう一度見直さねばなりません」

インタールード（Ⅳ）――モノローグ

彼らを消した後、どこに身を潜めるか――それが、計画の最後の問題点だった。

たとえ計画が想定通り進行したとしても、真実がいつまでも露見せずに済む保証はない。少なくとも最後の目的を果たすまでは、自分自身と連れを当局の目から隠し通す必要がある。

調査の末、隣国Cのとある州、森に囲まれた大きな湖の畔の、安値で売りに出されていた旧いロッジを探し当てた。

市街地から離れ、あれこれ穿鑿する隣人はいない。何より、同じような目的で似たようなロッジを購入する好事家が、近年、C国には増加しつつあった。うってつけの物件だった。資金の半分が、この避難所の購入に消えた。

問題は、どうやって国境線の警備を掻い潜るかだったが、これにはある程度の目算があった。C国はU国の友好国だ。M国のある南側の国境と違い、警備が密入国者に神経を尖らせているといった状況でもない。最悪、パスポートがあれば通り抜けることはできる。

――それに、こちらには心強い連れがいる。

彼女にかかれば、国境など砂場に引かれた線でしかない。

第9章　ジェリーフィッシュ（V）――一九八三年二月八日　二三：五〇～――

「さて、だーれーにーしーよーうーかーなー……っと」

調子外れの歌を口ずさみながら、クリスは散弾銃の銃口を、リンダ、エドワード、そしてウィリアムへと順繰りに滑らせた。

「クリス、気は確かですか」

エドワードの声に焦燥が滲んでいた。「落ち着いて下さい、どうしてこんな真似を。なぜ僕たちが殺されなければならないのですか。どうか銃を置いて下さい」

「『どうして』？」

クリスが嘲るように口の端を吊り上げた。「この期に及んでとぼけるな。そんなもんお前らの胸に訊いてみろ、この人殺しが」

――貴方たちは、その『レベッカ』という人を殺したんですね。

そんな。

「クリス……お前が」

「備えあれば憂いなし、だな。

物騒な旅路になると思ったが、まさかこんな形で役に立つとは思わなかったぜ」

狂気を帯びたクリスの両眼を、ウィリアムは呆然と見つめた。

まさか――クリスが。

『忘れ物』とはあの散弾銃のことだったのか。捜索のときには見なかったが、天井や床下の配管の隙間の奥でも、ベッドのマットの下でも、隠し場所ならいくらでもある。そういえば、荷物の中にゴルフバッグもあった。その中に――？

「ま、仕方ない。終わり良ければすべて良しだ。どうせお前ら、全員仲良く死ぬことになってたんだしな」

決定的とも言えるクリスの台詞の意味を、しかしウィリアムの脳は朧げにしか認識できなかった。

……何だ。

何だこれは。俺はいつの間に、舞台か映画の中に入り込んでしまったのか？

リンダは、蒼白な顔面を涙で汚しながら、声もなくがたがたと歯を震わせている。

エドワードは椅子から腰を浮かせたまま、険しい表情でクリスを見つめ――その両眼が不意にウィリアムへ向けられた。

一瞬の交錯だった。それがウィリアムを現実へ引き戻した。

――馬鹿か、何を呆けていたんだ俺は。

エドワードの意図をウィリアムは直感で読み取った。迷うな。やるしかない。

数瞬の後、エドワードが床を蹴った――と同時に、ウィリアムも全力で飛び出した。

身をかがめ、壁際を沿うように迂回しつつ突進する。逆の壁際からはエドワードが、やはり同じように身を低くしながらクリスへ突っ込んでいく。

クリスの表情が驚愕へ転じた。

エドワードと離れた位置に座っていたのは幸運だった。クリスは両側からの奇襲に狙いを定めることができず、ただ銃口を左右に動かすばかりだった。

――そのとき、突風がゴンドラを揺らした。クリスが体勢を崩す。その隙を突き、エドワードが身を屈めたままクリスの腰に体当たりを喰らわせた。

クリスがかろうじて踏ん張り、彼を押さえ込もうとするエドワードの背中に銃床を、腹部に膝蹴りを叩き込む。ウィリアムは横から腕を伸ばし、満身の力を込めてクリスの手から散弾銃を引き剝がした。

すかさず後方に飛び退る。エドワードもクリスを突き飛ばすように退避した。

「クリス、動くな！」

散弾銃をクリスに向けて構える。彼の顔が憤怒に塗り潰された。

「頼む……動かないでくれ、お願いだ」

懇願の声は無様に掠れた。銃口が震える。

クリスは動きを止めた。……だが、それも一瞬だった。

彼は右手を腰の後ろに回し、鈍く光るものを引き抜いた。

すべてがコマ送りに見えた。

クリスが意味の解らぬ叫びを放ち、サバイバルナイフを振りかざしながら、ウィリアムへ突進した。

考えるより速く、引鉄に掛けていた指が動いた。

出来損ないの花火のような発砲音と同時に、クリスの身体が後方へ吹き飛んだ。

予想外の強い反動に、ウィリアムは思わずのけぞった。

クリスが仰向けに床を跳ね、二度、三度と痙攣した。

どす黒い血溜まりが床へじわりと染み出す。硝煙と、生臭い血の臭いが食堂を侵食する。……やがて、クリスの身体が、電池切れの玩具のように動きを弱め、完全に停止した。

ウィリアムの手から散弾銃が滑り落ちた。薄い白煙が銃口から立ち上った。

長い無言の時が過ぎた。クリスは動かない。その身体の上半分は、かろうじて人間の形を留めているに過ぎなかった。

「い……っ」

リンダの喉から無様な悲鳴がほとばしった。「いや、いや、いやああああああっ」

彼女の絶叫を背に聞きながら、ウィリアムは自分の両手を見つめた。

……殺した。殺した、クリスを。

仲間を――研究室に入って以来、十数年を共に過ごしてきた盟友を、自分は今、この手で撃ち殺したのだ。

「違う……違う、俺は――俺は、」

「落ち着いて下さい」

ウィリアムの肩に手が置かれた。エドワードだった。「貴方のせいじゃない。誰も貴方を責めたりなどしない。……とにかく座って、呼吸を整えて」

エドワードの声は抑揚を欠いていたが、その表情には沈痛と疲労が色濃く滲んでいた。彼に導かれるように、ウィリアムは傍らの椅子に腰を沈めた。

　エドワードはリンダを立たせようとしたが、彼女は床にへたり込んだまま、脅えたように身を縮こませるばかりだった。エドワードは諦めたように吐息を吐き、散弾銃を拾い上げ、弾を抜いて放り捨てた。

　窓の外では、数多の白い氷片を纏った風が、暗闇の中、新たな生贄を祝福するかのように狂乱の雄叫びを上げ続けていた。

「……そんな」

　やがて、ウィリアムの口から弱々しい声が滑り落ちた。「まさか、クリスが――」

「貴方のせいではありません。もし銃を奪ったのが僕だったら、僕が引鉄を引いていたでしょう。……正当防衛です」

　クリスの右手にはサバイバルナイフが握られたままだった。クリスがウィリアムたちに殺意を抱いていたことは、もはや否定のしようがなかった。

　犯人はクリスだった――教授とネヴィルを毒殺したのも、自分たちをここへ閉じ込めたのも。

「終わった……のか」

「断言はできません。二人目の犯人がいないとまだ決まったわけではありませんし――そうですね。今の一幕はすべて貴方とクリスが仕組んだ芝居で、貴方が土壇場でクリスを裏切って始末した、という可能性もないわけではありません」

「お、おい――」

「冗談ですよ」

　エドワードはにこりともしなかった。「あれがすべて演技だとしたら、貴方は主演男優賞レベルの名優です。……それに、場に四人しかいないのに、その中の二人の犯人があんな小芝居を打つのも不自然な話でしょう」

「ほん、とに……？　もう……だいじょうぶ……なの？」

衝撃と恐怖が和らぎ始めたのか、リンダが呆けたように呟いた。「ええ」子供をあやすように、エドワードはリンダの前に屈み込んだ。

「後は救助を待つだけです。安心して眠って、しっかり身体を休めて下さい」

「……うん……」

幼児退行したような口調としぐさで、リンダがエドワードの袖を摑む。エドワードは今度こそリンダを立ち上がらせ、連れ立って食堂を後にした。

程なくして、エドワードがひとりで戻ってきた。

「寝かしつけてきました。後で様子を見に行ってあげて下さい。空調は入れましたので、凍死の心配は当面ないと思いますが」

「ああ」

「それと……どうしますか」

クリスの死体へ、エドワードが視線を投げる。ウィリアムの心臓が鷲摑みにされたように縮んだ。

「血が固まってからにしよう。……この寒さじゃ、水で床を拭くのも一苦労だ」

温度が低いと、血の中の酵素の活性が落ちて固まりにくくなる、という話をどこかで聞いたことがある。少なくとも朝までは放っておくべきかもしれない。

それに——十数年来の仲間だった男をこの手で撃ち殺した、という罪業は、たとえそれが正当防衛であったとしても決して消えることはない。その事実に正面から向き合う気力と体力を、今のウィリアムは持ち合わせていなかった。ウィリアムの心情を察したのか、エドワードは「解りました」とだけ呟いた。

そのまま無音が流れた。

腕時計の針は深夜を回っていた。吹雪の叫びは未だ止まない。疲労が全身に押し寄せていた。何もかも放り投げて眠りたかったが、椅子から立ち上がる気力すら湧いてこなかった。

「……どうして」

やがて口から零れたのは、先程と似たような言葉だった。「なぜ、クリスが」

「僕には解りません。それはむしろ、貴方の方がよくご存じなのではありませんか――『レベッカ』の件も含めて」

普段と変わらない、抑揚を欠いた台詞だった。エドワードの声からはもはや、ウィリアムを非難する色さえ消え失せていた。

「……そうだな」

犯人が息絶え、当面の脅威が去った今、自分たちの過去をことさらにさらけ出す意味はない。だが、クリスを撃ち殺した弾丸は、どうやら自分の中に眠る罪業の封印をも、同時に破壊してしまったようだった。気力を振り絞り、ウィリアムは立ち上がった。

「場所を変えよう……ここは寒い」

※

「俺たちが、ファイファー教授の研究室にいた頃の話だ」

三号室に戻り、椅子に腰を下ろすと、ウィリアムは語り始めた。「当時のファイファー教授の専門は、非動力式揚力発生型の航空機——いわゆるグライダーや気球や飛行船といった、エンジンに拠らずに浮力を発生させるタイプの飛行体の研究開発だった。

もっとも、そういった『軟弱な飛行機もどき』は、当事の航空工学の主流からは明らかに外れていて、教授の研究室に好き好んで入るのは、サイモンのような本物の飛行船好きくらいだった」

研究室の後輩の名をウィリアムは口にした。サイモン——あいつは今、どこで何をしているのか。

「他の皆は違った、ということですか」

「クリスとリンダは、学問が好きというより社会に出たがらないタイプだったからな。……長く遊べそうなところを選んだだけ、という話を後で聞いたよ。

ネヴィルと俺は、第一志望の研究室に入れなかった口だ。ネヴィルはそれでもああいう奴だったから、不平も言わずに研究をこなしていたが、俺は正直に言えば苦痛で仕方なかった。

そんなある日、彼女が——レベッカが研究室に現れた」

彼女と初めて対面したときのことは、今も鮮明に記憶している。丸い眼鏡、お下げの黒髪、理知と優しさを兼ね備えた笑顔——すべてはもう、遠い追憶の彼方だ。

「レベッカという人は、ファイファー研究室のメンバーというわけではなかったのですか」

「全然別だった。俺たちは工学部航空工学科で飛行船造り。彼女は理学部化学科で窒化系強化プラスチックの合成。A州立大学の理系の学部、という共通項はあったが、専門分野のベクトルは、一八〇度とは言わないが九〇度の立体交差くらいにはずれていた」

エドワードの両眼がかすかに見開かれた。

「窒化系強化プラスチック……？」

「お察しの通りだよ。……真空気嚢は、本当はファイファー研究室が単独で生み出したものじゃない。レベッカとの共同研究で創り上げられたものだ」

口から零れ落ちた台詞の滑らかさに、ウィリアムは自分でも驚きを隠せなかった。

あれほど隠し通してきた真実を、こうもあっけなく明かしてしまったこと。そして、その告白の中に、この期に及んでいくばくかの虚構を躊躇なく入れ混ぜたこと。

共同研究か。我ながら聞いて呆れる。真空気嚢の素材の合成法も、それを飛行船の気嚢の代わりに使うアイデアも、素材を気嚢の形に仕立て上げる方法も、すべてレベッカの発案だ。自分たちはそれを確かめ、微細な改良を加えただけに過ぎない。

「レベッカはサイモンと同じ高校の出身で、そのつてでサイモンが彼女を連れてきたんだ。共同研究とはいっても、俺自身は月に何回かの定例ミーティングで顔を合わせるだけだったが……彼女の人柄もあって、俺たちが彼女と親しくなるのに時間はかからなかった」

「プライベートで深い付き合いがあった、ということですか」

「そこまでじゃない。少なくとも俺は。……まあ、研究室の親睦キャンプに彼女を招いたこともあったが、せいぜいそのくらいだ。レベッカがファイファー研究室の誰かと交際を始めたりといったことは、俺の気付いた限りではなかった。……が」

「『レベッカを密かに愛していた人間ならいたかもしれない』、と？」

「今思えばな。まさかクリスがそうだとは思わなかったが」

「貴方は、どうだったのですか」

「え？」

「貴方自身は、レベッカを愛していたのですか」

見据えるようなエドワードの視線だった。心の底に封じ込めていた感情が、激しい疼きとともに滲み出た。「……そういうことは、面と向かって訊くもんじゃない」視線を逸らしながら、ウィリアムはそう返すに留めた。

「とにかく、俺たちとレベッカとの研究上の交流は続いた。真空気嚢もようやく完成の目処が見えてきた――そんなときだった。

レベッカが、自ら命を絶ったのは」

予想外の言葉だったのだろう、エドワードが息を呑む音が聞こえた。

「自殺？」

「お前も知ってるだろう。俺たちの工場、あそこでだよ」

学生時代からつい最近まで、大型素体の試作用に使ってきた件の場所を、ウィリアムは脳裏に思い返した。「知らせを受けて俺が駆けつけたときには、教授を除く他の四人はすでに集まっていて――レベッカは……青酸ガスのボンベの傍で、大きなビニール袋を被ったまま、ボンベから伸びたチューブを口に咥えて息絶えていた」

その瞬間の情景が鮮明に蘇り、ウィリアムは思わず胸を手で押さえた。

「……なぜ」

「解らない。本当のところは。……俺に言えるのはただの臆測だ。レベッカが『自殺』したというのも、実を言えば、たぶんそうだったんだろうというだけの話でしかないんだ。

レベッカが見つかったとき、彼女の髪と服は不自然に乱れていた。まるで――誰かに襲われたような、そんな姿だった」

感情に乏しいエドワードの顔が、このときばかりは強張った。

「強姦（レイプ）……⁉」

「少なくとも目に映る範囲では、大きな外傷はなかった」

我ながら感情が抜け落ちたような声だった。「レベッカが自分でチューブを咥えてボンベを捻ったんだろうというのは、だからそこからの推測だ。

そのときの俺たちには、レベッカの死因を追及するよりもっと差し迫った問題があった。あの場所を知っているのは今も昔も俺たちだけだ。あそこでレベッカが発見されれば、警察の疑惑は確実に俺たちに向くことになる。

だから俺たちは、死体を別の場所へ運んだ」

「別の場所？」

「大学の実験室だよ。――彼女の在籍していた理学部化学科の実験室へ、密かに彼女を運んで、実験中に命を落としたかのように仕立て上げたんだ」

エドワードは表情を硬くしたまま、声を発することもしなかった。

「とはいっても、実際に工作を行ったのはネヴィルとクリスだ。ネヴィルは俺たちに一切を口外しないよう命じると、レベッカの遺体を自動車のトランクに入れて、クリスとともにその場を去った。二人が何を行ったかを、俺たちは翌日のニュースで知った」

通行証さえ掲げていれば、大学の正門は自動車で簡単に通り抜けられる。そのときは夕刻で、化学科棟にはごくわずかな学生しか残っていなかったらしい。ネヴィルとクリスは誰にも見咎められることなく、恐らくは裏口からレベッカを運び入れ、偽装を施した。実験室の鍵は、レベッカの所属していた研究室から調達したのだろう。研究室の鍵自体はレベッカが持っていたはずだ。
どれほど巧妙な偽装だったのか、あるいはどれほどの強運に恵まれたのか、レベッカの死はそのまま事故として処理された。サイモンは警察から一度事情聴取を受けたようだが、結局強い疑いを向けられることはなかった。

「その後は、たぶんお前の想像通りだ。レベッカの遺した技術資料とサンプルを基に、俺たちは真空気嚢を完成させた。……彼女がいなくなったおかげで研究の進度はがくんと落ちて、成果が形になったのは二年も後だったけどな」

触媒は比較的簡単に手に入るものだったからどうにかなったが、肝心の素体の合成と、素体から実際の気嚢を造り上げるプロセスは、少なくともウィリアムには全くお手上げだった。レベッカからアイデアだけは聞いていたが、材料合成に疎い自分たちにとって、彼女のアイデアを理解することは、粘土板の古代文字を解読する以上の難題だった。

結局、『解読』作業はネヴィルとサイモンが担い、苦闘の末にどうにかプロセスは固まった。真空気嚢の試作はクリスが、飛空艇全体の設計はウィリアムが進めた。リンダはレベッカの死から逃げるように遊び呆けていたが、忙しいときには皆の手伝いを一応は行っていた。

「これも、その技術資料のひとつだったというわけですか」

つい先刻、食堂で突きつけられたノートの複写が、再びエドワードの手で広げられた。

「……いいや」

ウィリアムは首を振った。「ネヴィルとクリスが探した限りでは、新調されたばかりのノートが一冊あっただけで、肝心の、合成条件が詳しく書かれたバックナンバーはどこにも見つからなかったらしい。遺体を偽装する前に、レベッカの持っていた鍵を使って彼女のアパートにも忍び込んだが、それらしいノートは発見できなかった――ということだった」

　恐らくはレベッカが自ら命を絶つ前に、身辺整理のつもりでノートを処分したのだろう。仮に恋人や家族の手に渡ったとしても、素人に内容を理解できるはずがない――そんな、楽観という名の願望を、自分たちはずっと抱き続けてきたのだ。

　今思えば、このときすでに、ノートはクリスの手に渡っていたのかもしれない。

「ファイファー教授は、何をされていたのですか」

「何もしちゃいなかったよ。学生にろくに金も出さず、成果だけ横からかっさらう、そういうタイプの人間だったんだ。……まあ、遊んでいてもあまりうるさくは言わなかったようだから、リンダのような学生には有難い存在だったかもしれんが」

「レベッカのことについて、教授は」

「ネヴィルから伝わってはいたはずだ。……だが教授は結局、自分の業績からレベッカの名を抹殺する道を選んだ。そういうところだけは鼻の利く人だったからな」

　嘘だ。

　レベッカの名を葬り去ることを選択したのは、決して教授だけの独断ではない。

　真空気嚢の本当の発明者を明かすことは、彼女の死を世間の注目にさらすことに等しい。そうなれば、せっかく事故として処理されたレベッカの死が、警察の手で再び掘り起こされることになりかねない。

　自分たちは保身のために、嬉々として教授の神託を受け入れたのだ。

　エドワードは無言のまま、ウィリアムをただ見つめている。その両眼に浮かぶのが、蔑（さげす）みか、哀れみか、疑念か、それとも他の感情なのか、ウィリアムには判断がつかなかった。

やがて、エドワードの唇が動いた。

「誰がレベッカを手にかけたのか、貴方はご存じなのですか」

「……いいや」

内臓を抉られるような感覚を堪えつつ、ウィリアムは言葉を吐き出した。「俺たちの間では……それを探ることはタブーになっていた。レベッカを闇に葬った時点で……いや、レベッカの死を偽装することを黙認した時点で、俺たちは共犯者も同然だったからな。

そもそも、レベッカが本当にあの場所で、俺たちの誰かから辱めを受けたのか、誰にも確証があったわけじゃない。俺たちはレベッカを動かしただけ、死を選んだのはレベッカ自身の意思だ——そう言い訳して、俺たちは自分たちの罪から目を背け続けてきたんだ。

それができなかったのは——俺たちの中ではたぶん、クリスだけだったんだろう」

嘘だ。

『目を背け続けてきた』？　何を偉そうなことを。お前は嘘をついている。この期に及んでもなお、お前は罪から逃げ続けているではないか。

エドワードの眼差しは変わらない。その視線の重さに耐え切れず、ウィリアムは目を伏せた。嵌め殺しの窓の外で、風が怨念のような叫びを放っていた。

「……そうですか」

どれほどの時間が過ぎただろうか。ただ一言、エドワードは呟いた。非難とも詰りとも違う、奇妙な重さを伴った呟きだった。

「責めないのか、俺を……俺たちを」

「ここで貴方たちを弾劾したところで、今の状況が好転するわけではありません。

いえ、むしろ考えが変わりました。救助を待つだけと楽観していましたが、事態は思った以上に深刻かもしれません」

――え？

「早ければ明後日には空軍（スポンサー）が救助に来る、とのことでしたね。

ですが思い出して下さい。その軍への連絡を任されていたのは誰ですか」

――クリス、スポンサーへは連絡したか。

衝撃がウィリアムの頭を貫いた。まさか――

「貴方の言う通り、クリスの凶行がレベッカの一件に対する復讐なのだとしたら、それを成し遂げた後でクリスはどうするつもりだったのでしょう。ひとり生き残って軍の救助を待つ、そんな真似ができたと思いますか。

そもそも、途中で邪魔が入りかねないような愚挙を、犯人がわざわざ犯すと思いますか」

クリスは軍に連絡などしていない。

自分たちがどんな災厄に巻き込まれているか、軍は全く知らない――というのか。

「いや……いや待て。仮にそうだとしても、軍には航行試験計画書が渡っていたはずだ。ＵＦＡも航行試験の日程は知っている。俺たちが戻らなければ、遅くとも数日後には救助が」

「その試験計画書が僕たちに渡されたものと全く同じものだと、どうして言えるんですか」

ウィリアムは言葉を失った。

足元の床が崩れ、そのまま奈落に墜ちていくような感覚が襲いかかった。

「試験計画書を作っていたのはネヴィルとクリスです。もしクリスがネヴィルの目を盗んで、上層部や軍に渡す分の試験計画書を改竄し、全く違う日程、全く違う場所を記したものに差し替えていたとしたら——会社や軍が数日内にここに救助を差し向ける可能性は、極めて低いものになるかもしれない」

「エドワード！」

思わず腰を上げた。「おい、悠長に構えてる場合じゃないぞ。軍でもどこでもいい、今すぐ無線連絡を」

「無理です」

エドワードは首を振りながら、小型無線機をウィリアムに差し出した。「僕たちに支給されたこれは、ある特定の周波数帯でしか送受信できなくなっているようです。……ひとりのときに入れっぱなしにしてみたのですが、外部からの通信は一切入りませんでした」

ウィリアムは自分の小型無線機を摑んだ。電源を入れ、中央付近のつまみを左右に捻る。スピーカーから響くのは耳障りなノイズだけ。どれだけつまみを回しても、人の声が聞こえることはなかった。

全身が凍りついた。

航行試験の最中、暇潰しに一度だけ、ラジオでも聴けないものかと周波数設定を変えてみたことがある。やはり何も聞こえなかったが、そのときは単に、軍用ということで民間放送の周波数帯域には入れない仕様になっているのだろうとしか考えていなかった。

だが、もしそれが仕様ではなく、何らかのハード上の改造を加えられた結果だとしたら。

外部との通信を行えぬよう、送受信可能な帯域を、軍用回線のそれからもずらされていたのだとしたら。

ネヴィルの説明によれば、無線機の通信可能範囲は一〇〇キロ。H山系の周辺は集落も少ない。

民間に開放されている帯域から大きく外れた帯域に、好き好んで無線を合わせてくれる人間が果たしてどれだけいるか。

助けは来ない。こちらから救援を呼ぶこともできない。残された望みは、通り掛かりの誰かに見つけてもらうことだけだ。

が、悪天候の冬の雪山の、しかもこんな奥まった場所に、登山客が来るとも思えない。荒れた空を他のジェリーフィッシュが危険を冒して飛んでくるはずもない。

あるいは、他の航空機が飛んでくるのを待つか。だが旅客機の航路は高度一万二〇〇〇メートル、遙か雲の上だ。たとえ晴れていたとしても、四〇メートル四方のジェリーフィッシュさえ豆粒にしか見えない。そもそもこの場所が、航空機の航路に当たっているかどうか。

「クリスの無線機を試しましょう」

ウィリアムの不安を読んだかのように、エドワードが硬い声を発した。「無線機の改造を行ったのがクリスだとすれば、自分の分だけは、万一に備えて手をつけていない可能性もあります。それを使って、空軍と連絡が取れれば――」

※

エドワードの希望的観測は、しかしあえなく打ち砕かれた。

クリスの遺体の上着に入っていた無線機は、散弾銃の弾丸に抉られ、電源すら入らなかった。

第10章　地　上（V）――一九八三年二月十五日　一三：三〇～――

「いい？　たとえ真相がどんなものだろうと、可能性はたった二つしかないのよ。

犯人は、試験機の中で発見された六人の中にいる。

犯人は、試験機の中で発見された六人の中にいない」

会議室の黒板の前で、マリアは勢いよく赤毛を払った。

聴衆は少ない。漣を含めて三人。各々の机には何束かの捜査資料が置かれている。他の捜査員たちは、ファイファー教授たちの自宅の捜索や、航行試験のルート周辺の目撃情報の収集などで出払っていた。

「二者択一なんだから、まずはどっちが正しいかを考えるべきだわ。誰か意見は？」

マリアらしい単純明快な論点だ。皮肉抜きに感心しつつ漣は口火を切った。

「意見も何も、全員が他殺であるとの検死結果が出ている以上、前者の可能性はありえないと思われますが」

「それが本当かどうか、もう一度見直してみましょって言ってんのよ。

ボブ。悪いんだけど、検死の結果をもう一回説明してくれる？」

「お安い御用だ」

ボブ・ジェラルド検死官が腰を上げた。「まずフィリップ・ファイファー教授だが、胃の中からシアン化ナトリウムが検出された。他に目立った外傷はなし。青酸による中毒死とみてよいだろう」

「毒を飲んだだけなら他殺とは限らないんじゃない？」

「まあ慌てるな。問題は死体の姿勢だ。全身黒焦げだが両脚はまっすぐ揃えられ、両手も腹の上で組まれていた。最後にひとりで死んだのならこんな綺麗な体勢にはならん。多少なりとも苦悶の様子が見て取れる格好になっていたはずだ」

　教授が死んだ後、遺体を整えた人間——生存者がいたということだ。

「むろん厳密に言えば、教え子を残してさっさと自殺した可能性もないではないが、状況からしてそれは考えにくいだろう。誰かに一服盛られたと考える方が自然だ。

　次、ネヴィル・クロフォード。こいつも胃から毒が検出された。こっちは亜砒酸だな。外傷はなし。ファイファー教授とほとんど同じだ」

「他殺と判断された根拠も、教授と同様ですか」

「ああ、こいつの寝相も綺麗なもんだった。他の連中が寝かせてやったんだろうな。

　三人目、これは女の死体だ。身元は確認中だが、教授らの中で明らかに女なのはリンダ・ハミルトンひとりだ。身長も一致している。ほぼ確定だな。

　で、こいつは背中をナイフで一突き。ちょうど上手い具合に心臓に刺さっていた。恐らく即死だったろう。位置や方向から見ても自分でやったとは考えられん。

　で、ここからは身元がまだ特定できんのだが——

　四人目、こいつは散弾銃で正面からズドンだな。弾丸が上半身にめり込んでいた」

「こいつこそ自殺ってことはないの？」

「撃たれた位置が問題だ。弾の広がり具合からして、推定で二メートルは離れた場所から撃たれている。手を伸ばしたところで自分で引鉄を引ける距離ではあるまい。

五人目――首と手足を切断されていた。自殺など問題外だな」

「直接の死因は何でしょう」

「解らん。毒物も、他の目立った外傷も確認できなかった。まあ、恐らく絞殺だろう。

そして最後の六人目。後頭部に殴打の痕跡がくっきり残っていた。しかも五、六発はぶん殴られている。骨が派手に陥没していたな」

「自分で叩くのは……無理か」

後頭部を撫でさすりながらマリア。「全員の死亡推定時刻は?」

「一応は検死報告書に書いたが、はっきり言って当てにならん。全員丸焦げに焼かれた挙句、雪山で芯まで冷やされていたからな。確実に言えるのは、どれも解剖日から少なくとも一日以上経過しているということだけだ」

誰がどの順番で殺されたかを特定するのは不可能、か。

「六人の死体は、ゴンドラのどこで見つかったのかしら」

「ファイファー教授とネヴィル・クロフォードが二号室――遺体置き場になっていたようですね――、リンダ・ハミルトンがキッチンの入口、撲殺体が廊下、他二体が食堂、ですね」

「なら、誰かが死ぬ間際に犯人を返り討ちにした、とかは? それだったら見た目はみんな他殺に見えるわよね。今の話だと、死体の発見場所も二人ずつ固まってたみたいだし――」

「誰がですか? 遺体が整えられていた二名、背中を刺されて即死の一名、二メートルも離れて撃たれた一名、首と四肢を解体された一名、後頭部を骨まで殴打された一名……犯人に反撃を加

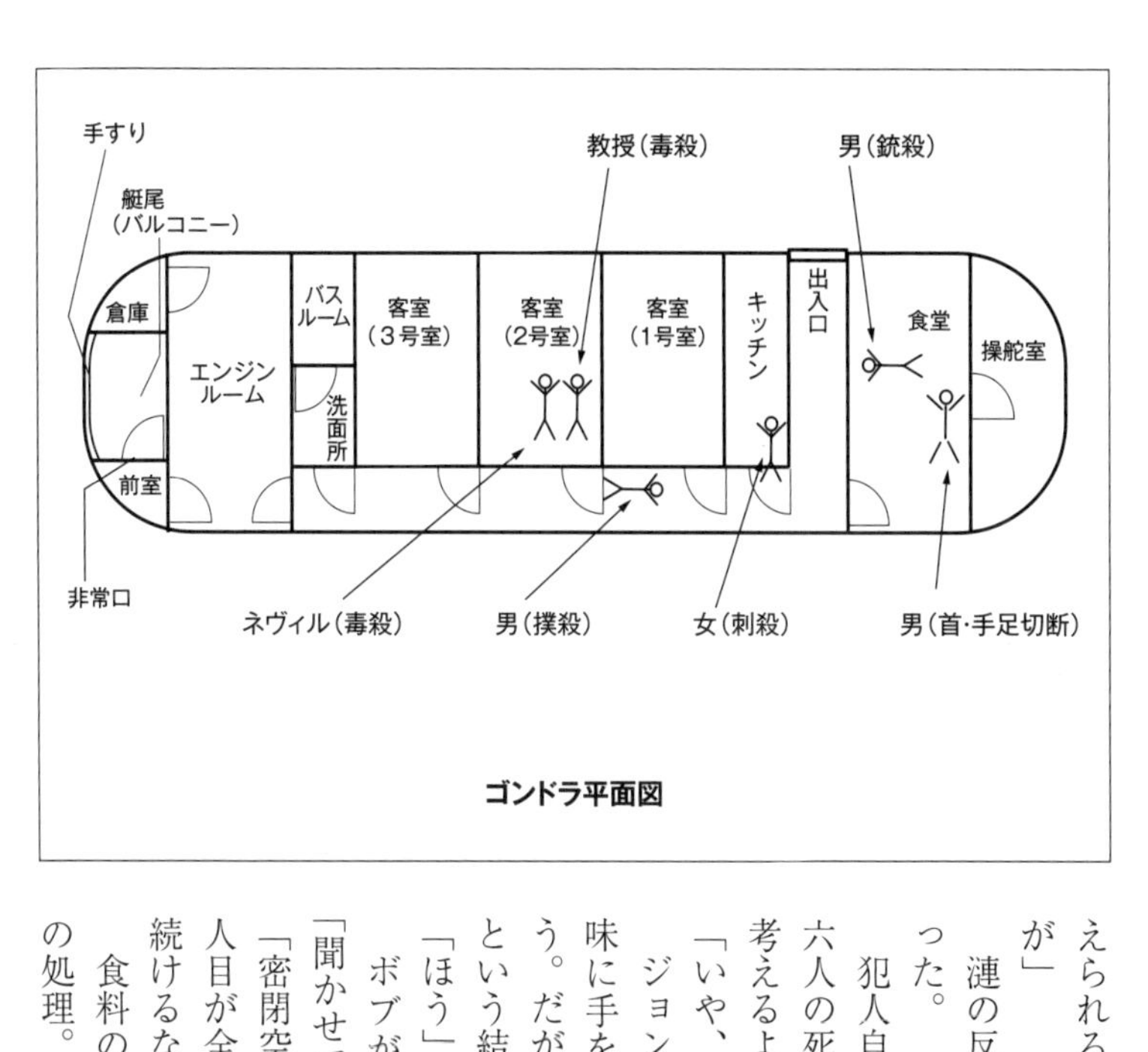

ゴンドラ平面図

えられる状況にあったとはとても思えませんが」

漣の反論に上司は顔をしかめ、髪を掻き毟った。

犯人自殺説も返り討ち説も採用できない。六人の死後、生き残っていた何者かがいたと考えるよりない。……しかし、

「いや、待ってもらいたい」

ジョン・ニッセン空軍少佐が、やや困惑気味に手を挙げた。「検死の結果は良しとしよう。だが、七人目が試験機の中に潜んでいたという結論は、にわかには首肯しかねる」

「ほう」

ボブが面白そうに青年軍人を見やった。

「聞かせてもらおうか、理由を」

「密閉空間に六名もの人間が存在する中、七人目が全く気付かれることなく数日間も潜み続けるなど不可能に近いからだ。

食料の摂取、あるいは尾籠な話だが排泄物の処理。どれほど熟練した工作員であろうと、

人間である限りそれらの行為を避けることはできん。そういった行為の痕跡は、いかに入念に後始末を行おうが気配として残ってしまうものだ。屋外であればまだごまかしようもあるが今回は屋内、しかもジェリーフィッシュのゴンドラという狭い空間だ。六名もの人間が数日間も過ごしながら、その気配に誰ひとり気付かなかったとは思えん。

そもそも、艇内に七人目が存在したということは、ファイファー教授らの中に犯人がいない──表現を変えれば、全員が過去のレベッカ・フォーダム死亡事件の共犯者だったことを示唆する。そのような状況で仲間が順に殺害されれば、残された者は七人目の存在を考慮しないわけにはいくまい。皆でゴンドラの中を調べて回る程度のことはしたはずだ」

「ふむ……お前さん、軍人にしてはなかなか頭が回るな。どうだ、警察(こっち)へ転職するのは。その赤毛の代わりに」

「どういう意味よボブ！　というかジョン、何であんたがこんなところにいるの」

「私を呼んだのは君だろう。マリア・ソールズベリー警部」

うっ、とマリアが顔を歪めた。

マリアとジョンの間で、半ば闇取引のごとく情報の相互交換(バーター)が取り決められてから三日後の今日、全員他殺の報を受け、事件の捜査は完全に警察主体で行われることになった。マリアは『回収された機体に関する状況説明』および『航空機の専門家からの意見聴取』という名目で、警察官ではないジョンを大胆にも捜査会議に引き入れていた。

「捜査情報をすべて提供する」とマリアから約束された空軍少佐も、まさかその見返りに捜査会議で頭脳労働をさせられる羽目になるとは思いもよらなかったのか、今も困惑の表情を隠し切れずにいる。

もっとも、本来の捜査会議は他の捜査員が揃った上で別に行われている。マリアたちが今開催しているのは、必要最低限の人員による、表沙汰にできない軍事機密情報をも含めた議論の場、いわば裏の捜査会議とも呼べるものだった。

むろん、署長はこの件を知らない。すべてはマリアの独断だった。傍若無人にも程がある。

「だが、少佐殿。

お前さんの言うことも一理あるが、さっき説明した通りの検死結果が出た以上、どんなに不合理だろうと七人目は存在したと考えるよりないのではないか？　『見つからなかったはずがない』ではなく『どうしてかは知らないが見つからずに済んだ』と」

「ジェリーフィッシュのゴンドラに隠し部屋など存在しない。航空機の製造というものは、多くの人間の手で、しかも何度も寸法を確認しながら行われるものだ。図面にない隠し部屋など造れるはずがない。ファイファー教授らもジェリーフィッシュの構造は熟知していたはずだ。彼らに見つからずに姿を隠し通せたとは到底考えがたい。

第一、侵入経路の説明がつかん。七人目はいつ、どのように艇内に入り込んだというのか」

「その件ですが、他の詳細はさておき、侵入経路に関してはひとつの仮説があります」

「仮説？」

「脅迫ですよ」

目を剝くジョンに、漣は、二枚の複写が脅迫に用いられたのではないかという推論を語った。

「……その脅迫が何を意図してのものなのか、昨日の時点では解りませんでした。が、犯人が部外者かもしれないとなれば話は変わってきます。

つまり――犯人はレベッカのノートを使って、教授たちの誰かを自分の協力者に仕立て上げたのではないか、と」

ジョンが息を呑み込んだ。

「内部に協力者がいれば、どこかのチェックポイントで隙を見て艇内に招き入れさせることもできますし、さらには侵入後の潜伏に協力させることも不可能ではありません」

青年軍人は腕を組み、一時の無言の後に「いや」と首を振った。

「それは不自然だ九条刑事。その協力者が、侵入者を好きにさせていたと思うか？

侵入者にとって協力者は獲物のひとりだが、協力者にとってもまた、侵入者は自らの地位と生命を守るために排除せねばならない獲物だ。しかも航行試験の行程は大半が空の上。侵入者自身も孤立無援になる。となれば、協力者がまず考えるのは侵入者の命令に従うことではなく、檻に飛び込んできた侵入者を返り討ちにすることだろう。そうなれば、大量殺人などむしろ起こりようがない」

「その点は認めます。今の仮説はあくまでも、艇内への侵入が物理的に不可能なわけではないことを提示したに過ぎません」

ボブの言う通り七人目の存在が正しいとすれば、今度は非合理が軋みを上げる。真実が必ずしも合理的でないのはよくあることとはいえ、漣はどうにも腑に落ちなかった。

「ねえ、ちょっと訊きたいんだけど」

珍しく沈黙を保っていたマリアが、不意に口を開いた。「さっきから七人目七人目って言ってるけど、その七人目って具体的に何者？　レベッカの恋人？　それとも工作員？」

漣たちは顔を見合わせた。

「それは……工作員の可能性も一応は考えねばならんのではないか。もし工作員がレベッカのノートを手に入れていれば、そこの黒髪が言った通り、艇内へ忍び込むのも——」

「違うわね」

ボブの返答をマリアは一蹴した。「レベッカのノートを手に入れたのが、仮にジョンの言う敵国の工作員だとしたら、何で教授たちを殺さなくちゃいけないの？

レベッカのノートを手に入れた人間にとって、ファイファー教授たちは金の卵を産む鶏なのよ。殺す意味なんて全くないわ。むしろ生かし続けて金や情報を延々と搾り続けた方が、何倍も得だったはずでしょ。

そもそも、レベッカのノートは機密情報の塊なのよ。ジェリーフィッシュのノウハウが欲しいならまず手元のノートを読めばいいじゃない。教授たちをあんな場所に追い詰めて殺していく理由なんてますますないわよ。

なのに、犯人は教授たちの命を奪った。しかも手口がほとんどバラバラってことは、ひとりずつ殺していったってことよね。それも閉ざされた雪山の中で。……狂ってるわ、どこの推理小説よ。教授たちによほど恨みを持った奴じゃない限り、やろうとすら思わないわよこんなこと」

漣たちは再び顔を見合わせた。確かに、工作員の犯行とするには奇妙な点が多すぎる。

だが——

「犯人がレベッカの恋人、あるいはそれに近い人間だという説は、私もかなりの蓋然性を持つと考える。その観点での容疑者に目星はついているか？」

「筆頭に挙げられるのはミハエル・ダンリーヴィー、およびミーガン研究室の元学生たちですね。彼らはレベッカの事故の第一発見者であり、レベッカと最も親しく、そしてファイファー教授らの罪を最も容易に気付くことのできる立場にありました。

しかも彼らにとってファイファー教授らは、レベッカのみならずミーガン教授と自分たちの研究室を破滅に追いやった仇です。レベッカのノートをファイファー教授らに先んじて手に入れることも、彼らなら容易だったはずです。……が」

「何か問題が？」

「彼らにはアリバイがありました。

まずミハエル・ダンリーヴィーですが、試験飛行開始から事故の発覚までの間、Ａ州立大学で講義および学生の指導を行っていたことが確認されています。

一方、彼を除く元学生たちは——ダンリーヴィー氏から名簿を入手できましたが——全員がＡ州を離れた国内外に四散していました。幸い、と申しますか全員の消息は確認できましたが、現場と彼らの居住地との距離を考えると、Ａ州のＨ山系内で大量殺人を行うだけの時間的余裕が彼らにあったかどうかは疑問です」

「そうか」

ジョンは眉をひそめた。「では、その他のレベッカの交友関係は」

「Ｐ市警のバロウズ刑事によれば、学内で彼女と親密に付き合っていた者は、他にはいなかったようです。

学外でも、それなりに親しかったと呼べるのは高校時代の同級生かアルバイト先の従業員くらいで、それもプライベートで親密な関係に至るほどではなかったようだ、と」

仮に彼らの誰かがレベッカのノートを手に入れ、彼女の研究内容とファイファー教授の真空気嚢とを結びつけることができたとしても、果たして教授らを殺戮（さつりく）するほどの強い殺意を抱くに至るかどうか。

「となると、残るは彼女の親族か」

「レベッカの祖父は彼女の大学入学前に他界しています。両親もネヴィル・クロフォードのノートの記載通り、今から六年前に亡くなっていました。兄弟姉妹も、親しい親戚もありません」

「目ぼしい容疑者が見つからないってわけね、要するに」

考えれば考えるほど『七人目』にふさわしい人間がいなくなっていく。……しかも。

「大体、その『七人目』は教授たちを皆殺しにした後、どこへ消えてしまったの？　自力で山を下りていったっていうの？　あの、崖に囲まれた雪まみれの窪地から？　自殺行為もいいところだわ」

ここにいる全員は、試験機の墜ちた現場を目の当たりにしている。登山道すら見えぬ深い雪山の最奥、窪地を取り囲む絶壁。周到に準備を整えた熟練の登山者でも、あの場所から麓へ帰り着くのが容易でないことは明白だ。仮に帰り着けたとしても、要した時間は一日や二日ではきくまい。その間のアリバイを犯人はどう確保するつもりだったのか。

「いや待て。となると今度は、七人目などいないという結論にならんか」

実はそれが最も矛盾の少ない説だ。——検死結果という巨大な矛盾を除けば。

「ひとまず、今までの論点を整理してみましょう」

漣は黒板にチョークを走らせた。

●仮説1：殺人者は六名の中にいる

【疑問点】検死結果との矛盾（全員が他殺）

●仮説2-1：殺人者は六名の中にいない——工作員

【疑問点】侵入経路、犯行後の行方（自力で下山？　↓危険大）
●仮説２－２：殺人者は六名の中にいない――復讐者
【疑問点】侵入経路、犯行後の行方、容疑者（有力な該当者なし）

「……えっと」

数学の試験問題を睨みつけるようにマリア。「要するに、六人の誰かが実は他殺じゃなかったか、もしくは七人目がどうやって試験機に潜り込んでどこに消えたかが解れば、動機はともかく物理的な説明はつけられる、ってこと？」

「そうなりますね。まず前者ですが、毒殺の二名とバラバラ死体の一名は明らかに死後に手が加えられています。死因にかかわらず彼らは除外されるべきでしょう。

残るは刺殺、銃殺、撲殺の各一名ずつになりますが――ボブ、これらの死因は、自殺者が他殺に偽装することは本当に不可能なものでしょうか」

「無理だな。……とはいえ、状況がこうあっては一顧だにしないわけにもいくまい。もう一度遺体を見直してみよう」

お願いします、漣は頭を下げ、

「というわけで、前者については改めて専門家の見解を待つことにして、ここでは後者の、七人目の侵入経路と犯行後の行方について考えたいのですが」

「七人目の存在は物理的に決してありえないわけではない、ただ、侵入経路と犯行後の行方に不合理な点が多い……か」

ジョンは黒板を見据えた。「裏返せば、それらの不合理に説明をつけられれば何も問題は無くなるわけだが」

「……どうやって試験機に潜り込んでどこに消えたのか。どうやって……」

マリアがぶつぶつ呟きながら、パイプ椅子に背をもたせた。形の良い胸のふくらみがブラウスを引っ張る。ジョンが咳払いしつつ視線を背けた。

窓の外、青空の遙か彼方を、白い点がたゆたっている。ジェリーフィッシュだ。ファイファー教授らの墜落事故は今もなおU国全域のニュース番組を騒がせているが、空の向こうの海月は、そんな下界の騒乱など意に介した風もなく、ただ静かに風の中を泳いでいた。

マリアもジェリーフィッシュに気付いたのか、ぼんやりと視線を窓に向け――突然、透明人間に頭突きを喰らわせるがごとく上半身を跳ね起こした。「……ジェリーフィッシュ……」呆けたような呟きを唇から零す。

「そうよ、ジェリーフィッシュよ。あたし馬鹿!?　どうして気付かなかったのよ！」

「マリア、どうしたのですか」

「犯人もジェリーフィッシュを使ったのよ、教授たちの試験機とは別に！

教授たちの殺された場所が、登山道もない雪山の奥だと聞いて、あたしたちは、犯人も教授たちと一緒に試験機に乗り込んだものと思い込んでた。でもよく考えたら、犯人が最初から教授たちにひっついていかなきゃいけない理由なんてないのよ。教授たちが不時着した場所へ、別のジェリーフィッシュで向かえばいいだけの話なんだもの」

興奮を抑え切れぬように話すマリアに、漣とボブとジョンはしばしの沈黙で応えた。

「……ソールズベリー警部。君が言いたいのは、犯人が教授たちの試験機を別のジェリーフィッシュで尾けていたということか？

それは不可解だ。二隻のジェリーフィッシュが並んで飛んでいたら目撃者に記憶される危険が高まる。教授たちにも気付かれかねんぞ」

「尾ける必要なんてないわ。

だって、教授たちはどうやって、、、、、、、、、、、、あそこに不時着させられたの？　自動航行システムを書き換えられたからでしょ。あの窪地に教授たちを引きずり込んだのは犯人なのよ。だったら後を追いかける必要なんてない、ピンポイントで現場へ直行すればいいだけじゃない。

それにこれなら、犯人がどうやって雪原から抜け出したのかも簡単に説明できるわ。やって来たジェリーフィッシュでそのまま帰ればいいだけなんだもの。一石二鳥じゃない！」

マリアは満面の笑みを湛え——しかし、三人の反応を前に表情を曇らせた。

「……何よ。文句でもあるっていうの？」

「マリア、ご自身の推測の矛盾に気付かれないのですか。

貴女の考えが正しければ、犯人は自動航行システムを書き換えることができ、かつコンピュータを初期化できる人間でなければなりません。それはほぼ、犯人が技術開発部の中にいることと同義です。別のジェリーフィッシュを使う余地がどこにあるのですか」

「ソールズベリー警部。君の発想の豊かさは認めるが、もう少し思慮深さを身につけた方が良いのではないか。

先日も述べただろう。教授たちが消息を絶つ前後の数日間、H山系周辺は悪天候に見舞われていたと。犯人のジェリーフィッシュも強風にさらされるのは避けられん。君の言う通り、犯人もまたジェリーフィッシュを使ったのだとすれば、犯人は犯行の間、自分のジェリーフィッシュをどこへどうやって繋ぎ止めた？

ひとりではとても不可能だ。百歩譲って可能だったとして、その作業の現場を教授たちに目撃されたらどうするつもりだったというのだ」

「教授たちの誰かを脅してゴンドラへ潜り込むにしても、あんな場所じゃ全身雪まみれだろう。他の連中が雪の跡に気付かなかったとは思えんぞ」

「あぁもう‼」

マリアは赤毛を振り乱した。「あんたたち何なのよ！　というかレン、コンピュータが初期化されたのは自動航行プログラムを消去するためだ、って言ったのはあんたでしょうが」

「六名全員が他殺、という検死結果が出ていなければ今もそう考えていたでしょう。ですが状況は変わりました。あらゆる疑問点について再度ゼロから見直さざるをえません。本当に事件と関わりがあったのかどうか、というところも含めて」

「その自動航行システムだが、プログラムの書き換えとやらはそんな簡単にできるもんだったのか？」

「技術開発部の執務室に残されていた資料によれば、システムそのものは組み込み式ではなく、既存の機体の操縦桿に自動操作ユニットと制御ユニットを取り付ける、いわゆる外付けタイプのものだったようです。販売済みの機体にも後付けできることを念頭に置いていたのでしょうね。テスト用に何セットかの試作品が技術開発部へ納入されています。

で、プログラムの方は、別のコンピュータで作ったものを制御ユニットにディスクで読み込ませる形になっていました。要するにコンピュータとディスクさえあれば、原理的には誰でも書き換えが可能だったことになります」

理解できたのかどうか、ボブが珍妙な唸り声を上げた。

「疑問点といえば」

手元の書類のひとつ――教授たちからUFA社へ提出された航行試験計画書を、ジョンはめくり返した。「本当なのかこの内容は。日程も航路も我々に提出されたものと違うではないか」

「それは我々の方がお訊きしたいほどなのですが」

ジョンから入手した、空軍に提出された方の実験計画書を漣は読み返した。

――『期間：一九八三年二月九日～十二日』。

一方、UFA社の試験計画書の日付は『六日～九日』。空軍バージョンの方が三日遅くなっている。航路も、UFA版が西海岸寄りなのに対し、空軍版は東海岸寄りの州まで足を伸ばしたものになっていた。

「計画書に記載されているチェックポイントへ、他の捜査員に聞き込みに行ってもらっています。程なく裏付けが取れるでしょう。恐らくUFAバージョンに沿った形で証言が出るとは思いますが」

ジョンは低く喉を鳴らし、「しかし、なぜ」と困惑に顔を歪めている。

空軍と警察とで日程の認識に齟齬があった理由はこれで判明したが、ではなぜ二つの試験計画書に差異が生じたのかは謎のままだ。両者の提出時期は、空軍版の方が一週間ほど早い。急な変更があったといえばそれまでだが、修正版を出す余裕はあったはずだ。

マリアはふてくされたように机に肘を突いたまま、試験計画書を眼前にかざしていたが、不意にぽつりと呟いた。

「……夜逃げ、かしら」

「え？」

「ステルス型ジェリーフィッシュの開発は、結局失敗に終わっていたのかもしれない――って、あんた言ったわよね、レン。

　もしそれが本当で、先の見通しも絶望的だったんだとしたら……何もかも捨てて逃げ出したくなってもおかしくないんじゃないか、って」

「それで、空軍に対してはわざとずらした日程と航路を伝えて油断を誘い、航行試験に乗じて国外逃亡を図ったと？　借金取りに嘘の返済日を教えて行方をくらます債務者ですか。貴女ではあるまいし」

「あたしは生まれてこのかた無借金よ！」

「いや。突飛な発想だが、決してありえない話ではない」

　意外なことに、空軍少佐の口から発せられたのは反論ではなかった。「そのような状況下で、仮にR国がファイファー教授らへ接触し、引き抜きを図ったとしたら――教授たちには奴らの誘いに乗る充分な理由がある。

　奴らのひとりを艇内に招いて道案内をさせていたのだとしたら、『七人目』の侵入や潜伏にまつわる諸問題は解消する。そこで何かしらの偶発的な事態が生じ、惨劇が起こり、生き残ったひとりが錯乱状態に陥るなどして雪山の中へ消えたのだとしたら。

　だがソールズベリー警部、我々とて『開発に成功しなければ命はない』と教授たちに脅しをかけていたわけではない。研究開発はむしろ失敗の方が多いということは私も承知している。仮に教授たちの努力が実を結ばずに終わったとしても、彼らを責めるつもりなどなかったのだが」

「あんたたちにはなくても、教授たちがどう捉えてたかは別問題でしょ。

　それに思い出しなさいよ。教授たちは脅されてたはずなのよ、レベッカのノートで。だったら、教授たちの追い詰められっぷりは相当なものだったはずじゃない」

酒の缶や瓶が堆く詰まれていた部長室を、漣は思い返した。UFA社内外での聞き込みによれば、ファイファー教授は昨年夏頃から公の場に姿を現さなくなっている。普段も通勤を除いては――部下に運転手をさせていたようだ――自宅や職場に籠りきりで、日常における教授の目撃証言はあまり多くなかった。が、その数少ない証言や通院歴から、遅くとも昨年末までには教授がアルコール漬けになっていたらしいことが解った。脅迫が始まったのは昨年からとみてよさそうだ。

「……R国側が、やはりノートを手に入れていた可能性があるということか。

その裏で教授たちに甘言を弄し、自国への引き抜きを図った――」

「待て待て、今ひとつ解らんのだが」

ボブが割って入った。「被害者連中の死因を忘れたか？　二人は毒殺だぞ。計画的な犯行以外の何物でもないだろうが。少なくとも突発的なトラブルなどではありえん」

ジョンは我に返ったように書類を見直し、自らの迂闊を嘆くがごとく額に手を当てた。

彼の推測通り、教授たちが敵国工作員の誘いに乗ったのだとしたら、教授側にも工作員側にも計画殺人を試みる理由はなかったはずだ。

ひとつの矛盾が解消されることで、また新たな疑問が生み出されていく。いつまでも晴れぬ濃霧をさ迷い歩くような感覚が、漣にまとわりついていた。

「ちょっと休憩しましょ」

ああもう、マリアはぼやきながら背もたれに寄り掛かった。腰を前方にスライドさせ、脚を組んだ拍子にスカートがずり上がる。ジョンが咳払いしつつ顔をマリアの反対側に向けた。

「どうしたのよジョン、風邪？　こっちに感染すんじゃないわよ」

「……ソールズベリー警部。君はもう少し慎み深さを身につけた方が良いのではないか」

「はぁ？　何よ、やっぱりあたしの説はただの思い付きだって言いたいわけ？」

「いや、そういう意味ではなくてだな――」

『傍らに人無きが若し』という言葉ほど、マリア・ソールズベリーという人間を端的に表した言葉はない。それは言動の強引さだけではなく、己の社会的地位をまるでわきまえない服装もそうだ。ここ数日の聞き込みでも、聴取相手や通りすがりの学生たちが、マリアの破滅的な身だしなみ――特にボタンの外れたブラウスの胸元――を何とも言えぬ顔で見つめていたにもかかわらず、この赤毛の上司は全く気付いた様子もなかった。世話の焼ける人だ。

これまでの議論を基に、今後の捜査の追加方針――六名の死因の再確認、すべての民生用ジェリーフィッシュ保有者の動向調査、等々――を確認し終えた頃、会議室のドアがノックされた。

漣が開けると、同僚の捜査員が立っていた。

「どうだ、女王様のお守りは」

「特別手当を戴きたいところですね。ところで何か」

捜査員は表情を引き締め、やや硬い声で事態を告げた。漣は礼を述べ、上司の方を振り返った。

「マリア、会議は中断です。仕事が入りました。


ファイファー教授の別荘が、全焼したそうです」

インタールード（Ⅴ）

レベッカとの日々を重ねながら、言いようのない苦い思いを募らせていた折、養父母の結婚記念日があった。

プレゼントをどんなものにすればよいか解らず、悩むのにも疲れた私は、前日、レベッカの模型店で適当に品物を見繕い、レジにいた彼女に包んでもらった。

――恋人の？

彼女が興味深そうに問いかけた。かすかな胸の痛みを覚えつつ、こんなのを貰って喜ぶ女の子がいるか、と返すと、レベッカは不思議そうに首を傾げた。

――そうかなぁ、私は嬉しいけど？　飛行船の模型なんてお洒落で素敵じゃない。

だからこれはそういうのじゃない、彼女の勘違いを訂正しようとして、

彼女の眼鏡の縁にかかる前髪が、
滑らかな鼻筋が、桃色の唇が――彼女のすべてが不意に、いつも以上に眩（まぶ）しく見えた。
湧き上がる衝動に突き動かされるように、私は別の言葉を発していた。
――じゃあこれ、あげてもいいけど。

レベッカは目をしばたたかせた。

——私、今日は誕生日じゃないよ？

先程と変わらない手つきでラッピングを再開する。訳の解らない苛立ちが身体を突き抜けた。

——なら、誕生日だったら受け取ってくれる？

彼女は驚いたように顔を上げた。

長い間があった。恐らくは私の錯覚だろうが、彼女の頰が薄く染まったように見えた。

やがて。

——うん、いいよ。楽しみにしてるね。

頷きとともに、彼女は柔らかな微笑みを浮かべた。今まで見た中で、最も輝くような笑顔だった。

私たちは誕生日を教え合った。彼女のプライベートに関する事柄を知ったのは、それが初めてだった。

養父母の結婚記念日と時期を同じくして、私の誕生日がちょうど一週間後に迫っていた。ちゃんと考えておくからね。私へのプレゼントを、彼女は最良の笑顔で誓ってくれた。

※

だが、その約束が果たされることはなかった。

一週間後、胸を躍らせつつ向かった模型店に彼女の姿はなく。

そして二度と、私はレベッカに逢うことはなかった。

第11章　ジェリーフィッシュ（Ⅵ）――一九八三年二月九日　〇一：一〇～――

……そんな。

シーツを頭から被りながら、ウィリアムは身体の震えを抑えることができなかった。

深夜一時過ぎ、身体と精神の疲労は限界を超えている。だが、全身を痛めつけるような冷気と、そして何より混乱と不安の渦とが、眠りに沈み込むことを許してくれなかった。

教授が毒殺され、自動航行プログラムが暴走し、雪山に閉じ込められ、ネヴィルが毒牙にかかり、クリスが自分たちを殺そうとし……そして、そのクリスを自らの手で撃ち殺し……今は救助がいつ来るかどうかも解らない。

自分がこんな事態に巻き込まれるなど、ほんの一日前までは想定すらしていなかった。

……クリスの無線機が壊れてしまったことを知った後、ウィリアムとエドワードは、赤子のように寝息を立てるリンダをベッドに残し、二人でクリスの荷物を調べた。自動航行プログラムが書き換えられたのなら、元に戻すためのディスクも用意されているかもしれない。そんな希望にすがってのことだった。

だが、クリスの荷物から、それらしきものは何も見つからなかった。

（待つしかありません）

エドワードは声を絞り出した。（会社や軍に提出された試験計画書を、クリスが必ずしも改竄していたとは限りません。メンバーの家族や親族の誰かに、航行試験の日程が伝わっているかもしれない。救助が来る可能性は残されています。だから、この件はリンダには内密に）

客室を覆う闇を、寝具の隙間からぼんやりと見つめる。

救助は本当に来るのか。一日後か、二日後か……それとも一週間後、二週間後か。

それまで食料や燃料は保つのか。自分たちは本当に助かるのか。

そもそも、助かったとして——その後はどうなるのか。

過去の罪をさらけ出してしまった今、自分に未来など本当にあるのか。

エドワードに見せられたレベッカのノートの複写。そんなものをウィリアムはあの瞬間まで全く知らなかった。直後のクリスの凶行と、彼を撃ち殺してしまった衝撃で、今の今まで冷静に考える余裕もなかったが——

クリスが何のために複写を用意したのかは、今となってはどうでもいい。恐らくは復讐の一環だろう。ファイファー教授が酒に溺れるようになったのも、恐怖から逃れるためだったと考えれば納得がいく。だが問題はそこではない。

複写の原本は——レベッカのノートは今どこにあるのか？

先刻、クリスの荷物を調べたときは何も見つからなかった。つまりレベッカのノートは、今もクリスの自宅かどこかに保管されていることになる。

自分たちが救助されれば、殺人犯であるクリスの自宅も当然捜査されるだろう。レベッカのノートが警察の手に渡り、自分たちの罪が白日の下にさらされるのは確実だ。

救助されたところで、自分に未来などない。

どうすればいい。どうすれば——

虚ろに思考を漂わせるウィリアムの耳に、ドアの軋む音がかすかに届いた。

重い駆動音が遠くから漏れ響き、また聞こえなくなる。

……エドワードか……。

一号室にはリンダが眠っている。同じ部屋で休むわけにもいかず、エドワードは動力と燃料の監視を兼ね、エンジンルームに荷物を移していた。

足音が静かにウィリアムの客室を過ぎ、遠ざかる。

寝床を変えたかったらしい。エンジンの駆動音が鳴り響くエンジンルームで眠るのは、さすがのエドワードにも難事だったようだ。

どこで眠るつもりだろうか。操舵室か、キッチンか。まさか、食料を勝手に平らげるつもりでもあるまいが。

取りとめもない考えを巡らせながら、ウィリアムの意識は徐々に、形を失くしていった。

※

……声がする。

風の叫びか、呻きか。

それとも、あれは――

※

……寒い。

ウィリアムが再び瞼を開いたとき、部屋の中は未だ深い闇の中だった。

冷気はもはや痛みと化し、全身を責め苛(さいな)んでいる。凍える手が無意識に、枕元の腕時計を掴んだ。霞む視界の中、針と数字がかすかな緑の燐光(りんこう)を放っている。四時半——ベッドに潜り込んだのが深夜一時過ぎ、ろくに眠れていない。その眠りも結局、およそ熟睡とは言いがたいものだった。

再び目を閉じる。意識は朦朧(もうろう)としていたが、睡魔が訪れる気配はない。幾多の不安と恐怖の種が、ウィリアムの心臓を握り潰そうとしていた。

と——

鈍い音が響いた。

ドアを叩くような音が二度、三度、ウィリアムの鼓膜をかすかに揺らし、そして止んだ。

……何だ?

ベッドから抜け出し、寒さに震えながら、ドアの脇、電灯のスイッチに手を伸ばし——そこで初めてウィリアムは異変に気付いた。

点かない。

スイッチを何度入れ直しても電灯は瞬きもしない。空調機もいつの間にか停止している。

血の気が引いた。

エンジンが稼動している限り、電力が停止することなどないはずだ。ブレーカーが落ちたのか、それとも電気系統のトラブルか。今しがたのノックは、恐らく先に事態に気付いた誰かによるものだろう。二段ベッドの上の段に引っ掛けていた防寒着を手探りで掴み、纏う。「どうした、エド――」ウィリアムはドアを開け、そして言葉が途切れた。

誰もいない。

今しがた、自分を呼び起こそうとしていたはずの人間がいない。ウィリアムの目に映るのは、非常灯に薄く照らされた廊下だけだった。

……空耳か？　ドアのノックだと思ったあの音は、自分の聞き違いだったのだろうか。

いや、今はそれどころではない。

このゴンドラでは、電力供給が緊急停止した場合、廊下やキッチンや食堂などの共用スペースに非常灯が点灯するようになっている。その非常灯が点っているということは、やはり電気系統に何か異常が発生しているようだ。

そのままエンジンルームに向かおうとして――不気味な直感に、ウィリアムの足は急停止した。エンジンルームの扉から視線を離し、背後を振り返る。

非常灯の弱い光の下、二本の脚が廊下に横たわっていた。

短い靴下に包まれた小さな両足。明らかに男のものとは異なる細い脚の、ふくらはぎから下の部分が、三つの客室よりさらに船首側――キッチンの扉から廊下に突き出ている。

網膜に映し出されたその光景が、意味を成す像として認識されるまで、十数秒の時間を必要とした。

「……リンダ？」

震える声で、ウィリアムは間の抜けた問いを発した。「おい……どうした……大丈夫か」

返事はない。

脚の持ち主が起き上がる気配もない。揺れるゴンドラの中、二本の脚が薄光に照らされているさまは、まるで悪趣味な現代美術のようだった。

リンダ――!?

心臓が跳ねた。突き動かされるように駆け寄り、キッチンを覗き込む。

金髪の女――リンダが床に倒れ伏していた。

うつぶせの背中に、ナイフの柄が突き立っている。

「リンダ!?」

そんな――まさか!?「リンダ、おいリンダ、しっかりしろ！」

何だ……これは何だ。何の冗談だ!?

リンダの脇に屈み込み、肩を摑んで身体を横向きにする。力なく傾いた首。恐怖と驚愕がない交ぜになった表情が、顔の全面に張り付いていた。

血の気はない。脈もない。ごくわずかな温もりしか残っていない。両眼を大きく見開いたまま、リンダは完全に息絶えていた。

飛び退いた。叫びが口からほとばしった。

死んだ――リンダが死んだ、殺された!?

馬鹿な……馬鹿な。犯人はクリスで、彼を自分が撃ち殺して……少なくとも、「誰かに殺害される」危険はもう無くなっていたはずだ。なのに、リンダが殺された!?

誰だ、誰が殺したのか。

六人で航行試験に出て、教授とネヴィルとクリスが死んで……そして今またリンダが凶刃に倒れた。自分を除けば残るはひとりしかいない。

――エドワードが!?

犯人はクリスではなかったのか。では、射殺される前のクリスの凶行は何だったのか。

いや、今はそんなことを考えている場合ではない。リンダが殺害された今、このゴンドラの中に殺人者がいるという事実に変わりはない。

そして今、自分はひとりだ。

仲間も、警察も軍もここにはいない。自分の身を守れるのは自分しかいない。

……どこだ、どこにいる。

視線を走らせる。廊下に繋がるドアはキッチンを除いて七つ。三つの客室、洗面所、エンジンルーム、外との出入口、そして食堂。どれかのドアの向こうに、殺人者――エドワードが潜んでいる。

何でもいい、今は武器が必要だ。嫌悪感を堪えつつ、ウィリアムはリンダを再びうつぶせにし、背のナイフの柄を摑んで引き抜いた。バーベキューの肉の串を抜き取るような柔らかい感覚が伝わった。血の臭いが周囲を漂った。

リンダの血を吸ったナイフをかざす。クリスが最期に握り締めていたサバイバルナイフと同じ形のものだった。

どうする――迷った末、ウィリアムは食堂に足を向けた。

食堂にはクリスの散弾銃と弾丸が転がっていたはずだ。まずはそれを確認しないことには、こちらも防御のしようがない。

背後に注意しつつ、ウィリアムは慎重に歩を進めた。ゴンドラの出入口が目に入る。ロックが下りている。外に逃げたわけではないようだ。

食堂のドアのノブに手を掛け、ゆっくり開けた。

――非常灯の朧ろな光の下、彼は静かに座っていた。

円卓の奥、背をこちらに向け、左腕をテーブルに乗せている。三流コミックの悪役のような、どこか滑稽(こっけい)な姿だ。

奥の床に、クリスの遺体が横たわっている。何も持っていない。今、自分の手に握られているこれは、やはりクリスのもののようだ。

脚に何かが当たった。散弾銃だった。何発かの弾も周囲に転がっている。

回収しなかったのか？……疑問をよぎらせつつ、しかしウィリアムはとっさに屈み込んだ。ナイフを持ち替え、散弾銃を足で押さえながら右手で弾丸を込める。

装塡を終え、ナイフをベルトに挟み、散弾銃を構えながらウィリアムは立ち上がった。

「エドワード……リンダを殺したのはお前か」

返事はない。

「クリスの共犯者だったのかお前は？　なぜ奴を裏切った」

返事はない。

「それとも、全部お前の仕業か。教授とネヴィルに毒を盛ったのも、お前だったのか」

返事はない。

「答えろエドワード！　どうして俺たちを殺そうとした！」

返事はない。ウィリアムの存在などまるで無視したように、青年は背を向け続けていた。

「エドワード！　返事を——」

奇妙な違和感がウィリアムを侵食した。「……エドワード？」

……おかしい、何か変だ。

困惑が警戒心を上回った。散弾銃を再び床に置き、ナイフをベルトから抜き取って青年に近付く。青年の首に、細く黒ずんだものが巻かれている——ように見えた。

「おい、エドワ——」

空いた片手で青年の肩を摑み、こちらを向かせようとウィリアムは力を込めた。


青年の身体がバラバラに崩れ落ちた。


揺れるゴンドラの中、かろうじてバランスを保っていただけだったのだろう。紐に見えた首の回りの線を境に頭部が転げ、どす黒い切断面があらわになった。胴体がウィリアムの手に引っ張られ、鈍い音を立てて床に落ちた。テーブルに置かれていた左腕、そして右腕と両脚が、胴体の着ていた衣服に引きずられて続けざまに落下し、糸を切られた操り人形の手足のようにあらぬ方向を向いた。

頭部が床を転がり、壁に当たって停止する。光の失せた両眼が、前髪の奥からウィリアムを見返した。

「うわぁあああああああああっ!!」

椅子を突き飛ばした。口を押さえる間もなく、胃の中身を床にぶちまけた。

胃液を最後の一滴まで搾り出すと、ウィリアムは赤子のように床を這いずった。食堂を転がり出た頃には、まともに呼吸を整えることさえできなくなっていた。

馬鹿な——馬鹿な。エドワードが……エドワードまで、殺された⁉

四人でゴンドラ内を調べたときは、他に誰も潜んでいなかった。その後、クリスが暴走の末に死に、続けてリンダが刺殺され、残るエドワードまでもが無残に切り刻まれた——

なら、リンダとエドワードを殺したのは誰なのか。

リンダの背からナイフを引き抜く際の感触。ぬめりを帯びた首の切断面。自殺でも死んだふりでもない、二人の死はどう考えても他殺以外の何物でもない。

リンダとエドワードの生命を奪った者が、どこかにいる——このゴンドラのどこかに。

恐怖がウィリアムを締め上げた。……誰だそいつは。そいつは一体どこから、どうやって艇内に入り込んだのか。

外へ続く二箇所の扉は、クリスが死んだ後にも再確認した。誰かが改めて忍び込んだ気配もなかった。なのに。

……人間なのか。そいつは本当に人間なのか？　まさか——

震える膝を無理やり立ち上がらせる。そのとき初めて、ウィリアムは自分がナイフを握ったままなのに気付いた。手の中の刃物は、枯れた小枝のように頼りなかった。

「どこだ……どこにいる。隠れていないで出てこい！　この人殺しが！」

非論理的な妄想を振り払うように、ウィリアムは声を張り上げた。

返事はない。

荒れ狂う吹雪は止む気配もなかった。強烈な一陣がゴンドラを揺さぶり、ウィリアムの足元を掬う。風の音が深淵の死霊のように、物哀しげな怨嗟の歌を響かせる。

こみ上げる嫌悪と恐怖を必死に堪え、ウィリアムはまた食堂の扉を開けた。二つの死体を視界に入れないようにしながら、ナイフを再びベルトに挟んで床の散弾銃を摑む。ゴンドラの一番前方、操舵室の扉を蹴り開け、室内に銃口を突きつける。

誰もいない。

再び廊下へ戻り、リンダの死体を見ないようにしながらキッチンを覗く。リンダの眠っていた客室、教授とネヴィルの死体の横たわる客室、洗面所、その奥のバスルームと、扉を開けていく。

誰の姿もなかった。……少なくとも、生きている人間の姿は。

窓も無傷だ。操舵室も、食堂も、客室も、廊下も洗面所もバスルームも、目に映るすべての窓には罅ひとつ入っていない。

手の震えを抑え、ウィリアムは最後の場所、エンジンルームに足を踏み入れた。

窓もない暗い部屋だ。剝き出しの配管と配線、無骨な機械類が、扉の隙間から漏れる非常灯の光にぼんやりと浮かび上がる。床の隅には、教授の酒類が詰め込まれていたのであろう三つのクーラーボックス、工具箱、備品の入った段ボールなどが無造作に置かれている。

静かだった。普段響いているはずのエンジンの鈍い駆動音が、今は全く聞こえない。

やはり動力が止まっている……なぜ。

だが、それは今は問題ではなかった。呼吸を荒らげながら、ウィリアムは倉庫の扉を開けた。誰もいない。次いで前室。ロックされている。つまみをひねって解錠。やはり誰もいない。最後に非常口のノブを握り、思い切り力を込めた。

回らなかった。非常口は確かに施錠されていた。

……馬鹿な。

そんな馬鹿な。誰もいない。窓も、二つの出入口も、外部と繫がっている箇所はどこにもない。なのに今、自分以外の全員が殺されている。

「……畜生」

エンジンルームを飛び出した。虚勢とさえ呼べない、無様に引き攣った声だった。「出るなら早く出てこい！　俺がそんなに怖いのか、レベッカ！」

返事はない。

喚きながらウィリアムは廊下を駆けた。リンダの死体はすでに目に入らなかった。

食堂に足を踏み入れた瞬間、突風が再びゴンドラを叩いた。一瞬の浮遊感の後、ウィリアムはバランスを崩して床に倒れ込んだ。扉が音を立てて閉まった。

慌てて起き上がり、床の二つの死体から無意識に目を背けながら周囲を見渡し、

――そこで初めてウィリアムは気付いた。

扉の内側に、赤黒い血文字が大きく書き殴られていた。


『*I'll never forgive you, W――R*』


『決して許さないわ、ウィル――レベッカ』。

「うあああああああああああああ――――――っ!!」

ウィリアムは引鉄を引いた。一発、二発、三発――血文字の書かれた木製の扉板が砕け、大き

な穴が穿(うが)たれた。扉を蹴り開け、ウィリアムは廊下へ飛び出した。

「畜生!!　どこだ、どこにいるレベッカ！　さっさと出てこい、もう一度ぶっ殺してやる！」

あの日のように。

あの日、お前が俺を拒んだときのように。抵抗するお前を心ゆくまで嬲り抜いたあの日のように。事が終わってもなお俺を拒絶したお前を殴りつけ、半ば意識を失ったお前の口に青酸ガスの管を突っ込み、ビニール袋を被せてボンベを捻ってやったあのときのように。

「どうしたレベッカ！　出てこないのか！」

引鉄を引き絞る。撃鉄の乾いた音が響いた。弾切れだ。ウィリアムは震える右手をポケットに差し入れ、弾丸を込め——


瞬間、後頭部を衝撃が襲った。

振り向く間もなかった。ウィリアムは冷たい床へ叩きつけられ、
遠く背後から、聞き覚えのある声が響いた。

「なあ、お前はどう思う？　ウィリアム——」

後頭部を二度、三度、四度、衝撃が襲い、

そして、ウィリアムの意識は永遠に断絶した。

第12章　地　上（Ⅵ）――一九八三年二月十五日　一六：一〇～――

「……やってくれるじゃないの」

灰燼と化した屋敷を見つめながら、マリアは呻いた。「『七人目』がいるかどうかで散々悩んでたときに、こうも大胆なことやらかしてくれるなんて。捕まえたらどう料理してやろうかしら」

――A州東部、N州との州境に程近い人里離れた山林。ファイファー教授の別荘は、地理的にも視覚的にも外界から隔絶された森の奥の一角を、切り拓くように造られていた。

野球でもできそうな広い土の庭。その周囲を、マリアの背の十倍以上はあろうかという巨木が取り囲む。A州では滅多に感じることのできない、むせるような緑の香りに、しかし今は、木と土と鉄の焼け焦げた臭いが大量に入り混じっている。

マリアたちの目の前に横たわるのは、炎に蹂躙され尽くした屋敷と木々の無残な姿だった。

数刻前に消し止められたばかりの火災現場からは、未だ薄い煙がくすぶっている。かつてはさぞ豪奢な姿を見せていたのであろう邸宅は今、あらゆる部分が煤と灰にまみれ、壁や屋根が崩れ落ち、何本もの柱や梁が剝き出しになっている。その周辺を、何人もの消防隊員と所轄の捜査員らが、現場検証で慌しく動き回っていた。

屋敷跡の背後では、建屋に近接していた木々に火が燃え移り、数十メートル四方が焼け野原と化していた。A州の乾燥した気候を考えれば、この程度で消し止められたのは幸いという他なかった。

「これが教授たちを殺害した犯人によるものかどうか、まだ裏付けは取れていません」

冷淡な部下は無感動に告げた。「それと、今しがた聞いたところによれば、焼け跡からコードと時計と筒の破片と思しき遺留物が見つかったそうです。恐らくは時限発火装置の類でしょう。……とすれば、仮にこれが犯人の仕業だとしても、H山系での凶行の後でここを焼き払ったとは断言できないことになります」

犯行前の置き土産（みやげ）だったかもしれない、ということか。

それにしても、これが犯人の仕業だとして、目的は何なのか。単純に考えれば何かの証拠隠滅ということになるのだろうが――

「現時点では判断不能です。が……貴女が先刻言われた通り、もし教授らが亡命等の良からぬことを企てていたとすれば、人目の届かないこの別荘地は彼らにとって格好の集会場だったはずです。例えば、犯人を暗示する資料のようなものがここに持ち込まれていたとしても不思議ではありません」

それを処分するために別荘ごと火をつけた、か。

これほど大きな別荘だ。どこに証拠が眠っているか、凶行の前に探し当てる時間が犯人にはなかったのだろう。だから時限発火装置を仕掛け、教授たちの殺害を終えているであろうタイミングで屋敷を燃やした。そこまでして――警察の注意を引く危険を冒してまで消し去りたかった証拠とは、果たして何だったのか。

……いや、待て。

『証拠を処分したかった』ということは、犯人は教授たちを皆殺しにした後、自分は生きて戻るつもりだったことになりはしないか。もし自分も死ぬつもりだったなら、後でいくら証拠が露見しようが大した問題ではなかったはずだ。

犯人には、あの雪山から生きて脱出する算段があった……？

「レン。例の犯行現場から自力で麓まで下りるのって、本当に無理なのかしら」

「『相当な熟練者でない限り不可能に近い』そうです。専門家の見解によれば。

窪地を囲む岩壁を這い上がらねばならないこと。這い上がれたとして、その先は登山道もない難所であること。麓までの距離が単純に長いこと。そもそも天候的に登山を行える状況ではなかったこと……以上を踏まえると、仮に熟練者が充分に準備を整え、運良く下山に成功した場合でも、麓に帰り着くまでに一週間から十日はかかるだろうとのことです」

「……逆に言えば、それだけ時間をかければ玄人（くろうと）なら生きて戻れたってこと？」

「『運が良ければ』、の話ですが」

犯人が自力で脱出を敢行したとしたら、よほどの自信過剰か強運の持ち主だったということか。

……が、仮にそうだとしても『なぜあんな場所で殺戮を行う必要があったのか』という疑問が全く解消されていない。生きて戻るつもりなら、最初からあんな場所ではなく、例えば麓の森林地帯などもっと外界と行き来しやすい場所を選ぶはずだ。

だが犯人はそうしなかった。敢えて、岩壁に囲まれたあの雪原へ教授らを引きずり込んだ。

……なぜか。

決まってる。獲物を確実に閉じ込めるのを優先させたからだ。

その上で犯人は、自力で下山するより遙かに確実性の高い逃走手段を確保していた——そう考えた方が筋が通る。

それに。

――『ジェリーフィッシュが燃えている』との通報を受けて――

通報したのは誰なのか？　漣が確認したところでは、発信元はF市の外れの公衆電話。氏名どころか声がくぐもっていて性別も解らなかったらしいが――専門家でさえ行き来が困難で、しかも麓からも見えないような場所でジェリーフィッシュが燃えていることを、通報者はどうやって知ったのか。

答えはひとつしかない。通報したのが犯人だからだ。

やはり、今も犯人は生きている……？

「犯人はもうひとつのジェリーフィッシュを使って現場を行き来した」という仮説を、マリアは未だ捨て切れずにいた。

――外部の人間が、試験機の自動航行システムをどうやって書き換えることができたのか。

――もうひとつのジェリーフィッシュを、犯人はどこにどうやって、教授たちに気付かれぬよう繋ぎ止めておけたのか。

――教授たちの乗る試験機のゴンドラに、犯人はどのようにして侵入したのか。

先刻の会議で三人からこき下ろされた仮説。だが裏を返せば、あのとき論（あげつら）われたこれらの疑問点さえ解消すれば何も問題はないことになる。

内部犯と外部犯の矛盾。繋留の問題。侵入方法――

……内部と外部？

「共犯――」

口から呟きが漏れる。そうだ、犯人がひとりだけだとなぜ決めつけていたのか。漣も指摘していたではないか、教授たち六名の誰かと『七人目』が繋がっていたかもしれない、と。あのときはジョンが「殺戮者と獲物との間に信頼関係が成り立つはずがない」と否定したが、そうでなかったとしたら話は変わってくる。……犯人たちが『レベッカの復讐』という一点で固く結ばれていたとしたら。

自動航行システムの書き換えは『内部の犯人』が行えばいい。もう一隻の繋留作業は、他の全員が寝静まった隙にでも二人がかりで行える。『七人目』がゴンドラの中に侵入するのも簡単だ。そして事が終わった後、両者の間で何らかの諍いが生じ、片方がもう片方を殺害して逃げ去ったとしたら。

「事はそれほど単純ではありませんよ、マリア」

今しがたのマリアの呟きを聞いていたのか、漣が口を開いた。

「どういうことよ」

「根本的な問題です。——その共犯者とは、具体的には誰ですか」

マリアは言葉に詰まった。

「……それは」

「先の議論を思い出して下さい。最も有力な容疑者であるミーガン研究室の関係者には全員アリバイがありますし、レベッカの親族は他界しています。他のレベッカの関係者を見ても、教授たちを殺害するに足る強い動機を持ちうる人間は見当たりません」

「だったら——そうだわ、『七人目』が単に金で雇われただけだったらどう？　それなら『七人目』の動機なんて関係ないでしょ」

「登山道もない冬の雪山の一角に、悪天候を顧みず迎えを寄越して欲しいという無茶な依頼を、何の疑いもなく引き受けてくれる便利屋が都合よく見つかるとは思えませんが」

一刀両断だった。

「それとマリア。貴女の説にはもうひとつ、致命的な問題があります。『犯人もまたジェリーフィッシュで現場を行き来した』のなら、そのジェリーフィッシュはどこの誰が用意したものなのでしょう」

「どこの誰って、そりゃ犯人に決まってるでしょ」

「ということは、ジェリーフィッシュの購入者リストを見れば犯人は相当絞り込めることになりますね」

「あ」

すっかり忘れていた。……ジェリーフィッシュが爆発的に普及したとはいっても、その絶対数は自家用車に比べればずっと少ない。要するに足がつきやすいのだ。その危険性を犯人は考慮していなかったのだろうか。

「……犯人が教授たちの内部にいたのなら、購入者リストをこっそり書き換えることもできるんじゃない？」

「安易に過ぎますね。購入者リストを改竄できたとしても、機体そのものの製造記録は残りますし、そもそも素体やゴンドラは外注です。各所に散らばる様々な記録を、犯人がすべて消し去ることができたとは思えません」

やっぱり駄目か。

いくつかの展示機や試験機が販売代理店に回された――とカーティスは言っていたが、それらを犯人が気軽に持ち出せたとも思えない。……駄目だ、完全に行き詰まった。

あるいは、犯人はジェリーフィッシュではなく別の手段を使ったのか。

だが、あの現場に出入りできる航空機といえば、他にはヘリコプターくらいしかない。足がつきかねないことに変わりはないし、何よりヘリでは音が響く。犯人が何らかの移動手段を使って雪山の内外を行き来したのだとすれば、その『何らかの手段』とは、奇しくもジョンが言っていたように、静音性に優れたジェリーフィッシュの他にはありえないはずだ。まさか、巨大な風船でも隠し持っていたわけでもあるまいが――

……巨大な風船⁉

「そうか！」

マリアは手を叩いた。「共犯者を使ってジェリーフィッシュを持ってこさせるのが駄目なら、試験機にあらかじめ脱出手段を積んでおけばいいのよ。そうした上で、教授たちの殺害後にそれを使って抜け出せばいい。簡単じゃない！」

「何ですか、その脱出手段とは」

「真空気嚢よ」

一瞬の沈黙が訪れた。

「……機体に使われる真空気嚢の他に、別の真空気嚢を用意したと？　どこにそれを隠す空間的余裕があるのですか。まさか、素体と青酸ガスを持ち込んで、設備もなしに現場で真空気嚢を造ったとでも？」

「空間的余裕ならあるじゃない。機体の真空気嚢の中に、脱出用の真空気嚢を入れちゃえばいいのよ。

まあ、さすがに真空気嚢だけというわけにはいかないだろうけど、ジェリーフィッシュ本体の真空気囊は、縦横四〇メートル×高さ二〇メートルの巨大な空洞よ。真空に耐えられるものなら何でも入れられるわ――人ひとりを運ぶのに充分な、一回り小さいジェリーフィッシュくらいなら。どう？　いいアイデアでしょ！」

マリアは満面に笑みを浮かべ――そして再び、部下の冷ややかな視線にさらされることとなった。

「……何よ、レン」

「警部。つかぬことをお尋ねしますが、学生時代の物理の成績はいかがでしたか」

この部下が人を階級で呼ぶときは、大抵ろくなことを言わない。

「……それがどうしたの」

「貴女の言う脱出用小型ジェリーフィッシュを、犯人がどのように、他のメンバーに気付かれることなく元の機体の真空気囊の中に仕込むことができたのかは脇に置きましょう。

問題は、その脱出用小型ジェリーフィッシュ自身も重量を持っているということです。恐らくは数百キログラムではきかないほどの。そのような重量物が加われば、元のジェリーフィッシュの運転に影響を及ぼさないはずがありませんが」

「え？　脱出用ジェリーフィッシュも宙に浮かぶんだから、重量なんてかからないでしょ？」

「先日の説明を忘れましたか。『物体が受ける浮力は、その物体が押し除けた流体の重量に等しい』。つまり浮力の大きさは周囲の流体、地表の場合は大気の密度に依存するのです。

一方、貴女の仮説によれば、脱出用小型ジェリーフィッシュは真空気囊の中に入ることになります。真空気囊の中は文字通りの真空です。押し除けられる流体など存在しません。つまり生じる浮力もゼロ。脱出用小型ジェリーフィッシュの重量が、そのまま元のジェリーフィッシュに加えられるだけなのですよ。

　要するに、貴女の発言は全くのたわごとということですね」

「…………」

「以上を踏まえた上でもう一度お尋ねします。警部、学生時代の物理の成績は？」

「悪かったわね！　Dよ、赤点すれすれよ！」

　いつか防弾チョッキなしで銃撃戦に立たせてやる。

　仮説という仮説を完膚なきまでに叩きのめされ、さすがのマリアもげんなりと重い溜息を吐いた。所轄の捜査員たちの作業をぼんやり眺めていると、焼け崩れた瓦礫の一角がふと目に留まった。

　丸焦げの自動車が一台、瓦礫の下敷きになって潰れている。恐らくはファイファー教授のものだろう。かろうじて原形を留めている車体前面のエンブレムは、マリアもよく知るG国製高級車のそれだ。しかし今、その車体は見る影もない、無残なスクラップと成り果てていた。

　勿体ないわね。元の形のまま売っ払えればいくらになったかしら――

　…………え？

「どうしました」

「……レン。別荘の中から、誰かの死体とか見つかった？」

「死体ですか。そのような連絡は受けていませんが――」

　と、捜査員のひとりが漣に駆け寄り、何事かを伝えた。漣の表情がかすかに動いた。

「……マリア、一緒に来て下さい。

　森の中で、何かが埋められたような痕跡が発見されたとのことです」

捜査員に案内されてマリアたちが向かった先は、別荘の奥、森林の延焼地帯の外縁に当たる一角だった。

焦げた生木の臭いが鼻腔を刺す。延焼の最も激しい領域に比べれば、この辺りはまだ立木が残っていたが、それでも大半の木々は、上部の枝が黒い炭と化していた。

ここです、と捜査員が指差した。燃え残った樹木のひとつの、根元に近い地面だ。

薄く被った灰のせいで見えづらかったが——一部分だけ、土の色が周囲と異なっている。苔や草の類も、その部分だけ削ぎ落とされたように全く生えていない。

縦一メートル弱、横二メートル弱——ちょうど人間ひとりが横たわれる程度の大きさだ。

「……掘り返せる？　ここ」

漣が頷き、捜査員と話を始めた。やがて数名の捜査員が、問題の領域に慎重にスコップの先端を刺し始めた。——が。

十数分かけ、七〇センチほどの深さまで掘り返したものの、土の中から目ぼしいものは何も見つからなかった。漣が穴の底を指で触り、首を振った。

「土が固くなっています。ここから先は手付かずのままでしょう」

「どういうことよ。何か埋まってるように見えたのに」

「何者かがここを掘り返したのは間違いないと思われます。底より上の部分は明らかに柔らかくなっていましたので。……誰が何のために行ったのかは不明ですが」

ややこしいジグソーパズルにまた変なピースが増えてくれた。

と、再び捜査員のひとりが漣に近付き、二言三言告げた。漣の表情が引き締まった。

「マリア、一度引き上げましょう。署の捜査でいくつか進展があった模様です」

「進展？」

ええ、漣は頷いた。

「技術開発部の会議室から盗聴器が、教授の自宅から脅迫状が、それぞれ発見されたとのことです」

※

「盗聴器――それに、脅迫状だと⁉」

ジョン・ニッセン空軍少佐が声を張り上げた。「では……やはり、R国（奴ら）の手にレベッカ・フォードダムの実験ノートが渡っていたというのか」

「現時点ではそこまでの確証は得られていません。

確実なのは、技術開発部の会議室のコンセントの中に小型の盗聴器が仕掛けられていたこと、そして、ファイファー教授の自宅の書斎からこの便箋が発見されたことだけです。――先日お見せいただいたものと同じ、ノートの複写二枚分と併せて」

漣はジョンの前に一枚の紙片を差し出した。鋭利な刃物のような短い文章が、タイプライターで無機質に打ち込まれていた。


『添付の書類に関し貴殿らの助力を賜りたい。

ついては期日内に金五十万ドルの援助を願う。……』

読み間違えようもない恐喝の文章だった。ジョンが険しい表情で視線を走らせた。

――別荘の捜査の翌日、二月十六日。

検死の結果が出揃うのに合わせ、マリアたちは再びジョンを呼んで非公式の捜査会議を開いていた。直近で発見された二つの重大な証拠が、まず最初の議題となった。

「それと、盗聴器の実物がこちらです」

マリアの足の親指よりやや大きい程度の、クリップとコードの付いた黒い部品のようなものを、漣は透明なビニール袋ごと掲げた。「コンセントの配線から電力を調達しつつ、音声を拾って電波として飛ばすタイプです。送信専用の小型トランシーバーといったところですね」

「……電波の到達距離は」

「およそ一キロメートル。敷地のすぐ外で声を拾うには充分でしょう」

「ちょっと――これって、本気でスパイが入り込んでたってこと？」

「解りません。この機種は民間の盗聴事件でもよく使われるもので、ちょっとしたマニア（ギーク）程度の技能があれば、組み立ても仕掛けも充分可能とのことです。

問題は、これを仕掛けた人間の侵入経路ですが」

世界最大手の航空機製造会社だけあって、ＵＦＡ社の警備は厳しい。先日の聞き込みでも、重重しい顔つきの警備員が敷地の内外で目についたものだ。

一方、部外者が合法的にＵＦＡ社の敷地に入るには、入構許可証が必要だ。正門で受付を済ませれば臨時の入構証が渡されるが、頻繁に出入りする業者や派遣社員の場合は、簡便化のために定期の入構許可証が発行されるという。

が、漣がＵＦＡの総務部から聞いた話によれば、定期の入構許可証の申請書類は、本人でなく受入部門の側が作成する。部門長のサインが必須のため、素性の明らかでない者がぱっと手に入れられるものでもないらしい。警察に似てまことに官僚的である。

……もっともそれは、一度でも入構許可証が手に入れば、ほぼフリーパスでＵＦＡ内部への出入りができてしまうことでもある。ＵＦＡもその辺りは承知していて、許可証は半年毎の更新制になっているという。

だが、もし犯人が何らかの方法で、一時でも入構許可証を手にできたなら。

盗聴器を仕掛けることも、自動航行プログラムを改竄しコンピュータを初期化することも、決して難しい話ではない。

改めて、今度は脅迫状の方を覗き込む。『添付の書類』とはレベッカのノートの複写に違いない。文面の下には、どこかの銀行の口座番号と思しき数字が記されていた。

「この口座は？」

「海外——Ｓ国の銀行のものでした。

一方、技術開発部のメンバーのひとりであるクリストファー・ブライアンの口座から、数度にわたって同程度の金額が引き出されています。……しかし残念ながら、それ以上の資金の流れは解っていません」

Ｓ国の金融機関は徹底した秘密主義を貫いていて、不正な資金流通の温床になっているという。たとえ口座の名義人が解ったとしても、仲介人などの第三者が間に挟まっていたら、本当の口座の持ち主を特定するのは至難の業だ。

「数度にわたって、ということは、脅迫は何度も行われていたということか」

「間違いないでしょう。他の脅迫状が見つかっていないのは、恐らくこれが最初の脅迫状で、二度目以降は金の送金元――クリストファー・ブライアンに宛先が絞り込まれたからだと思われます」

最初の脅迫状を複数のメンバーに送る。二回目以降は送金人に限定する。手紙から足がつくのを犯人が警戒していたのであれば、理にかなった動きだ。他の脅迫状はメンバー自身の手で処分されたが、教授の手元に送られたこの一通だけは処分を免れた。

酒の缶や瓶で溢れていた部長室を思い出す。教授が酒に溺れずにいられないほど恐怖していたのなら、脅迫状を処分することさえできなかったのも頷ける気がした。

「金を払ってたのがクリストファー・ブライアンだったのは、一番金を持ってたから？」

「恐らくは。……ただ、彼が単独で脅迫状の対応を行っていたとは思えません。五十万ドルという金額は、レストランの食事代と違って気軽に肩代わりできるものではなかったはずですので。少なくとも複数のメンバーの間で、何らかの意思統一は図られていたでしょうし――立て替えられた五十万ドルも、後で何かしらの補塡は行われていたはずです」

含みを持たせるような漣の言い回しに、ジョンの眉が吊り上がった。

「ステルス型ジェリーフィッシュの開発予算が流用された、というのか」

「帳簿を調べたところでは、いくつか不透明な支出が存在するようです。自動航行プログラムやゴンドラなどの高額案件で、大幅な水増しが行われていたようだ、と」

青年軍人が小さな呻きを上げた。

「それと、貴方がたが技術開発部に提供されたという、戦闘機用ステルス性素材ですが――具体的な支給量はどれほどになりますか」

「……詳細な数値は明かせないが、必要量の二・五倍だ。真空気嚢の素体作製にも使用したいという要望があり、比較的多めに提供したのだが」

「その在庫がどこからも発見されていません。……実験ですべて消費されたのであれば良いのですが、資金面の不透明さを鑑(かんが)みるに、何らかの形で闇に流された可能性もあります」

「予算だけでなく、技術までもR国に流れ込んでいた――ということか⁉」

「現時点では結論は出せません。先程も申し上げましたが、この脅迫状が本当にR国の手で作られたものだという証拠は出ていませんので。……ただ、ひとつ気になる情報が」

「気になる情報？」

「技術開発部の執務室のコンピュータと机、それと使われていないブースのひとつが、綺麗に拭われていたそうです。鑑識によれば何の指紋も採取できなかったと。

ニッセン少佐、脅迫状の分析はそちらで可能ですか。我々(警察)より貴方がたの方が、R国関係については詳しいかと思いますので」

「――手配しよう」

苦悩を振り切るように、ジョンは頷いた。「ところで、他の案件はどこまで捜査が進捗しているのだろうか」

「リストアップした調査項目はほぼ片付いていますが、真相の解明には未だ遠し――といったところですね。

まず、技術開発部の素体の開発品ですが、厳密には下請けではなく、クリストファー・ブライアンの父親が所有していた紡績工場で、彼ら自身が作製したものでした」

工場自体は十数年前に不況で閉鎖されていた。A州立大学から約五キロ、目と鼻の先だ。取り壊されずに放置されていたこの廃工場を、教授らはベンチャー設立前から工房として利用していた。近隣――といっても一キロ近く離れていたが――の証言では、元社長の放蕩息子が新しい道楽を始めた、といった程度の認識しかなかったらしい。

工場の中からは青酸ガスのボンベも見つかった。作り付けのブースで仕切られただけで、ろくに安全対策も取られていなかったそうだ。

「次に、各チェックポイントでの聞き込みの結果がこちらになります」

漣がリストを示した。教授たちが現れた場所と日時は、予想通り、ＵＦＡに提出された試験計画書に沿ったものだった。

●第一チェックポイント（Ｎ州Ａ市……二月六日　一四：二七～一四：四五）
クリストファー・ブライアンの姿が売店で目撃される。食料品、酒類、菓子類を購入。

●第二チェックポイント（Ｃ州Ｔ市……二月六日　一九：〇二～一九：二三）
ＵＦＡ社名義のクレジットカード使用記録あり（サイン省略）。食料品、缶ビール六本を購入。

●第三チェックポイント（Ｗ州Ｒ市……二月七日　〇八：三五～〇八：五七）
リンダ・ハミルトンの姿が売店で目撃される。食料品、ファッション雑誌を購入。

●第四チェックポイント（Ｉ州Ｌ地区……二月七日　一三：四九～一四：一一）
ウィリアム・チャップマンの姿が売店で目撃される。食料品、酒類を購入。

●第五チェックポイント（Ｉ州Ｍ市……二月七日一八：〇八～一八：二七）
ネヴィル・クロフォードのクレジットカード使用記録あり（本人のサイン確認済み）。食料品、週刊誌を購入。

「チェックポイントはすべて、幹線道路沿いのガスステーションです。周囲に民家や集落の類はなし。コースを含め、軍事機密ということで街中に近い場所は避けられたようですね」

実のところ、U国の大半はど田舎だ。特にA州近隣をはじめとした内陸部では、町を一歩離れれば何世紀も前の開拓時代そのままの荒野というところが珍しくない。隣町まで自動車で最低一時間。道中は本当に、本当に何もない。マリアも一度、だだっ広い荒野のど真ん中でガス欠を起こし、ヒッチハイクも無視されて死にかけたことがある。

だから、幹線道路沿いにわずかに点在するガスステーションは、旅行者にとって文字通りのオアシスとなっている。給油スタンドだけでなく、それなりの規模の売店も併設されていて、燃料だけでなく食料や日用品も調達できる。

特にジェリーフィッシュにとって、充分な停泊スペースのある補給地点は有難い存在のようだ。先日の聞き込みの際も見かけたが、ガスステーションの傍にジェリーフィッシュが佇む光景は、今やさほど珍しいものではなくなっていた。

リストに改めて目を落とす。各チェックポイントで、食料といくつかの嗜好品が買われている。買出し役が各地点で異なっているのは、ローテーションが組まれていたためだろう。

厳密に言えば、第二と第五の各チェックポイントでは、誰が買出しを行ったのか明確な目撃証言は得られていない。いずれも夕刻で停泊場所の周辺は暗く、また店員も忙殺されていたことから、それぞれ『薄茶色っぽい髪』『眼鏡の男』といった曖昧な証言がせいぜいだった。もっとも、それらの特徴が当てはまるメンバーが教授らの中に各々ひとりだけいたこと、UFA社支給または本人名義のクレジットカードが使われたことを踏まえると、技術開発部の中でローテーションが組まれていたのは間違いなさそうだ。

滞在時間は各々二十分前後。彼らがＵＦＡ社版の試験計画書に沿って航行試験を進めていたことはほぼ確実となった。……少なくとも、二月七日の終わりまでは。

それ以降、彼らと次世代機の目撃情報は途絶えている。翌日の第六チェックポイントに教授らが姿を見せることはなかった。彼らは本来のコースを外れ、Ｈ山系の奥地へと漂着し、全員が命を落とした。彼らの身に何が起こったのか、未だ真相は闇の中だ。

それにしても――

「何でいちいち買出ししてたのかしら。軍事機密なんだからわざわざ地上に降りて目を引く真似しないで、ずっと空を飛んでればよかったのに」

「積荷を減らすためだろう。六名×三日分の食料を事前にすべて積み込むには、冷蔵庫の容量上も限界がある。

それに、飛行物体が注目を浴びるのは航空機の宿命だ。地上に降りようが降りまいが、外に出ての航行試験である以上目撃されるリスクは同じ、と割り切っていたのかもしれん」

一理ある。

「じゃあその、試験機が空を飛んでるときの目撃情報は？」

「各チェックポイントの近隣で、離着陸の前後と思われる姿が目撃されています」

漣は何枚かの写真を机の上に置いた。四本の橋脚を赤褐色の大地に乗せた、白い気嚢のジェリーフィッシュの写真が一枚。橋脚とゴンドラは暗い灰色だ。ジュリアの言っていた「ゴムみたいな素材」――戦闘機用ステルス素材だろう。もっとも、写真を見た限りでは特に違和感は覚えない。グレー系統は標準色のひとつとして、真空気嚢以外のパーツの塗装によく使われているらしかった。

他の数枚は、恐らく一枚目と同じ場所から撮影したのであろう、夕暮れの中を泳ぐジェリーフィッシュの写真だ。赤く染まる地平線の上を、白い気嚢が小さくたゆたう。空の上方は滲むような深い紺。鮮やかなコントラストが印象的だった。

「よく撮れてるじゃない」

「第五チェックポイントの店員が撮影したものです。ジェリーフィッシュをよく見るようになって、撮影を頼まれることが多くなったのだとか」

「……うむ」

ジョンが呟きつつ写真を手に取り——その眉がかすかにひそめられた。

「ん？　どうしたのよ」

「いや、大したことではない」

青年軍人は首を振った。「ただ、飛行高度がいささか低いと思ってな。目算になるが……地表二〇〇メートルといったところか」

「高度が低い？」

「民間のジェリーフィッシュは通常、航路を高度三〇〇から四〇〇メートルに取ることが多い。軍用機では一〇〇〇メートルを超えることもしばしばだ。だがこの機体は、航空法上の下限——地表一五〇メートルをやや上回る程度に抑えられている。……恐らく、目撃される危険を極力避けるためと思われるが」

「何で？　地面に近いほど大きく見えるから目立ちそうなもんじゃない？」

「それは、ジェリーフィッシュを近場から見る場合に限っての話です」

漣が注釈を挟んだ。「より遠方、地平線を見る場合を想定して下さい。普通の一軒家より標高一〇〇〇メートル級の山の方が、より遠くから見えやすいのは自明の理でしょう」

「あ」

高度を下げた方がさっさと地平線の陰に隠れられる、ということか。

「地球の半径が約六〇〇〇キロメートルですので」

漣はどこからか電卓を取り出して叩き始めた。「地平線までの距離は——高度二〇〇メートルなら五〇キロ、四〇〇メートルなら七〇キロです。前者の方が目撃される確率が低いのは明らかですね」

試験機が極力人目にさらされぬよう、教授らが相当な注意を払っていたことが窺える。

……ということは、ステルス型ジェリーフィッシュの開発は、必ずしも失敗に終わったわけではなかったのか……？

「他のジェリーフィッシュはどうなのよ。教授たちの試験機を目撃してた他のジェリーフィッシュはなかったの？」

「『ゴンドラから他のジェリーフィッシュが見えた』といった証言はいくつか挙がっていますが、どの時刻にどの地点から、どの方角へ何キロメートル離れた位置に見えたのか、がすべて明確になっているものは皆無です。証言同士を照らし合わせても矛盾が多く、教授たちの試験機と同定できる情報はありませんでした」

「いい加減ねぇ、まったく」

しかし考えれば無理もない。試験機の航路の大半はだだっ広い荒野だ。よほど特徴的な地形上の目印でもない限り、空の上では目撃者や試験機の正確な位置など解りはしないだろう。そもそも、それが教授たちの試験機かどうか、遠目では判断するすべもない。

「そうか」

ジョンは腕を組み、気難しげに背もたれに身を預けた。「ならば、彼らがチェックポイントに停泊している間、不審者が試験機に接近したといった事態は」

「なかったようです。聞き込みによれば、見物人は周囲にたむろしていたものの、これといって怪しい挙動を示した者は見かけなかった、と」

見物人の衆人環視下では侵入などまず不可能、か。

つまり『七人目』が忍び込んだとすれば、それは航行試験の直前か、第五チェックポイントを過ぎた後、ということになるが――

「ジェリーフィッシュの所有者リストの方はどうだったの」

「該当者なしですね。民生用ジェリーフィッシュの購入者リストの中に、レベッカ・フォーダムまたは技術開発部のメンバーと深く関わりのある名前は見当たりませんでした。

念のため、U国内の所有者のアリバイ調査も行いましたが、教授らが第五チェックポイントを去ってから機体が発見されるまでの間、一日以上所在の摑めなかった者はありません」

「軍用ジェリーフィッシュも同様だ。当該期間において、H山系周辺で軍用機が展開された記録はない」

『犯人はもうひとつのジェリーフィッシュを使い、墜落現場の内外を行き来したのではないか』。マリアの説は足元から土台を崩された。……まったく、どういう事件なのか。

と、会議室のドアがノックされた。こちらの返事も待たずに扉が開き、ボブが姿を見せた。

「まったく、年寄りをこき使うな。超過勤務手当を倍貰わにゃ割に合わんぞ」

「愚痴はいいから早く報告しなさいよ。どうだったの」

「だから急かすなと言っているだろうに。
まず検死の再確認からだが、結論から言えば答えは変わらん。自殺の線はなしだな」

「――そう」

もしやと淡い期待をかけてはみたが、そう甘くはなかったらしい。

「次に、死体の残りの身元だが、こちらも予想通り。
刺殺された女――リンダ・ハミルトン。
ショットガンで撃たれた男、これはクリストファー・ブライアン。
後頭部を潰されたのは、ウィリアム・チャップマン。
そして最後の六人目、首と手足をバラバラにされた奴は、
サイモン・アトウッド。
確か、ファイファー研究室の元学生たちの中では後輩にあたるんだったか？」

「やっぱりね」

マリアは試験計画書を指で弾いた。「UFA社気嚢式飛行艇部門技術開発部のメンバーは、全員お亡くなりになったことがこれで確定――か」

計画書の最初のページには、航行試験の参加者たちの名前が連ねられている。

技術開発部部長、フィリップ・ファイファー。

同副部長、ネヴィル・クロフォード。
同研究員、クリストファー・ブライアン。
同研究員、ウィリアム・チャップマン。
同研究員、リンダ・ハミルトン。
そして同研究員、サイモン・アトウッド。
技術開発部の執務室の黒板にも、同じ六名の名札が貼られていた。
そして。

（――ああ、この子かい）

レベッカ・フォーダムの死を報じたA州立大学内広報紙に記されていた、『サイモン・アトウッド』のことを尋ねたとき、職員の女性は淋しげに笑った。

（記事にも書いてあるけど、死んだ娘と同じ高校から来てたらしくてね。取材した広報部の人間の話だと、相当ショックを受けてたらしいよ。……惚れてたのかもねぇ、きっと）

そう言って、職員は資料を持ってきてくれた。『工学部航空工学科』、それがサイモン・アトウッドの進学先だった。

レベッカとファイファー教授たちを引き合わせたのがこの男だったのだ。レベッカの研究を知ったサイモン・アトウッドは、それが飛行船の素材に使えるかもしれないことに気付いた。一方のレベッカも、自分の研究が実際に応用できる可能性を知り、ファイファー教授たちとの共同研究を快諾した――彼らが、他人の研究を平気で奪い取る下劣な連中だということなど知る由もなく。

サイモンの机の写真立てに隠すように飾られていた、キャンプの写真を思い出す。自分がレベッカを研究室に連れていったことが、彼女の死を招く結果になったのだとしたら――彼がどんな思いを抱いていたのか、それを知ることはもはや不可能だった。

「ジェラルド検死官。念のため確認したいのだが、被害者らの身元はどのように確定したのだろうか」

「体型に骨格、それと歯型だな。焼死体の身元を判別する方法などそうない。身元確認に手間取ったのも、被害者連中の通院歴のある歯医者がなかなか見つからなかったためだ」

「疑いの余地なし、か」

ジョンは息を吐き出した。「六つの死体の中に、返り討ちに遭った工作員がいたのではないか――とも一時は考えたが、やはり妄想に過ぎなかったか」

「残念だったわね」

同じようなことを真剣に考えていたことなどおくびにも出さず――しかしマリアの胸は今、激しい焦燥に締めつけられていた。

これだけ情報が集まっているにもかかわらず、事件の全容は未だに見えてこない。そのことに対する、これは焦りなのか。

いや、何か――何か重大なことを見落としているような気がする。

自分たちが何か、とてつもない勘違いを犯しているような、そんな思いが頭を離れない。

でも、何を？　一体何を――。

※

ジョンとボブが引き上げ、窓の外が暗くなった後も、マリアは会議室の椅子に腰を下ろしたまま、机の上の書類を睨みつけていた。

「――マリア、仕事なら御自分の席でなさって下さい。ここは冷えます」

「解ってるわよ」

苛立ち混じりに返しつつ、しかしマリアは身体を動かす気になれなかった。

「徹夜はお勧めしませんよ。無理が利くのはせいぜい三十代までです」

「だからあたしはそんな年増じゃないわよっ」

それで忠告しているつもりなのかこのJ国人は。「ああもう、解ったわよ。出ればいいんでしょうが出れば」

机の書類を引っかき集め、椅子を蹴り倒すように立ち上がる。ドアノブに手を伸ばしたところで扉が勢いよく開き、したたかにマリアの額を直撃した。

「マリアよ、まだこんなところにいたのか？　さっきからずっと探し――」

額を押さえてうずくまっているところへ、ボブの怪訝な声が降ってきた。「何をやっているんだ、お前さん」

「………こっちの台詞よ、このジジイ(オールドマン)。何か用？」

「少佐殿から伝言だ」

無地の大きな茶封筒を、ボブはマリアの前に掲げた。「ついさっき、空軍の使いの者が来た。『至急連絡を乞う』だそうだ。……よほど緊急の案件らしいが」

封筒の隅に電話番号が殴り書きされていた。ここに掛けろ、ということらしい。

ただならぬ雰囲気を察したのか、ボブはそのままドアを閉めて去った。漣が会議室の外を窺っている間に、マリアは部屋の隅の電話機を取り、封筒に記された番号をダイヤルした。

「……ジョン、あたしよ。マリア・ソールズベリー。どうしたの急に」

『ああ、君か』

毅然とした空軍少佐らしからぬ、やや昂った声だった。『突然すまない、封筒の中は見たか』

「まだよ。たった今ボブから受け取ったばかり。……それで何？　こっちの部屋には今、あたしとレンしかいないけど」

『そうか。――では封筒を開けてくれ。中にグラフが入っていると思うが』

「グラフ？」

封筒を開けると、中から出てきたのはジョンの言葉通り、何かのグラフと思しき一枚の複写だった。数字の振られた軸線が左側と下側に、そして真ん中には、太い点線と実線の二本の線が引かれている。

点線は左から右へほぼ水平に描かれている。一方の実線は、左から中ほどまでは点線と重なっているが、途中から株価暴落のチャートのように下方へ落ち、そのまま横軸にへばりつくように右端まで引かれていた。水平な点線と、崖を描いたような実線。

「……これがどうしたの」

『結論から述べる。

ファイファー教授らは、ステルス型ジェリーフィッシュの開発に成功していたらしい』

「……え!?」

『そのグラフは、真空気嚢素材の電波反射率の実測データだ』

マリアの驚きを気にかける余裕もない様子で、ジョンは続けた。『点線が従来の真空気嚢――

「対照実験」という言葉を知っているか。新しい事象の優位性を示すには、必ず従来の事象のデータを対照実験として取得し、両者の差を示す必要があるのだが――こちらはほぼ一定値を取っている。測定波長全域に渡って電波が反射されている証拠だ。

一方、実線が、君たちから提供されたサンプルのうち最新のもの――サンプルケースの日付が正しければ、今から二ヶ月と一週間前に作られたサンプルのデータだ。

点線と違い、実線は途中からゼロに近くなっているだろう。これは、その波長帯域の電磁波が真空気嚢に反射されなくなったことを――言い換えれば、吸収されたことを示している。レーダーに使われる電磁波もこれらの波長域に含まれる。

電波吸収型真空気嚢素材を、彼らは完成させていたんだ』

技術開発部の実験室に残されていたサンプルの一部を、マリアは漣を通じてジョンに渡し、空軍の研究所で分析にかけさせていた。「ステルス型ジェリーフィッシュの開発は失敗に終わっていたのかもしれない」という部下の推測を、マリアも信じかけていたのだが――

「ちょっと……待ちなさいよ。じゃあ何⁉　ならどうして」

『実はその点だが』

空軍少佐の声に困惑が入り混じった。『今回の分析結果を受け、軍（こちら）に保管されている試験機の真空気嚢の再調査を行った。ごく一部だが延焼を免れた部分が見つかったので、至急測定を行ったが……こちらは駄目だ。電波吸収性は一切確認できなかった』

「え⁉」

『結晶構造解析も別途進めているが、君たちのサンプルと試験機の真空気嚢の結晶構造には明らかに差異が認められるものの、試験機の真空気嚢と従来機のそれとの間には明白な違いがないらしい。分析担当者によれば、熱変形の影響は無視できるという見解だ。

教授たちの新型機の真空気嚢は、九条刑事の推測通り、ステルス性能を持たない汎用品のものだった可能性が極めて高い』

「どういうこと。教授たちはステルス型真空気嚢素材を完成させていて——なのに、それを試験機に採用しなかったってこと⁉」

二ヶ月と一週間前といえば、最後の素体がカーティスの元に持ち込まれる直前だ。ようやく完成したサンプルを基に、クリストファー・ブライアンの廃工場で素体を作製し、孵化棟に持ち込んで新型真空気嚢を育成した——ということではないのか？

『解らん。何か別の問題を抱えていたために採用が見送られたのかもしれん。……いずれにせよ、彼らのサンプルをさらに精査しないことには話が始まらん。廃工場の装置に素体の残渣がないか、調査を願いたい』

「……ええ、解ったわ」

混乱の収まらぬまま、マリアはかろうじて返答を告げた。感謝する、とジョンは一礼を発した。

『——それと、ここからは追伸だ。

まず、P署に保管されていたプラスチック片の件だが、こちらで分析した結果、真空気嚢素材と構造が一致した。触媒と思しき粉末も表面に付着していた。すべて君の推測通りだ。……レベッカ・フォーダムの死は、やはり技術開発部の面々の手で偽装されていた可能性が高い』

「……そう」

ミハエルとドミニクの前に十三年間立ちはだかっていた扉の楔（くさび）は、いとも簡単に引っこ抜かれた。自分の推測が的を射ていたことを、しかしマリアは喜ぶ気になれなかった。

『もうひとつ。ファイファー教授の元に送られた脅迫状だが――あれは偽物だ。少なくともあの手紙は、工作員どもの手によるものではない』

「え」

予想外に早い結論だった。「ちょっと、それ本当？　随分仕事が速いじゃない」

『連邦捜査局の知人に内容を確認してもらった。「文面が直截的に過ぎる」そうだ。――奴らが要求内容を文章に残すことはまずない、人目につかない場所に呼び寄せ、直に接触し口頭で伝達するのが常套だ、とも』

「工作員なんて最初からいなかった、ってこと？」

『断言はできん。あくまで「件の脅迫状が工作員の仕業でない」だけの話であって、連中が別途動いていた可能性を完全に否定するものではないからな。

だが――個人的な見解を言わせてもらえば、工作員の線はもはやありえまい。今回の事件は君の言う通り、レベッカ・フォーダムに近い人間による、フィリップ・ファイファー教授らへの復讐劇と思われる』

受話器を置くと、マリアの脳裏を再び混乱が支配した。

プラスチック片と脅迫状の件は、ある意味予想通りだったと言っていい。だが――

ジョンから送られたグラフを食い入るように見返す。「マリア」漣の声に答えを返すこともできなかった。

教授たちは、ステルス型ジェリーフィッシュの――正確に言えば、電波吸収型真空気嚢素材の開発に成功していた。どのようにしてかは解らない。よほどの幸運が舞い降りたのかもしれない。

だが、そうやって造られたはずの彼らの試験機は、電波吸収機能を全く持っていなかった。

なぜ？　なぜ新素材の真空気嚢が試験機に使われなかったの？　従来と同じもので航行試験を強行することに、一体何の意味が――


……え？

従来と同じもので、航行試験を強行する意味……？


「マリア、どうなさいましたか」

漣がマリアの傍らで、彼女の顔を覗き込むように首を傾けていた。黒髪のJ国人に、マリアは絞り出すように声を発した。

「……レン、地図を持ってきて」

「は？」

「地図よ、A州と周りの州が載ってるやつ！　それから定規とコンパスも用意して。ジェリーフィッシュの所有者たちの調書も。早く！」

※

一時間後――
「マリア……これは」

机に視線を固定させたまま、黒髪の部下はかすかに声を上擦らせた。

「思った通りだわ」

忌々しく毒づきつつ、マリアは漣に視線を突き刺した。「レン。ジョンへサンプルの手配をお願い。

それとUFAに確認を取って。内容は言わなくても解るわよね？」

インタールード（Ⅵ）

彼女との約束に心躍らせながら模型店へ向かったその日、レジに立っていた女性店員にレベッカのことを尋ねると、彼女は哀しげに目を伏せ、静かにレベッカの死を告げた。

……自分がどう反応したかはよく覚えていない。

恐らく、ただ呆然としていたのだろうと思う。むしろ、レベッカのアルバイト仲間だったというその女性店員の方が、何度も目元を拭い、声を震わせていた。

養父母の家へ戻り、普段は滅多に読まない新聞を開いた。

『A州立大で女子学生死亡　実験中の事故か
十七日夜、A州立大学理学部の実験室で、レベッカ・フォーダムさん（19）が倒れているのを学生らが発見し、通報を受けた救急隊が駆けつけたがすでに死亡していた。……』

長くもない記事を何度も、何度も読み返し——

そしていつしか、文字が滲んで読めなくなった。揺れ動く視界の中、涙が一滴、また一滴、新聞紙に染み込んでいった。

※

レベッカから封筒が届いたのは、その日の夕方だった。
入っていたのは、背表紙の擦り切れた何冊ものノートと、一枚のメッセージカード。
『誕生日おめでとう。日がずれちゃってたらごめんね。
私の、今いちばん大事なものを送ります。大切にしてね。　――R』
それが、彼女から私への最期の言葉だった。

※　※　※

（一九八三年三月十一日　Ａ州紙より）

『ファイファー教授墜落事故　原因究明難航

フィリップ・ファイファー教授ら六名の死者を出したＵＦＡ社のジェリーフィッシュ試験機墜落事故は、発生から一ヶ月が経過した今も事故原因が特定できず、真相究明が難航している。

事故当時、ファイファー教授は五名の研究員とともに試験機の航行試験に臨んでいたことが明らかになっている。しかし、ＵＦＡ社の気嚢式飛行艇部門発足当初から、教授らによるジェリーフィッシュの研究開発は徹底した秘密主義が貫かれており、試験機の詳細は今も明らかになっていない。実験ノート等の技術資料は事故の際に焼失したと見られており、現時点では不具合の有無さえ判明していない状況だ。「事故機の組立段階では異常は確認できなかった」（ＵＦＡ）ことから、専門家からは「電気系統のショートなどで火災が発生し、真空気嚢のリークに繋がったのではないか」との見方が出ている。……』

※

（一九八三年十月二十一日　Ａ州紙より）

『ジェリーフィッシュ論文に盗用疑惑
——航空工学会に激震　UFA、事業への打撃は必至
今年二月に事故死したフィリップ・ファイファー教授が十一年前に発表した、真空気嚢に関する論文が盗用であるとして、当時のA州立大の学生が二十日、特許商標庁に対し、UFA社の真空気嚢関連特許の無効を求める訴状を提出した。
訴えを起こしたのは、現A州立大学助教授のミハエル・ダンリーヴィー氏(36)。氏によれば、ファイファー教授の論文は、当時A州立大理学部に在籍していた学生の研究成果を無断で盗用したものだという。最近になってその学生の実験ノートが発見され、記載内容がファイファー教授の論文に酷似していることを知り、訴訟に踏み切った。関係者によれば「ノートの日付は論文発表の二年以上前であり、訴えが認められる可能性は高い」という。仮に認められれば、UFA社はジェリーフィッシュ関連特許を失うばかりでなく、「一億ドル単位」(関係者)の賠償関連費用を支払う事態になりかねない。
ファイファー教授の論文は、気嚢式浮遊艇『ジェリーフィッシュ』の基礎となるものであり、「航空界の歴史を変えた」と評されている。その論文が盗作だった可能性が浮上し、航空工学界には衝撃が広がっている。……』

エピローグ――一九八三年十一月十六日――

レベッカの墓石の前に花を添えると、私はしばし瞼を閉じ、頬を撫でる風に身を委ねた。

草と土、そしてかすかな潮の匂い。肌に降り注ぐ陽射しは柔らかく、そして木立のざわめきの他は、何ひとつ鼓膜を揺らすものもない。

レベッカとわずかな時を過ごしたA州の、灼けつく日光と砂の匂い、乾いた熱風の呻きが。

そして、吹雪の雄叫びの響き渡る、血腥(ちなまぐさ)さに満ちた雪の監獄が――

こうして目を閉じていると、まるで遠い別の世界のようだ。

――C州南部、レベッカの故郷に近い庭園墓地。

海の見えるこの小高い丘に、彼女は葬られていた。

……私は今、何のために祈っているのか。

復讐の成就、そして彼女の名誉が取り戻されたことを伝えたところで、レベッカはもう喜びも哀しみもしないのに、今さらこうして墓前に祈りを捧げることに何の意味があるのか。

決まっている。意味などありはしない。

これはただの儀式だ。

死者の思いなど何の関わりもなく、儀式はただ定められた形のまま、生者の記憶に物事の終わりを刻み込んでいくだけなのだ。

瞼を開く。誰の姿もない。ミハエル・ダンリーヴィーによる告発が世界に衝撃を与えてからしばらく経つが、ジェリーフィッシュの真の発明者であるレベッカ・フォーダムの名は、それが告発者の意思によるものなのかどうか、ニュースには流れていない。ましてや彼女の眠る場所を訪れる者など、自分の他には誰もいないようだった。

……その方がいい。彼女の眠りが、興味本位の群衆にかき乱されるよりはずっと。

足元の紙袋から、私はそれを取り出した。

——両の手のひらほどの大きさの、飛行船の模型。

最後まで渡すことのできなかった、彼女への誕生日の贈り物だった。

風に飛ばされぬよう、少し重めの台座を取り付けたその模型を墓前に置いて、私は立ち上がった。最後に再び黙禱を捧げ、墓石に背を向け、

「もういいの?」

身体が停止した。

二人の人影が、目の前に立っていた。

ひとりは紅い瞳の美女。燃えるような赤毛とスーツは、つい今しがたまで痴話喧嘩でもしていたかのようにだらしなく乱れている。

もうひとりは、スーツを寸分の隙もなく着こなした理知的な雰囲気の眼鏡の若者。髪の色や風貌は東洋系だ。

「もう少し名残を惜しんでもいいのよ。これが最後の別れになるかもしれないんだから」

「貴女たちは――」

「まったく、やっと現れてくれたわね」

赤毛の女は不敵な笑みとともに、黒髪の若者は静かな表情のまま、それぞれ身分証を掲げた。

――A州F署、マリア・ソールズベリー。同じく、レン・クジョウ。

「フィリップ・ファイファー他五名の殺害に関して、あんたに訊きたいことがあるわ。ちょっと署まで来てもらえるかしら、エドワード・マクドゥエル」

※

ついに眼前に捉えた犯人を前に、漣はしかし、軽い困惑を覚えずにいられなかった。

外見年齢は二十代前半。恐らく自分より若い。ごく自然に整えられた薄茶色の髪、穏やかな光を湛えた翡翠色の瞳。二人の警察官を前に、まるで懐かしい客を出迎えるかのような、物静かな笑みを浮かべている。

この、どこにでもいるような落ち着いた物腰の青年が、六名もの人間を惨殺した犯人――?

「『エドワード・マクドゥエル』、ですか」

青年が口を開く。「それは僕の名前ではありませんが」

「そうね。あたしもまさか、工作員でもない一般人が天下のUFA社に偽名で潜り込んでるなんて思いもしなかったもの」

マリアはポケットから一枚の書類を取り出した。「『氏名：エドワード・マクドゥエル／所属：ASシステムサービス株式会社／住所：A州P市※※通り』……UFAの総務課に提出された、派遣社員用の入構許可証申請書よ。有効期間は昨年九月からの半年間。

でもね。こんな名前の会社は存在しなかった。電話番号も住所も全部でたらめだったわ」

――『七人目』が存在したのなら、そいつは隠れ潜んでいたのではなく、ファイファー教授らの関係者として初めから居場所を確保していた可能性が高い。

マリアの閃き（ひらめ）から導き出されたその推論の下、漣はマリアとともに、UFA社で過去に発行された入構許可証の申請書類を当たった。泣き言を漏らすマリアをなだめすかしつつ、膨大な数の申請書について、氏名と会社名、住所、電話番号を確認し――そして、『エドワード・マクドゥエル』の名前に辿り着いた。

「もっとも、申請元の名義は技術開発部じゃなく、全然別の部署になってたけど。きっと、ネヴィル・クロフォード辺りが裏から手を回したのね」

申請書を社内の部署に出させるシステムゆえの陥穽だった。社内の人間が確認したのであれば大丈夫だろうということで、本来なされるべき申請書の精査が総務部では行われていなかった。

申請元であるはずの部署に確認したが、『エドワード・マクドゥエル』という名前の派遣者や出向者を受け入れた記録もなく、そもそも申請書が出されていたことすら認識していなかった。

「……その『エドワード・マクドゥエル』と僕にどんな関係が？　フィリップ・ファイファー教授たちの事故について訊きたいなどと言われましても、僕は」

「事故じゃないわ、殺人よ。あんたもよく知っての通り」

マリアは面倒くさそうに遮った。「とぼけるのはなしよ。あんたがファイファー教授と無関係だって言うのなら、どうしてレベッカ・フォーダムの墓参りなんかしてたの？　ミハエル・ダンリーヴィーの訴訟のニュースにも、彼女の名前は全然出てなかったのに」

青年がつい先程まで祈りを捧げていた墓石には、ひとりの少女の名が刻まれている。

――『*Rebecca Fordham　Nov. 16, 1950 – Jul. 17, 1970*』。

「彼女と生前に付き合いがあった関係者の面々には、ここには近付かないように言ってあるわ。あんたが静かにくつろげるように。

本当に苦労かけさせてくれたわね。待っても待っても来やしないんだもの。命日辺りか、それとも日を外してくるかとも思ってたら、まさか彼女の誕生日にとはね。……ま、そういう意外性は嫌いじゃないわよ」

青年の両眼が見開かれ――やがて表情が、子供の悪戯にしてやられたような、呆れを帯びた苦笑いに変わった。

今回の事件における最後にして最大の難問。それが、犯人の確保だった。

マリアの暴いた真相をもってしても、消えた犯人の行方は摑めない。それに対する赤毛の上司の方針は極めて単純だった。

(犯人は必ずレベッカの元に現れる。とっ捕まえるならそこよ)

……まったく、貴女という人は。

「彼女とファイファー教授に何の関係が、なんてごまかしはなしよ。こっちはもう、大体のことは解ってるんだから。あんたがどうやってあの雪山から脱け出したのかも。

もう一度言うわ。あんた――」

「ひとつだけです」

青年は人差し指を空に向けた。物静かな教師のような声だった。

「……は？」

「貴女が本当にすべてを把握しているのなら、僕に問うべき事柄はひとつしかないはずです。貴女は今から僕に、その正しい質問をして下さい。僕はその問いにしか答えない。他のことには一切、回答するつもりはありません」

参ったわね、マリアは首を振った。静かに青年を見据え、口許に再び不敵な笑みを浮かべた。

「それじゃ一個だけ。

あんた、誰？」

青年が息を止めた。

「犯行の手口を見れば、この事件の動機は明白だった。レベッカ・フォーダムの発明を奪い、命を奪い、栄誉と名声を奪った彼ら――ファイファー教授と研究員たちへの復讐。けれどいくら調べても、彼女とあんたを繋ぐ糸を見つけることはできなかった。

レベッカ・フォーダムの家族や親族、ミハエル・ダンリーヴィーをはじめとしたミーガン研究室のメンバー、その他友人知人――あらゆる交友関係をどんなに洗い直しても、事件当日に犯行が可能で、ファイファー教授たちの罪業を知ることができて、かつ、こんな複雑怪奇な計画を立てるほど復讐心に駆られそうな人物はどこにも見つからなかった。

改めて訊くわ。あんた何者？　レベッカ・フォーダムとは、一体どんな関係だったの？」

※

私は息を吐いた。――その質問で正解だ。

「他人ですよ」

赤毛の女の視線を受け止め、私は口を開いた。「十数年前、ショッピングモールの模型店でアルバイトをしていた少女と、その店に通っていた十歳の子供。ただそれだけの、赤の他人同士です」

※

――他人同士です。

ごく自然に紡がれたその言葉は、漣の脳をゆらりと揺さぶった。

アルバイト店員と、子供客……？

たったそれだけの関係でしかなかった相手のために、六人もの命を？

「……そっか、そういうこと」

マリアにしては珍しい、憐（あわれ）みとも痛みともつかない色が、彼女の瞳に浮かんでいた。「客（そっち）の方は盲点だったわ。レベッカのノートを手に入れられるとしたら、恋人か、学校の知人かバイト先の同僚くらいだと思ってたから。……彼女のノート、どうやって手に入れたの」

「答えられる質問はひとつだけ、と言ったはずですが」

「訊いてみただけよ。無理に答えなくてもいいわ。あんたとレベッカとの繋がりさえ解れば、ノートの入手経路はクロスワードの最後の空欄みたいなものだから」

「残りのマス目は埋まった、ということですか。

一体どのように？　クロスワードを力技で解くなんて、逆に尊敬に値しますが」

「馬鹿にすんじゃないわよ」

どっかの誰かみたいなこと言ってくれるわね。マリアは毒づいた。「言っとくけど、読み解ける鍵はちゃんと読み解いたわ。何の考えもなしに『エドワード・マクドゥエル』を探し当てたわけじゃないんだから」

「鍵？」

「サイモン・アトウッドの死体よ。

なぜこいつだけ首と手足を切断されてたの？　他の連中は余計な外傷なんて加えられてなかったのに。

他の生きてる奴らの目から、一時的にでも身元をごまかすため？　いいえ、それなら首だけちょん切ればいい。腕も脚も切断しなきゃいけない理由なんてどこにもないわ。そもそも、雪山に不時着したジェリーフィッシュの狭いゴンドラの中、いつどこで首と手足を切断できたっていうの？　見つかったら一発でアウトじゃない。

答えはひとつ――航行試験が始まる前の段階で、サイモン・アトウッドはとっくに殺されていたのよ。

雪山の中で死んだんじゃない。死体を運びやすくするために、あらかじめ首と手足を解体されて、クーラーボックスか何かに詰め込まれて試験機の中に運び込まれていたのよ」

つまり教授たち六人のうち、生きて航行試験に参加したのは五人だけだった。残る一人分の欠員を『七人目』が埋めていた。

「確証はありますか。貴女たちの言う『七人目』が本当に存在したという確証は。細かい状況は措くとして、五人だけで航行試験を進めていた可能性も否定はできませんよね」

「答え合わせのつもり？」

皮肉たっぷりの声でマリアが返した。「七人目ならいたに決まってるじゃない。でないと数が、合わないもの」

「数？」

「航行試験の間、技術開発部のメンバーは五箇所のチェックポイントで買い出しに降りたわ。ローテーションを組んでいたのか、姿を見せたメンバーはそれぞれの場所で異なっていた。……七人目がいなきゃ、そのローテーションが成り立たないと言ってるの」

「なぜですか？　五箇所なら五人で計算は合うはずですが」

「合うわけないでしょ。だってファイファー教授は酒浸りだったのよ。たぶんレベッカのノートで脅されてたせいだろうけど——そんな状態で買い出しなんてできるわけないし、店員にも絶対覚えられてたはずだし、第一、一番偉い教授が買い出しなんてするわけないわ。

つまり買い出しに出られたのは、五人じゃなく四人だけだったはずなのよ」

であれば、第一チェックポイントと第五チェックポイントには同じ人間が現れたはずだ。しかし実際には、前者がクリストファー・ブライアンで後者がネヴィル・クロフォード。別の人間だった。四人ではなく五人——技術開発部の六人からサイモン・アトウッドとフィリップ・ファイファーを引き、『七人目』を加えた五人でローテーションを回していたのだ。

『七人目』が降り立ったのは第二チェックポイントだ。店員は薄茶色の髪しか覚えておらず、漣たちも当初は最も外見的特徴の近いサイモン・アトウッドだろうと思い込んでいた。『七人目』も、自分の姿が記憶に残らないよう細心の注意を払っていたに違いない。

なら、その『七人目』は何者か。

UFA社名義のクレジットカードを使うことができたのなら、その人物は技術開発部からクレジットカードを預けられる程度には信頼されていたことになる。それはつまり、急遽(きゅうきょ)雇われた赤の他人などではありえない。技術開発部の新しいメンバーまたはそれに準じる立場として、相当な期間、彼らの元に入り込んでいたはずだ。

「なるほど」

感心したように青年が頷いた。「ですが、『七人目』が最初からメンバーとして認知されていたのなら、『七人目』の存在を示す証拠が彼らの周囲に残っていたはずでは？」

「ところが、そんな痕跡はなかったのよね。

執務室に『エドワード・マクドゥエル』の名札はなかったし、UFAや空軍に提出された試験計画書にも、参加者として書かれてるのは正規のメンバー六人だけだったし――まあ、技術開発部内向けの計画書には、サイモンの代わりにあんたの名前が載っていたんだろうけど――他の書類にも名前の記載は皆無。唯一の痕跡といえば、コンピュータやブースの指紋がごっそり拭い取られてたことだけど、これだってたまたま掃除をしてたとか、他の理由はいくらでも考えられる。おかげでこっちもすっかり騙されたわ」

「僕に、ですか」

「あんたにじゃないわ。技術開発部のメンバーによ。

新参者だったはずの『七人目』のあんたに、外向けの試験計画書なんか作れたはずがない。あんたの入構許可証も、名札の件もそう。すべては技術開発部――正確には、彼らの一部の人間が作り上げた計画だった。あんたはそのための駒として技術開発部に加えられたのよ。存在を消されることを前提に」

「計画？」

「夜逃げよ。

表向きは新型ジェリーフィッシュの航行試験。でもその真の目的は、U国外への亡命計画だった。新しい真空気嚢の開発に行き詰まっていたところへ、何者かからレベッカの実験ノートの複写を送りつけられて脅迫されて、どうにもならない状況に追い込まれた末の。

でもただ逃げるだけじゃ、国家機密を持ち出した犯罪者としてU国に追われることになる。だから彼らは事故を装うことにしたのよ――仲間の命を犠牲にして。

大雑把なシナリオはこんな感じかしら。――試験機が航行試験に出発。しかし途中で何らかの不具合が発生。自動航行プログラムが暴走するか真空気嚢が破れるか何かしてH山系に墜落。乗員のうち半数が死亡、残りの半数は機外に投げ出されるか、助けを呼ぼうと外に出るかして行方不明……とかね。

あんたはその死体役としてメンバーに加えられたのよ。――死体が丸焦げになってしまえば指紋も解らないし年齢差もごまかせる。そんな目論見（もくろみ）の下に」

青年の顔から表情が消えた。

「当然、こんな計画が技術開発部の全員に共有されていたはずがないわ。首謀者はたぶんネヴィル・クロフォード、レベッカと繋がりの深かったサイモン・アトウッド、あとはせいぜい一人か二人ってとこかしらね。残りのメンバーは、何も知らないまま生贄にされる手はずになっていた。残りの誰がどっちの陣営だったのかは推測に頼るしかないけど、ただの酒浸りと化してたファイファー教授が亡命組に入ってなかったのは確実ね。

亡命組にとって、後に残される死体の数は多いに越したことはなかったはずよ。可能なら全員、行方不明扱いじゃなくきっちり死んだことにしておきたかった。……けど、そんな身代わり役なんて都合よく確保できたはずがない。実際に選ばれたのはあんたひとりだけだった。

――それが全部、あんたの計画の内だったとも知らずにね」

マリアの放った言葉に青年が応えるまで、いくばくかの間があった。

「……つまり、ファイファー教授たちの事故は元々、貴女の言う『亡命組』が仕組んだことだった、と？　話になりませんね。なら、その『亡命組』はどうやって生き残るつもりだったのでしょう。航行試験にはメンバーのほぼ全員が参加したんですよね。墜落させる機体に自分たちも乗り込むなど、自殺行為としか思えませんが」

「あったのよ。始末したい面々だけを墜落死させて自分たちは安全に生き残る、そんな都合の良い方法が。あんたはその方法を利用して雪山を脱け出したのよ」

青年の瞳が静かに細められていくのを、漣は見て取った。

「この事件は矛盾だらけだった。生き残ってた七人目がいたはずなのにとても自力で脱出できそうになかったり、犯人が外部犯とも内部犯とも言えなかったり。

教授たちの試験機からしてそう。新素材の開発に成功してたのに、墜落現場に残されたのは従来の素材の真空気嚢だった。どうして？　元々ぶっ壊すつもりだったから？　そんなはずない。試験中の事故に見せかけるつもりなら、試験機にはちゃんと新素材の真空気嚢を使った方が確実だったはずよ。

でも彼らは使わなかった。……いいえ、違うわね。使わなかったように見えてしまった」

「なぜですか」

「簡単よ。

ジェリーフィッシュは、最初から二匹いたからよ」

沈黙が下りた。

「七人目が雪山を抜け出すには、焼失した試験機の他にもうひとつジェリーフィッシュを用意するしかないわ。けど、教授たちを雪山のあの場所に誘い込むには自動航行システムをいじるしかない。それができるのは教授たちの中の誰かだけ。七人目の存在ともうひとつのジェリーフィッシュは明らかに矛盾する——って、あたしたちも最初は思い込んでた。

でもね、答えはとても単純だった。

航行試験に使われた機体は一隻じゃない、二隻だった。あんたと教授たちはその二隻に半分ずつ分かれて乗り込んで、二隻揃って自動航行プログラムによってH山系のあの場所に不時着させられたのよ」

マリアは一枚の写真を掲げた。技術開発部の執務室に飾られていた写真だ。

——十年前、教授らがUFAに依頼して造らせた、ジェリーフィッシュのデモ機。

「UFAに問い合わせたわ。これが造られたのはUFAのジェリーフィッシュ事業が立ち上がる前。飛ぶかどうかも解らないゲテモノを、あくまで共同研究として造っただけ。ジェリーフィッシュ販売リストには載ってないの。しかもベンチャー買収前にはすでにファイファー教授の名義になっていて、会社の資産としては計上されてなかったらしいのね。

で、この機体は教授の元に引き取られた後、そのまま教授の別荘に保管されていたの。……事件の後、時限発火装置で全焼した別荘の、その庭に。

教授たちはこの写真のデモ機――ゼロ号機とでも呼んでおくわね――を密かにメンテナンスして、もうひとつの実験用の機体に仕立て直したのよ」

青年は答えない。

その顔に軽い驚愕と――懐かしい旧友に再会したような、静かな笑みが浮かんでいた。

U国で民間に出回っているジェリーフィッシュは約百機。それらの足取りをひとつひとつ追ったものの、H山系に近付いた機体はなかった。

一方、UFA社の工場には試験機や展示機は置かれていない。敷地の確保のために販売代理店に移されたと聞いて、ゼロ号機もどこかの代理店に展示されているのだろうと思い込んでいた。

だが、ゼロ号機は人類最初の真空気嚢式浮遊艇。歴史的な価値を持つ一隻だ。博物館で丁重に管理するか、でなければ生みの親の元に引き取られるのがある意味当然の成り行きだ。UFA側も特に所有権を争うことはしなかった。

「二隻が実験に使われた、ですか？　一体何のために」

「比較対照実験よ、新型と旧型の」

マリアはポケットから新たな紙を取り出した。

――新規および従来の真空気嚢素材の、電波の透過率を比較したグラフ。

「あたしもよく知らなかったけど、新しい材料の性能が優れてることを主張するときは、その材料のデータだけ示しても科学論文では意味ないのね。従来使われてた材料のデータも一緒に並べて、どれだけ優れているかを比べなきゃいけないの。

そしてそれは、『劣った部分がない』ことを示すときも同じ。

新型ジェリーフィッシュには新しい素材の真空気嚢が使われることになっていた。教授たちの航行試験は元々、新型と旧型の二つを同じ日、同じコース上に飛ばして、同じ条件下で両者の飛行性能に差が出ないかどうかを確かめるためのものだったのよ」

※

赤毛の刑事が言葉を切り、紅玉色に光る瞳で私を射抜く。

——正解だ。

二月六日、次世代機は航行試験に飛び立った。乗り込んだのは、ネヴィル、クリス、そしてリンダの三人。

残りのメンバー、自分とファイファー教授とウィリアムは、対照実験として別の場所から旧式のジェリーフィッシュに搭乗し、ネヴィルたちとほぼ同じコースを飛ぶことになっていた。

※

「『亡命組』は、この比較対照実験を隠れ蓑(みの)に、裏では全く別の計画を進めていた。始末したい面々を一方の機体に、自分たちをもう一方の機体に振り分けて、前者だけを墜とす。そして自分たちは一緒に死んだことにして、安全に逃げ延びる——これが『亡命組』の目論んでたことだった。けど見事に失敗した。

その計画をあんたが乗っ取ったからよ」

斬りつけるようなマリアの声を、漣は畏怖にも似た思いで聞いた。

犯人は『亡命組』の仕掛けた罠を掻い潜り、逆に罠を仕掛けた。二隻の自動航行プログラムをさらに改竄し、両方を雪山の同じ場所に不時着させ、誰の邪魔も入らない場所で教授たちの命を奪った。全員の死体を片方のジェリーフィッシュに集め、艇内の自分の指紋を消すために火を放ち――もう片方のジェリーフィッシュで雪山を脱け出した。これこそが赤毛の上司の見抜いた真相だった。

現場に残された真空気嚢にステルス性能が確認できなかったのは、それが旧式の――ゼロ号機のものだったからだ。

「それは変ですね。二隻並んで航行していたのなら相当目立ったはずです。チェックポイントでも、二隻が停泊していたら他の客の記憶に残らないはずはないと思いますが」

「もちろん『全く同じ』じゃないわ。コースは多少ずれていただろうし、少なくとも地上から二隻一緒に見られないよう、一〇〇キロメートルくらい間を空けて飛んでいたはず。時間で言えば一、二時間くらいね」

試験機の飛行高度が通常より低かった本当の理由がこれだった。ただ単に目撃される確率を下げるためだけではない。同一地点から二隻が同時に見えないようにするために。

むろん、通常と同じ高度で飛行した場合でも、二隻の間隔をさらに広げれば同時に目撃されることはない。だがあまりに間隔が開きすぎると両者間の通信ができなくなる。教授たちは軍から通信機を支給されていたという。ジョンによれば、通信無線の伝達範囲は一〇〇キロメートル。その範囲内で二隻同時に視界に入らない限界の高度、それが地表二〇〇メートルという値だった。

「チェックポイントも同じよ。着陸したのは一箇所につき一隻だけ。外見が全く同じ新旧二つのジェリーフィッシュを、片方は奇数番目、もう片方は偶数番目のチェックポイントに交互に着陸させて、さも飛んでいるのは一隻だけであるかのように見せかけていたのよ」

青年の瞳が驚嘆の色に染まった。

各チェックポイントに現れたメンバーは、それぞれの地点で異なっていた。その意味を漣は当初、あらかじめローテーションを組んでいたのだろうとしか考えなかったが、それこそが彼らの狙いだった。『一隻のジェリーフィッシュに六人が乗っていた』と誤認させるための。買出しの食材の量も本当は『六人で各一食分』ではなく、『三人で各二食分』だった。

部屋割りも同じだ。ジェリーフィッシュのゴンドラに客室は三つ。二段ベッドを使って三×二＝六人が一隻に寝泊まりしていたものと、最初は漣もマリアも思い込んでいた。だが実際は一部屋に一人、三部屋×二隻で六人だった。

『ジェリーフィッシュは最初から二隻飛んでいたのかもしれない』――マリアのその閃きの下、漣たちは教授たちの試験機の目撃情報を一から吟味し直した。

結果は劇的だった。定規とコンパスを駆使し、目撃情報を地図に書き込んでいったところ、矛盾だらけだと思われた証言の中から、二隻分の航跡が朧げに浮かび上がった。

「……飛行していたのが二隻だったという、明確な物証はありますか」

「試験機の残骸は、H山系の一角の、岩壁から張り出した岩盤の軒下で見つかったわ。
問題はその位置。岩盤は岩壁に沿って南北一〇〇メートルほどの距離で張り出してたんだけど、
ジェリーフィッシュの残骸が転がってたのは、その南寄りだったのよ。
どうして？　雪風を少しでも凌ぎたいなら、軒下の真ん中に繋留させるのが普通でしょ」

答えは単純。軒下に避難していたのが一隻ではなく二隻だったからだ。焼け焦げた残骸となっ

た方が南側に、消えたもう一隻が北側に、並んで繫留されていた。

二隻目の停泊していた痕跡は、発見されるまでに雪風で均(なら)されてしまっていた。現場検証の時点でも、自分たちは皆、残骸の近くのハーケンにしか気が回らなかった。しかし雪解けの後でもう一度よく調べた結果、軒下の北側にも二隻目のものと思しきハーケンの跡が発見された。

――レン。別荘の中から、誰かの死体とか見つかった？

別荘の検分の最中、ガレージに残されていた自動車を見ながらマリアは訊いてきた。彼女の問いの真意を最初は漣も量りかねたが、少し考えればその疑問は当然だった。ガレージに自動車があるのなら、別荘には誰か人がいるはずだ。だが、自動車の持ち主は別荘の中や周囲のどこにも見つからなかった。

どこへ消えたのか――答えは単純だった。もうひとつのジェリーフィッシュ、ゼロ号機に乗り込んだのだ。

別荘の庭は野球場ほどの広さがあった。かつて世界一周航行を達成した旅客飛行船は長さ二三七メートル、野球場二つ分。対してジェリーフィッシュは幅四〇メートル、野球場の三分の一だ。駐機スペースは充分ある。

しかも教授の別荘が建てられていたのは人里離れた森の奥。周囲には背の高い巨木が生い茂り、外界から視覚的に遮断されていた。ジェリーフィッシュが保管されていたことも、そのジェリーフィッシュがどこかへ消えてしまったことも、近郊の住人は誰も気付かないままだった。

もっとも、ゼロ号機を当時の状態でそのまま使えたわけではない。比較対照実験の精度を上げるため――という名目の下、自動航行システムと、ゴンドラや橋脚の外壁に貼り付けるための戦闘機用ステルス性素材を追加する必要があった。

自動航行システムは外付けタイプで、テスト品が何セットか造られている。そのうちの一個が密かにゼロ号機に転用された。

戦闘機用ステルス性素材についても、ジョンによれば必要量の二・五倍が支給されたという。真空気嚢用の新素材の検討で消費されたのでも横流しされたのでもない。次世代機とゼロ号機、二隻分が必要だっただけなのだ。

――機体のデザインは、デモ機の時点でほぼ完成していました。

カーティスの証言を思い出す。量産機のデザインはゼロ号機と同じ。一方、次世代機の橋脚は量産品のそれを流用していて、ゴンドラは内装しか変更されていない。ゼロ号機と次世代機は、見た目は全く同じ形状をしていた。橋脚とゴンドラに同じようにステルス性素材を貼り付ければ、色も含めてそっくりな二隻の機体が出来上がる。

「教授の別荘が燃やされたのは、そこがゼロ号機のメンテナンスと改造のベースキャンプになっていたから。資料とかあんたの指紋とか、細かい証拠がたっぷり残ってたからよ。

『亡命組』は、このゼロ号機に罠を仕掛けた。自動航行プログラムを改竄するとか、エンジン周りの見えないところに時限発火装置を仕掛けるとか。航行試験が終盤に差し掛かったところでこれらの罠が作動し、『生贄組』がゼロ号機もろとも奈落に落ちるように。

――もっとも、それらは全部あんたの手で外されちゃったわけだけど。別荘を燃やすのに使われた時限発火装置って、元々ゼロ号機に仕掛けられてたものなんじゃない？」

青年は答えない。マリアは続けた。

「航行試験にジェリーフィッシュが二隻使われることは、技術開発部の外部には徹底的に隠された。提出用の試験計画書にも、ゼロ号機のことなんか一文字も書かれてなかったしね。……製造部や空軍をはじめとした外部の人間は、教授たちが次世代機一隻だけで航行試験に臨んだものと思い込まされた。

技術開発部のメンバーは当然真実を知っていた。けど生贄組の面々は、今回の航行試験が新旧二隻のジェリーフィッシュを使った比較対照実験だと信じて疑わなかった。二隻を一隻に見せかけることも、軍事機密を守るためということで納得してしまった。――試験計画書も、念には念を入れて一隻バージョンのしか配られなかったんじゃないかしら。

すべてを知っていたのは亡命組の連中だけだった。彼らはゼロ号機を事故に見せかけて墜落させて、次世代機を手土産にU国外へ亡命する計画だった。

――それらのすべてを、あんたはさらに利用したのよ。

まったく、よくもまあこんな複雑な計画を実行してのけてくれたものだわ。本当に何者よあんた？　誰も彼も手玉に取ってくれちゃって。いくらレベッカのノートがあったとはいえ、教授たちのところへ潜り込むのも大変だったでしょうに」

※

……参ったな。

赤毛の警部に追い詰められた私の、それが偽らざる心境だった。

買い被りすぎだ。すべてをこの手で操れるほど自分は万能の存在ではない。私が今この場に立っているのは、多くの運と成り行き――言ってみればただの物理現象のようなものだ。

そう――運命の歯車はあの日、サイモン・アトウッドと十数年ぶりの邂逅を果たしたときに回り出した。

レベッカの死から何週間か後、今度は私を引き取った遠縁の夫婦が、仕事の都合で他の州へ引っ越すことになった。

私は彼らとともにA州を後にした。レベッカとの出逢いからわずか数ヶ月後の出来事だった。レベッカの店で買ったいくつかの未開封の模型と、彼女の実験ノート。それが、私の手に残されたレベッカとの思い出のすべてになった。

新たな引越し先で、私はできる限り普段と変わらない素振りを続けた。が、親戚夫婦の目には私の変化は明らかだったらしい。腫れ物に触るような扱いはますます顕著になった。立て続けに環境を変えさせてしまったことが良くなかったのだろうか——二人がそんな会話を交わすのを、私は何度か耳にした。

レベッカがなぜ、私に真空気嚢の実験ノートを託したのかは、今も解らない。

ファイファー教授らが他人の研究を奪い取る連中だということを、薄々察していたのだろうか。ミハエルでなく私が選ばれたのは、教授らの手から可能な限りノートを遠ざけておきたかったためなのだろうか、それとも、同じ飛行機好きのよしみだったのか。

答えは出なかった。私にできるのはただ、ノートに遺された彼女の思考の軌跡を、なけなしの力をかけて読み解いていくことだけだった。

レベッカの輝かしい発明のすべてを理解するまでに、十年以上の年月が必要だった。

進学先の大学にA州立大を選んだのは、だから、私にとってある意味必然の選択だった。

およそ八年振りにA州へ戻ってきた私を待っていたのは、あの頃と同じ灼熱(しゃくねつ)の暑さだった。

A州立大学近くのショッピングモールも、その賑わいは全くあのときのままだったが、店舗の顔ぶれは大きく様変わりしていた。

レベッカの働いていた模型店は姿を消し、跡地には別の店が入っていた。

隣の店の従業員によれば、模型店は四、五年前に閉店したという。模型の並んでいた棚は、小綺麗な女性ものの時計が陳列されたショーケースに変わっていた。


A州立大学の中にも、レベッカの名残を留めるものはほとんど無くなっていた。

彼女が命を落としたという理学部化学科棟を、一度だけ覗いてみたことがある。何の変哲もないただの化学実験室だった。彼女の所属していたという研究室もすでになく――すべては八年以上の歳月に厚く上塗りされてしまっていた。

唯一、図書館に置かれた学内広報紙の当時のバックナンバーが、事故の様子と彼女の人となりとを、大きく紙面を割いて伝えていた。

彼女の研究室の先輩――ミハエル・ダンリーヴィー――が、研究者として化学科に残っていることも、学内の資料を調べて知った。が、彼を訪ねる気にはなれなかった。仮に話を聞いたとしても、そこで語られるレベッカはミハエルにとってのレベッカでしかない。それに、彼の話を聞いてしまったら、今度は自分とレベッカとの話をしないわけにはいかなくなる。それはなぜか激しい拒絶を伴うものだった。

そうやって、ただ彼女の影を追い求める日々が続いていた頃、航空工学科の掲示板に貼られた一枚のビラが私の目に留まった。

『特別講義「気嚢式浮遊艇の開発と展開」——講師：サイモン・アトウッド』

その講義で、私はサイモン・アトウッドに再び見え、——そこで語られた内容が、レベッカの実験ノートに記されていたものと全く同じであることを知った。

誰かの手を借りようという考えは、最後まで思い浮かばなかった。借りるのは、消されるべき六人自身の手と、自分の力だけ。それが、レベッカを救えなかった私にとっての、必然の結論だった。

講義の後、私はサイモンに近付き、熱心な学生を装っていくつかの技術的な質問を行った。『エドワード・マクドゥエル』という偽名を使い始めたのもこのときだ。偽名の由来は大したものではなく、単に当時の同期生の姓名を適当に組み合わせたものだった。

模型店でレベッカと話をしていた子供のことを、サイモンは微塵も記憶していなかった。研究テーマの参考にしたいという私の出まかせに何の疑いを向けた様子もなく、サイモンは淡々と、しかし自尊心をくすぐられたように、レベッカのノートの記述を微塵も上回ることのない答えを返した。

頃合を見計らい、私は無知を装ってサイモンに爆弾を投げた。

——どのような経緯でそのような合成法を発見されたのですか。航空工学は化学合成にも精通しなければならないとは知りませんでした。

サイモンの瞳に一瞬、しかし大きな揺らぎが生じた。

口ごもり気味にはぐらかすサイモンに、それでも私が納得の素振りで頷いてやると、彼の表情は安堵に転じたが、その瞳にはかすかな警戒感が残っていた。

……有罪。

私はサイモンに夕食に誘われた。私の質問の真意を探るためだろう、サイモンは遠回しに、私自身や十年前のレベッカの事故死のことを尋ねた。

——ずっと田舎町暮らしだったので、この街の大きさには目を回しています。両親が生きていたら見せてやりたかったな。

——そんな事故があったらしいことは聞きました。理学部か薬学部でしたっけ。

不自然にならぬよう注意しつつ、私は知らぬ存ぜぬを通した。杞憂だとようやく確信を持てたのか、サイモンはあからさまに安堵した顔で四杯目のビールを注文した。

酔い潰れたサイモンの代わりに、私は彼の自動車のハンドルを握り、自宅まで送り届けた。A州立大学から南へ下った高級住宅街の一角に、サイモンはひとりで暮らしていた。

ガレージに自動車を停める頃には、サイモンは後部座席で深い眠りに落ちていて——中身の詰まった鍵付きの鞄を、腹の上に抱えていた。

サイモンの目を覚まさぬよう、私は慎重に鞄を抜き取った。彼の上着のポケットを探り、小さな鍵を見つけて鞄を開錠した。

彼らが空軍からステルス型ジェリーフィッシュの新規開発を依頼されていること、その開発に行き詰まっていることを、私は鞄の中の書類から知った。

翌日、私は、サイモンから貰った名刺を頼りに彼へ電話を入れた。

夕食の礼を述べ、身体の具合を尋ね、今後も研究についてアドバイスを貰えないだろうかと問うと、サイモンは、初対面の学生にタクシーの真似事をさせてしまったことを少しは気に病んでいたのか、差支えない範囲ならと了承の返事を寄こしてきた。

こうして私は、サイモンとの個人的なチャンネルを手に入れた。

彼の技術指導――と呼べる内容のものではなかったが――を受けつつ、私は、ファイファー教授の元研究室に関する情報を、長い時間をかけて少しずつ引き出していった。そして頃合を見計らい、ひとつの要望を持ちかけた。

――貴方たちの仕事場を見学させていただけませんか。ジェリーフィッシュの製造や開発がどのように行われているか、是非見てみたいと思いまして。

気嚢式浮遊艇に興味を持つ学生が、実際の製造現場や研究施設を見学したいと思うのは不自然なことではない。サイモンは、製造部の見学は快諾したが、技術開発部の方は予想通り、機密を理由に返答を渋った。私は怪しまれない程度に、研究に携わる者として最先端の研究現場を見てみたいのだと頼み込んだ。

結局、サイモンは折れた。あまり頑なに拒むのは逆に怪しまれかねないと判断したのかもしれない。他の研究員のいない日曜日、私は就職活動中の学生という立場で、孵化棟をはじめとした製造現場の見学を行い、ついに、技術開発部の建屋へ侵入を果たした。

見るに値する場所ではなかった。彼らの実験室は、ジェリーフィッシュの研究開発の最前線と呼ぶにはあまりに貧弱だった。

機会は思いの外早く訪れた。会議室での休憩中に、サイモンが手洗いに立った。

用意したドライバーでコンセントの蓋を外し、盗聴器を仕掛け、再び元に戻すまでに二分もかからなかった。


準備を整えたところで、私は最初の脅迫を開始した。

目的は大きく四つ。純粋に教授らへ精神的苦痛を与えること。彼らの反応を観察しその罪を量ること。計画に必要な資金を確保すること——そして、R国の影をちらつかせ、彼らを追い込んでUFAや空軍への離反行動を促すこと。

彼ら全員と接触するには、彼らの側から何らかの行動を起こさせることが必須条件だった。

空軍の検閲や監視には十二分に用心し、新聞配達を装って、脅迫状入りの封筒をフィリップ・ファイファーの自宅の郵便受けへ放り込んだ。サイモン、そして技術開発部の中核と思しきネヴィルとクリスにも、同様に脅迫状を送りつけた。

——貴様のせいだ、クロフォード。

——どうす……ネヴィル——クリスの言う通……早く手を打たないと——そんなことは解って……サイモン、お前は黙って——

効果は予想以上だった。教授の錯乱したような怒声を、元研究生たちの恐怖を滲ませた口論を、私は盗聴器越しに聴いた。

——君、うちの会社(UFA)に興味はないか。

一ヵ月後、サイモンはどこか張り詰めた雰囲気で、私に暗く澱んだ微笑を投げた。

私が技術開発部の一員となったことは、社内的にも対外的にも巧妙に隠蔽（いんぺい）された。この時点ですでに、彼ら——というよりもネヴィル——は計画の青写真を描いていたらしい。脅迫からわずか一ヶ月でここまで思い切った動きを見せたのは少々意外ではあった。私というう ってつけの死体役を、早めに確保しておこうという意図が働いたのかもしれない。

ＵＦＡでの私の行動を保証するのは、偽名で作られた半年期限の入構許可証一枚だけ。他の社員や部外者と接触を持つことは禁じられた。それは、技術開発部と最も近い関係にあったはずの製造部についても同様だった。

『軍との機密保持契約（ＮＤＡ）上の制約』という、全く意味不明な理由を盾に、正式な労働契約書すら結ばれなかった。無知な学生なら騙し切れるとネヴィル辺りが踏んだのかもしれない。もっとも、履歴書を提出せずに済んだことはこちらにも好都合ではあった。

彼らの目的を知りながら、私は無知を装い続けた。技術開発部の建屋から一歩外に出れば、そこにいるのはただの、ＵＦＡ社に出入りする多くの業者のひとりに過ぎなかった。何千人という従業員たちの集まる工場の空の下、私はただ孤独だった。

自動航行システムの開発業務を割り当てられたのは僥倖（ぎょうこう）だった。

誰の邪魔も入らない場所へ、技術開発部の面々をいかに誘い込むかは、今回の計画の大きな問題のひとつだった。その難題を労せずして解決できる目処がついたことで、計画は形をより鮮明にしていった。

その頃にはもう、表向きの航行試験のルートはほぼ確定していた。私は地図と首っ引きで、彼らの最後の舞台にふさわしい場所を探し、程なくH山系の、恐らくは大昔の地盤沈下の名残と思われる窪地を選び出した。

コンピュータの扱いとプログラムのノウハウは、大学の研究室で数値シミュレーションを齧ったことで自然と身についていた。

計画の本番になれば、恐らく真っ先に私が疑われるであろうことは予想できた。だからコンピュータには敢えてパスワードをかけず、メンバー全員の共用として使えるようにしておいた。彼らの側から何かしらの罠を仕掛けてくることも充分想定できたし、現にその通りになった。

その間、彼らへの脅迫を続けることも忘れなかった。

送金先のS国の銀行口座は、便利屋を介して意外と簡単に作ることができた。彼らの動向を摑めるようになってからは、脅迫状を送りつけるのもずっと簡単になった。R国の工作員を装いながら、私は彼らを少しずつ一定の方向へ追い込み——そして彼らの恐慌と焦燥が頂点に達したのを見計らい、止めの一撃を放った。

『添付の書類に関し貴殿らの助力を賜りたい。
ついては期日内に、貴殿らの気嚢式浮遊艇を指定の場所へ移送願う。……』

『亡命組』の面々——ネヴィル、クリス、サイモン——にとって、『生贄組』のジェリーフィッシュを墜とした後にどうやってU国外へ安全に脱出するかは、未だ最大の懸案事項だった。私の投げた毒入りの餌——R国がジェリーフィッシュを奪おうとするのに乗じて、亡命の受け入れを交渉する機会――に、彼らは何の疑いもなく飛びついた。

ネヴィルが航行試験の日程を確定させたのは、その数日後だった。

その裏で、私はサイモン・アトウッドとは個人的な接触を保ち続けていた。彼らの計画からすれば、技術開発部の外で私が彼らと共にいるところを目撃されるのは避けたかったに違いない。サイモンが私と差し向かいで話すのはいつも、誰もいなくなった技術開発部の執務室か、教授の別荘か、クリスの父親の廃工場か、でなければ名も知らぬ薄暗いバーの一角に限られていた。

――サイモン、どうしました。疲れているようですが。

航行試験の三日前、何食わぬ顔で私は尋ねた。この頃のサイモンの疲弊(ひへい)ぶりは、酒に逃げたファイファー教授や、少なくとも外見は平静を装っているネヴィル、どこか投げやりになった感のあるクリスと比べても著(いちじる)しかった。

何でもない。いやとてもそうは見えませんが。短い押し問答の末、サイモンは言葉を濁しつつ、本当にネヴィルの方針でいいのか、といったことを語った。

最後の素体の育成も終え、次世代機は組立後の調整が大詰めを迎えていた。審判の日を目前にして、サイモンが良心と恐怖の間で押し潰されつつあるのは明白だった。

……さて、どうするか。

サイモンの苦悶には何の同情も湧かなかったが、例えば、捨て鉢になった彼が土壇場でネヴィルらを裏切り、『生贄組』の前で計画を暴露してしまう――といった事態に陥るのも、この期に及んではあまり好ましくない。

しばし考えた末、敢えてこちらから背中を押してやることにした。私はサイモンに、しばらく休みを取ったらどうかと提案した。

長い沈黙の後、そうだな、とサイモンは弱々しく笑った。

翌日――航行試験の二日前、執務室でのミーティングのさなか、サイモンは体調不良を理由に航行試験の不参加を告げた。

何も知らないリンダとウィリアムは、突然の宣言に面食らった表情を浮かべつつ、暢気(のんき)にサイモンへ気遣いの言葉を投げていた。教授は別室で酒に溺れていた。ネヴィルとクリスは緊張を孕んだ表情で顔を見合わせ、やがてネヴィルがサイモンを会議室へ連れ込んだ。

――どういうつもりだサイモン……さか裏切る気では……

――そんなつもりは……ただ、考える時間を……

会議室から出てきたネヴィルは、何か思い詰めたような顔を崩さなかった。その日、彼は普段より早めに仕事の切上げを宣言し、サイモンと二人、足早に職場を出た。

私も帰路に就くふりをして、密かに二人の後を追った。

私の他に、ネヴィルとサイモンを追う自動車はなかった。空軍が彼らの護衛に就いている可能性もあったが、そんな気配もなかった。彼らの方から護衛を拒んでいたらしいと知ったのは、すべてが終わった後のことだった。

二人が向かった先は教授の別荘だった。

それぞれが各々の思いに囚われていたためか、サイモンもネヴィルも私に気付いた様子はなかった。彼らが教授の別荘に入る道へ曲がったのを確認すると、私は自動車を森の陰に隠し、別荘までの長い道を歩いた。

正門に辿り着き、中を覗き込んだ私の視線の向こう——

巨大なゼロ号機の下で、ネヴィルは、事切れたサイモンの身体を森へ引きずっていた。


屋敷の裏手からしばらく歩いた森の奥の土の中に、ネヴィルはサイモンの死体を埋めた。

庭に引き返し、シャベルの泥を洗い落とし、物置の中に放り込むと、ネヴィルは自動車の中からフロッピーディスクを取り出し、ゼロ号機のゴンドラの中へ消えた。懐中電灯の光が、操舵室の窓を揺れ動いていた。

ゴンドラから出ると、ネヴィルは幽鬼のような顔で周囲を一瞥し、自動車に乗り込んで走り去った。木の陰に身を潜めていた私に最後まで気付くことはなかった。


ネヴィルが、この日の夜、教授の別荘でサイモンを殺害したのには、恐らく彼にとって充分過ぎるほどの必然性があったに違いない。

人目につきにくい場所が教授の別荘しか思い浮かばなかったこと。ゼロ号機の自動航行プログラムを改竄するため、いずれにせよ教授の別荘へ向かう必要があったこと。その機会が日程的に残り少なくなっていたこと。

サイモンが計画からの離脱を示唆すれば、『亡命組』の他の二人、ネヴィルとクリスがどんな行動に出るかは、およそ察しがついた。しかし、百パーセントの確信があったわけではない。ネヴィルがこれほど早く、これほど簡単にサイモンの口を塞いだのは、実のところ少々意外であり、有り体に言えば失敗だった——私ではなく、ネヴィル自身の。

彼らは、自分のために他人の命を奪うことを厭わない。

レベッカの命もそうやって奪ったのだと、ネヴィルは私の眼前で証明してしまったのだ。


長い静寂が過ぎた。ネヴィルが引き返してこないのを確認すると、私は物置のシャベルを取り、サイモンの死体を掘り起こした。

苦悶に象られた形相と、首の周囲に刻まれた紐の痕が、月光にぼんやりと映し出された。

罪悪感に駆られることも、恐怖を覚えることもなかった。感じたのはただ、レベッカと教授らとを引き合わせてしまった男への、わずかな憐みだけだった。

冷たくなり始めた死体を屋敷まで担ぎ、合鍵を使って運び入れ、服を脱がせて浴室に寝かせ、土を洗い落とし、包丁と鋸を使って首と手足を切断した。

後にチェックポイントで『サイモン』も姿を見せる手はずになっていることを踏まえれば、彼の死体は試験機の中で発見される方が望ましい。それに、サイモンの死体には他にも使い道がある。

別荘には、教授の酒類を保管しておくためのクーラーボックスが事前に運び込まれていた。それと元々の別荘の備品を合わせた二つにサイモンの死体を分けて入れ、氷を一緒に詰め終える頃には、時計は深夜をとうに回っていた。


当初の実験計画では、ゼロ号機に教授、ウィリアム、リンダ、そして私の四人が、次世代機にはネヴィル、サイモンおよびクリスの三人がそれぞれ乗り込むことになっていた。

だがサイモンが消え、人数バランスが四対二と崩れてしまったことで、ネヴィルは建前上の人数調整のため、『生贄組』から一名、『亡命組』へ引き抜かざるをえなくなった。

その一名にリンダが選ばれたのは、ネヴィルの深層心理を垣間見るようで興味深くはあった。あるいは、リンダの身体をR国の工作員への手土産にするつもりだったのかもしれない。いずれにせよ、ゼロ号機の実働要員は私とウィリアムの二人だけになった。ウィリアムの——教授は酒を飲むか眠りこけていた——目を盗みつつ、私はサイモンの死体入りのクーラーボックスをゼロ号機のゴンドラに運び入れた。

ネヴィルの手で上書きされた自動航行プログラムを、別に用意したプログラムで再度上書きし、非常用のフロッピーディスクはダミーのものに入れ替えた。緊急停止スイッチも殺した。次世代機の方はすでに細工を済ませていた。自分たちの次世代機に手が加えられていることを、『亡命組』の面々は想定している気配もなかった。


様々な思惑を抱えながら、ついに航行試験は始まった。

出発から二日目の夜までは、特に大きな動きはなかった。次世代機とゼロ号機とは互いに無線機で状況をやりとりし、見かけ上は穏便に航行試験を進めていた。

私にとって、この時点で最も気を使う必要があったのは、第二チェックポイントでの買出しだった。

本来、私は技術開発部には存在しない人間だ。売店の客や店員に顔を覚えられるのは好ましくない。かといってサングラスやマスクで顔を覆えば逆に注意を引く危険がある。幸い、私は髪の色や瞳の色、背格好がサイモンに似ていたので、外に出るときは髪型と服装をサイモンのそれに似せ、振舞いもそれらしくなるように心がけた。

もっとも、顔を覚えられたところで計画の根幹に支障が出るわけではなかったが——私の容貌はさほど人目を引くものではなかったようで、客は私ではなくジェリーフィッシュにばかり目を向けていた。レジの店員も、ひっきりなしに出入りする客を捌くのに忙しかったらしく、レジの前に立った私に露骨な好奇の視線を向けたりはしなかった。

サインの不要な社用クレジットカードを会計に使ったのは、ネヴィルからの指示だった。技術開発部の痕跡を残しつつ、私の筆跡や指紋を残さないための、それは巧妙な方法だったが、それが必ずしも彼ら自身の計画にのみ好都合とは限らなかったのだと、ネヴィルは最期まで気付くことはなかった。

無事に買出しを済ませた後、私は最後の脅しとして、レベッカのノートの複写の入った封筒を教授に手渡した。

「先程外に出たときに、ある方からこれを託りました。顔を伏せていたので容貌は解らなかったのですが……お知り合いですか」

教授は顔を青ざめさせ、ひったくるように封筒を奪い取ると、客室の扉を乱暴に閉めた。

いずれ計画が進めば、レベッカの複写は彼らを追い詰める際の大義名分になる。この時点で敢えて教授の目に触れさせたのは、『お前は逃げられない』と教授に恐怖を与えることと、後で証拠品として残ったときのために教授の指紋を付けさせるためだった。

フィリップ・ファイファー教授を最初の犠牲者に選んだのは、単なる消去法の産物だった。

ある理由により、一人目の殺害は自動航行プログラムの罠が発動する前に済ませる必要があった。『亡命組』の面々にまで容疑を広げるには、毒殺が最も適している。教授とウィリアムのうち、毒殺を最も自然な形で行えるのはファイファー教授の方だった。

　早朝五時、ウィリアムがまだ起き出してこないのを確認し、私は合鍵で教授の眠る二号室に入った。

　教授はうなされていた。恐怖を紛らわせるためだろう、枕元には中身の残った酒瓶が転がっていた。私はそれを拾い上げると、蓋を開けてシアン化ナトリウムを溶かし、教授の肩を揺すった。

「起きて下さい。もうすぐ次のチェックポイントです。朝食の時間ですよ」

　不機嫌な声を発しながら、教授はのろのろと身を起こした。鍵をかけたはずの部屋に私がいることも、今が朝食にはいささか早すぎる時間であることも、まるで把握できていない様子だった。私が差し出した毒入りの酒瓶を、教授は何も疑わずひったくり、そのまま口に運んだ。

　それがフィリップ・ファイファーの命脈を絶った。

　苦しみ始めた教授を置いて、私は廊下へ出た。ドアを開けたまま教授の様子を眺める。喉を掻き毟り、吐物を撒き散らし、掠れた呻きを上げながら、教授はドアの外に佇む私へ向かって這いずり——私の足を掴もうと腕を伸ばし、そのまま力尽きた。

　最後まで見届けた後、私は扉から手を放した。教授の手首がドアの隙間に挟まった。

　ウィリアムが死体を発見したのは小一時間後だった。彼の狼狽（ろうばい）ぶりは滑稽を通り越して哀れですらあった。

　二時間後、幹線道路から離れた人目のない荒野に、技術開発部のメンバーは緊急集合した。

　H山系に入る前に教授を殺害したのはこのためだった——緊急事態を名目に、次世代機とゼロ号機を同じ場所に集めるための。

『亡命組』の計画では、この辺りで名目上のコースを離れ、国外逃亡を図るはずだったに違いない。だが教授が殺害されたことで、彼らは少なくともゼロ号機が墜落するまでの間、『生贄組』と行動を共にせざるをえなくなった。

航行試験の中止を求める声も当然上がったが、結局、ネヴィルの一存で続行が決定した。空軍に偽の日程まで伝えてしまった──このことは盗聴で知った──以上、中断という選択肢がネヴィルに存在しないのは明白だった。

恐ろしいほどに想定通り、二隻のジェリーフィッシュは航行を再開し──罠が発動した。


窪地へ無事に不時着できるかどうかは、正直なところ賭けの要素が強かった。

直前の天気予報では、H山系はすでに吹雪を伴う荒天に入りつつあった。自動航行プログラムは風力をはじめ各種計器の値を取り込むようになっていたが、事前の動作確認など望むべくもなく、想定通り動いてくれるかどうかは文字通り天の采配に任せるしかなかった。

幸い、風もそこまで荒れてはおらず、数百メートルの誤差内で二隻は窪地に降り立った。

岩壁に衝突するなどして、物理的に航行不能になる事態も充分考えられたが、二隻のうち一隻でも生き残っていれば計画上は何の問題もない。最悪のケースに陥る可能性は、思うほどには大きくないと判断していたし、事実、賽はほぼ理想に近い目が出てくれた。

一隻をウィリアムとクリスが、もう一隻をネヴィルと私が岩陰に繋留し終える頃には、周囲は寒気と暗闇に覆われつつあった。

救助を待つまでの間は、全員がゼロ号機で過ごすことになった。

燃料に限りがある以上、二隻に分かれて暖を取るのは非効率だ。本来は、教授の死体のあるゼロ号機へ三人が移るより、設備の新しい次世代機に二人が行く方が自然なはずだったが、ネヴィルとクリスが半ば強引に事を決めた。私とウィリアムに次世代機の中をうろつかれたくなかったのか——あるいは、ゼロ号機の中で『生贄組』を始末する算段でも考えていたのかもしれない。とはいえ、こちらも事が済んだ後は、彼らの死体をすべてゼロ号機へ移すつもりでいたので、ネヴィルらの決定はむしろ好都合だった。

夕食の場で、今回の事態についての議論が行われた。

自分たちをこのような状況に追い込んだ何者かがいる——それはすでに、その場の面々の共通認識となっていた。私にまず疑惑の目が向けられるであろうことは充分予想がついたが、そのための言い逃れもあらかじめ用意してあった。緊急停止スイッチを故障させたのは誰なのか、と私が問い返すと、リンダは狼狽したように口ごもった。

クリスとウィリアムは意外にも、誰もが犯人でありうると考えていたようで、私だけを糾弾(きゅうだん)する真似はしなかった。が、ネヴィルだけは別だった。元々の亡命計画を崩されたことが、犯人を『生贄組』の誰かだと信じさせたのかもしれない。ケトルの湯を巡る悶着でも、私に対する疑惑を隠そうとしなかった。

……あまり長く生かしておくべきではない。

本来なら、レベッカの研究成果の搾取と彼女の死の偽装を主導していたであろうこの男には、可能な限り長く恐怖を味わわせたかった。が、それは別の形に代えることにした。せいぜい憤怒と恐怖に駆られるふりをしながら、私は紙コップの湯を呑み干し、罠が発動するのを待った。

程なく時は訪れた。自ら栓を抜き注いだ、元々は事が済んだ後の祝杯用だったのだろうワインを胃に流し込んだ数十分後、ネヴィルはのたうち回りながら地獄へ堕ちた。

　あれほど毒を警戒していたネヴィルがあっさり毒殺されたことは、残された三人に深刻な打撃をもたらしたようで、まともに会話が再開されるまでには相当な時間を必要とした。ワインボトルが細工されたのでは、との疑問も呈されたが、深い議論には至らなかった。

　実のところ、大した罠ではなかった。あらかじめ紙コップを重ねてテーブルの上に用意し、一番上のコップにだけ内側に毒を塗っておいた。それだけのことだった。

　残された五人の中で、職階的に最も立場が上で、発言権も強いのがネヴィルだ。とすれば、ネヴィルが自分で取るにせよ誰かが配るにせよ、まず実質的な長であるネヴィルへ最初に紙コップが回る可能性が高い。仮に他の三人に当たったときは、ネヴィルの殺害は次の機会を待てばよいし、自分に回ったときは怪しまれない程度に言い訳しつつ飲まなければ済む。

　結局、狙い通り、リンダがネヴィルに毒入りコップを回してくれた。


　残された面々の主導権を握るのは思いの外簡単だった。

　リンダがレベッカの名を迂闊にも口に出したことで、こちらから彼らを責め立てるのは全く容易になった。推測と呼ぶにも値しない自分の出まかせを、恐怖と動揺に囚われた彼らは疑いもせずに聞き入っていた。

　外部犯の可能性を盾に、ゴンドラの捜索を提案したのには、いくつかの思惑があった。

　ひとつは全く単純に、『内部犯が自ら外部犯の可能性を潰すはずがない』と残りのメンバーに刷り込ませ、自分への疑惑を逸らすこと。

　そしてもうひとつが、ネヴィルら『亡命組』の乗っていた次世代機――二隻目のジェリーフィッシュの中を、捜索に乗じて確認することだった。

次世代機自体への細工——自動航行プログラムの改竄と緊急停止スイッチの無力化——と、無線機の改造は事前に済ませていたが、『亡命組』の三人が艇内に持ち込んだ物品まであらかじめ調べておくことはさすがに不可能だった。例えば仮に、ネヴィル辺りが予備の無線機を運び入れていたとしたら、軍の邪魔が入る前に最低限、彼らの殺害だけは完遂させておかねばならない。その要否に目星をつけるため、次世代機の艇内を早めに確認しておく必要があった。

『亡命組』のクリスは拒否感を滲ませていた。しかし、片方のゴンドラに『七人目』がいなかったからといって、もう一方のゴンドラに侵入者が潜んでいないとは言えない。その正論に異を唱えることはできなかったらしく、クリスは何も言わずに折れた。

完璧を期すには、各人の手荷物の中まで確認できるのが理想だったが、さすがにこれは他の全員が反対した。もっとも、他の三人にとってほぼ抜き打ちに等しいであろうこの状況なら、各部屋の中を覗ければ充分だった。

予備の無線機の類は、次世代機のゴンドラの捜索では見つからなかった。

軍支給の小型無線機で充分と油断したか、あるいはリンダの目を恐れたのかもしれない。クリスやネヴィルの手荷物までは調べられなかったが、彼らの部屋の様子から、彼らが外部と連絡が取れていないことは確信が持てた。よもや自分たちの方が罠に嵌まるとは微塵も想定していなかったに違いなかった。

その他の部屋——操舵室、食堂、キッチン、リンダの部屋、洗面所、バスルーム、エンジンルーム、倉庫——も、見た目の様子はゼロ号機のそれとほとんど変わらなかった。

ただひとつ、エンジンルームに長細いゴルフバッグが寝かされていたことを除いては。

侵入者の痕跡など、当然ながら見つかるはずもなかった。

自分たちが次世代機を調べている間に、雪山のどこかに潜んでいた『七人目』がゼロ号機に侵入するのではないか。そんな懸念も挙がらないではなかったが、ゴンドラ周辺の雪の状態を見れば、それがただの杞憂であることは明らかだった。ゼロ号機に戻ってきた他の三人は、吹雪にまみれた防寒着を払いながら困惑をあらわにしていた。

『七人目』の最有力候補であるサイモンは、すでに解体されて氷詰めのクーラーボックス二箱の中だ。捜索の際にそれらのクーラーボックスを開けられてしまう危険もないではなかったが、個個のボックスが『生きた人間』の入る大きさではなかったこと、何より彼ら自身が『手荷物は開けない』という約束に自縛されていたこともあって、クーラーボックスは顧みもされなかった。

最大の危険は、むしろ捜索の直後に訪れた。忘れ物を取りに行くとクリスが宣言したときが、一連の計画の中で最も危機を感じた瞬間だった。

『生贄組』を始末するはずが逆に自らも遭難を余儀なくされ、あまつさえ首謀格のネヴィルが命を奪われた――『亡命組』のクリスにとってこの状況は、想定外どころか『生贄組』の誰かに返り討ちに遭ったとしか思えないはずだった。加えて侵入者の存在が否定されれば、クリスがいずれ『生贄組』への疑念を噴出させるであろうことは予想がついていた。

だが、クリスが散弾銃を抱えて全員の皆殺しを図ったことは、その予想の中でも最悪の極みだった。

煙草を取りに行くだけだ、とクリスはごまかしていたが、その真意は明白だった。あの散弾銃は、恐らく万一の護身用にゴルフバッグに隠し持っていたものだろう。言葉で足止めを試みたものの、妄執に囚われたクリスには無意味だった。力ずくで引き止めることもできたかもしれないが、そうすればしたで、余計な疑念を他の皆に抱かせることになる。

テーブルを挟んでウィリアムを責め立てながら、程なく訪れるであろう破局にどう対処すべきか、懸命に思考を巡らせた。

万一、あの時点で私が命を落としたとしても、彼らが何事もなく日常に戻れることはなかっただろう。だが、彼らの全員の死をこの目で見ることは、あのときの自分にとって最も優先すべき事項だった。

幸い、私の意図がウィリアムに通じ、両側から二人がかりでクリスを押さえ込むことができた。射殺しようと思った相手がああも素早く反撃に出たことは、恐らくクリスにとって二度目の、そして致命的な想定外だったに違いない。

結局、ウィリアムが散弾銃を奪い、クリスに向けて引鉄を引いた。

私自身で手を下せなかったことが心残りではあったが、苦悶に身体を捩じらせながら息絶えていくクリスの前では、そんなことは些細な問題だった。


クリスの暴走は最大のアクシデントだったが、一方で最大の好機ももたらした。

『一連の犯行はすべてクリスの仕業だった』——そう結論せざるをえない状況が生じたこと、そして当のクリスが死んだことで、ウィリアムとリンダは完全に無防備になった。リンダを一旦寝かしつけ、私はウィリアムからレベッカに関する記憶を引き出した。

レベッカの死の状況は、盗聴などからおよその推測はついていたし、ウィリアムが新たな事実を喋ったところで今さら計画が変わるわけでもなかった。が、私の最も知りたかった事実——誰がレベッカを実際に手にかけたのか――を彼ら自身から直接聞き出す機会は、このときを措いて他になかった。

ウィリアムの、懺悔を装った自己弁護まみれの回想に、私の知るべき事実は含まれなかった。が、逃げるような浅ましい視線と身振りが、言葉より遙かに雄弁に真実を伝えていた。

……お前か。

レベッカを汚し、死に追いやったのはお前か、ウィリアム。


ウィリアムが眠りに就いたのを見計らい、私はサイモンの死体入りのクーラーボックスをエンジンルームから食堂へ運んだ。

計画は終盤に差し掛かっていた。クリスが犯人だと思われたところへ新たに死者が出れば、残された一人が私へ疑いを向けるのは確実だ。最後の獲物の混乱を誘うため、サイモンには一役買ってもらうことにした。

クリスの死体を横目に、私はサイモンの死体の各部をクーラーボックスから取り出し、着替えとして持ち込んでいた自分の服を着せ、頭部を除く部位を椅子に座らせた。

作業を目撃される心配はしていなかった。扉は閉めていたし、何よりクリスの死体が放置されたままになっている食堂に、ウィリアムとリンダが好き好んで足を踏み入れることはないと踏んでいた。

サイモンの死体を、床に寝かせるのではなく椅子に座らせたのは、最後の一人が死体に気付いた際の視覚的効果を最大限に引き出すためだった。風に揺れるゴンドラの中、バランスを整えるのは苦労したが、衣類が手足を繋ぎ止める役目を果たしてくれたことで、予想よりは早めに作業を終えることができた。

クリスの血は、寒さのせいか未だ固まり切っていなかった。彼の血を使い、食堂の扉にメッセージを書いた。サバイバルナイフをクリスの手から引き剝がし、背中側のベルトに挟む。自分でも護身用としてアイスピックをポケットに忍ばせてはいたが、わざわざ標的の方から武器を用意してくれたのであれば、そちらを使うに越したことはなかった。

食堂を出たところで、一号室の扉が開いた。

「あれぇ……エドワード？　どうしたの……こんな時間に」

このときのリンダは、数刻前よりは比較的落ち着いている様子だった。

「設備の見回りです。貴女こそどうされましたか」

「目が覚めちゃって。……寒いし、もう大丈夫なはずなのに、何だか、急に怖くなって」

リンダは自分の身体を抱き締めた。「それで……温かいものが、飲みたくなって」

「ココアでも作りましょう。お湯はポットに入れてあります。もう一度余熱で沸かし直してきますので」

キッチンの中に入りかけた私の上着の裾をリンダは摑んだ。そのまましなだれかかるように、リンダは正面から私の胸に顔を埋めた。

「リンダ？」

「怖いの。……お願い、少しだけでいいから……ひとりに、しないで」

色仕掛けか。リンダの体温を胸に感じながら、私の心と身体は微動だにしなかった。

「いいんですか。ウィリアムに知られたら」

「いいのよ。……あいつらが気にかけてるのはいつだって、レベッカの方だったもの」

「レベッカ？」

「嫌な女だったわ」

言葉とは裏腹に、リンダの声にはどこか、懐かしい歌を歌うような響きがあった。「横からいきなりやって来て、恋愛より研究みたいな顔して、あいつらの心を奪って。

そりゃね。私だって、あいつらと本気で付き合おうなんて、これっぽっちも思ってなかったわよ。あの娘がそういう女だなんて、本気で思ってたわけでもない。でも、だからって、はいそうですかって割り切れるわけじゃ、ないでしょ。……だから、私……」

「だから？」

「……何でもない」

リンダの答えには何瞬かの間があった。「私にしか関係のない話……気にしないで」

取り繕うような間と、そしてかすかな声の震えが、リンダの過去の罪業を――彼女がレベッカに何を行ったのかを、私に悟らせた。

「だから、何ですか」

気付かれぬよう背中に隠していたナイフを握り、私はリンダの耳元に囁いた。「レベッカとウィルを別個に工場へ呼び出して、ウィルにレベッカを汚させるよう仕向けた――とでも？」

リンダの目が驚愕に見開かれた。私はリンダを片手で抱き止めたまま、その背へナイフを突き立てた。

苦痛と恐怖と後悔と、そしていくばくかの涙に顔を歪めながら、リンダの呼吸は止まった。

リンダの死体を寝かせ、私はクーラーボックスをエンジンルームに戻した。

エンジンを止めて電気系統を殺し、サイモンの首を胴体に乗せ、しばし身体を休めた後、私はおもむろに、ウィリアムの眠る三号室のドアをノックした。

そのまま、教授とネヴィルの死体の置かれている二号室へ滑り込み、壁越しに物音を探る。程なくしてウィリアムが身を起こす気配がした。

後は、全くの成り行き任せであり、全くの想像通りだった。リンダとサイモンの死体を立て続けに発見し、ウィリアムは錯乱状態に陥った。

ウィリアムがサイモンの死体を『エドワード・マクドゥエル』のそれと誤認する可能性は、正直に言って五分五分といったところだった。

自分の服を死体に着せ、光の弱い非常灯に照明を切り替えたとはいっても――そして、私とサイモンの背格好が似ていたとはいっても――それが『エドワード・マクドゥエル』でなくサイモンの死体であることは、よくよく観察すれば明白だ。ウィリアムに多少なりとも精神的余裕があれば、簡単に見破られる類の細工だった。

ウィリアムは見抜けなかった。

事前の心理的圧迫が功を奏したのかもしれない。リンダの死体を目撃し、直後に『エドワード』がバラバラに崩れ落ちるのを目の当たりにして、ウィリアムから正気など消え失せていた。

ウィリアムが最後に食堂へ駆け込んでいる間に、私は二号室から三号室へ移った。サイモンの死体を発見した後、ウィリアムは殺人者の姿を求めて他の部屋を開けて回ったが、直前まで自分が休んでいた三号室だけは完全に素通りした。

散弾銃の銃声が途切れたのを見計らい、私は三号室から廊下へ出た。

ウィリアムはこちらに背を向けていた。弾を込め直すのに気を取られ、背後から近付く私に最後まで気付いた様子はなかった。

殺傷力の高い武器を与えることになるのを承知の上で、食堂に散弾銃を、リンダの背にサバイバルナイフを放置したのは、得物を持った生身の殺人者が潜んでいるという確信をウィリアムに与えないためだ。ハンデを授けたわけではない。手にした武器の強さと最終的な生死は別物だということは、クリスが充分に証明してくれた。

散弾銃もナイフも必要ない。

ウィリアムの息の根を止めるには、工具箱に入っていたバール一本で充分だった。


最後の獲物の死を確認すると、私はバールを床に放り投げ、残りの仕事に取り掛かった。

やるべきことは多くなかった——それまでの仕事に比べれば。

ゼロ号機のエンジンを再起動させ、照明と暖房を復活させた。ネヴィルとクリスとリンダの荷物をゼロ号機へ運び入れ、中身を確認し、三つの客室とエンジンルームに振り分けた。

後処理が必要な物品は入っていなかった。ネヴィルかクリス辺りが、過去の実験ノートを一式持参してくる可能性もあったが、見つかったのはいずれも直近の一冊だけだった。

もっともネヴィルの方は、自分たちの罪が発覚するのを恐れてか、古い実験ノートを処分しようとしていた。他の紙束と一緒に焼却炉行きになりかけたそれらのバックナンバーを、私は密かに回収し、警察等の捜査で目に触れるよう、航行試験の直前にウィリアムの机の下に押し込んでおいた。

レベッカのノートの複写は、再び封筒に戻して教授のトランクに放り込んだ。自分の指紋が残らないよう注意は払っていたので、足がつく恐れはない。これで教授らの罪は警察や空軍の知るところとなるだろう。世間には隠蔽されるだろうが、そちらは別の手段がある。

あらかじめ用意したディスクを使って、次世代機の自動航行プログラムを書き換え直し、私は時を待った。

吹雪が止んだのは、一日近くが過ぎた夜更けだった。

嵐と嵐の狭間に訪れた、一時の静謐(せいひつ)だった。あれほど荒れ狂っていた雪風が、眠りに就いたように静まり、雲の隙間からは教授らがついに見ることのなかった星空が瞬いていた。

窓から漏れるゴンドラからの明かりを頼りに、次世代機を繋ぎ止めていたハーケンを引き抜き、ワイヤーを回収した。岩陰から次世代機を出し、充分な距離を取った上で、再びゼロ号機に戻る。ゴンドラの中が充分に暖まったのを確認し、廊下に燃料を撒いて、私は火の点ったライターを放り投げた。

それですべてが終わった。

火がゼロ号機のゴンドラから立ち上るのを見届けて、私は次世代機を発進させた。

自動航行システムに運転を預け、操舵室の窓に目を向ける。

再び舞い始めた雪の中、赤黒い炎が、ゼロ号機のゴンドラから真空気嚢へ燃え移り、機体のすべてを徐々に舐(な)め尽くし――その姿が、視界から音もなく遠ざかっていった。

――知ってる？　海月って、氷点下の海の中でも泳ぐことができるんだよ。

――たとえ凍ってしまっても、温かくなればまた生き返るんだって――

※

「買い被りすぎですよ」

長い沈黙の後、青年は静かな笑みを漣たちに返した。「すべてがすべて計算の内だったわけではありません。一歩間違えば自分が死んでいた――そんな場面は幾度もありました」

青年が初めて口にする、明確な告白だった。

だが、青年に敗北の表情はない。こんな場面が訪れることを予見していたような、穏やかな微笑さえ浮かんでいた。

「……そう」

呆れと驚嘆がない交ぜになったような瞳を、マリアは青年に向けた。「だったら、よっぽど復讐の女神様に愛されてたのね、あんた」

「そうでもありませんよ。でなければ、こうして貴女たちに追い詰められてなどいません」

「よく言うわ。最初から不可能犯罪にする気なんてなかったくせに。

――『H山系でジェリーフィッシュが燃えている』と警察に通報したのはあんたね」

答えはない。

「ネヴィル・クロフォードの実験ノートを執務室に残したのも、教授たちを告発させるためにミハエル・ダンリーヴィーにレベッカのノートを送りつけたのも、あんたの仕業でしょ」

答えはない。

「それと、教授たちの死体も。

あんたほどの人間なら、どれかひとつくらい自殺と解釈できるように仕立て上げられたはずよ。なのに、どれもこれも他殺としか思えない状態で放り出した。なぜ？　六人を殺害した誰かが他にいると、ことさら強調する必要がどこにあったの？」

答えはない――質問はひとつきりのはずですが、と青年の瞳が笑っているようだった。

「訊いてみただけよ。答えなんか要らないわ。ファイファー教授たちの罪を世に知らしめること、それがあんたの最終的な目的だったから。そうよね？

そのためにあんたは、教授たちの死を彼らの中だけで完結させることをしなかった。六人全員が罪人で、彼らに復讐を果たした何者かがいるのだと、警察(あたしたち)に露骨なヒントを与え続けた。半年以上待って軍や警察が何も公表する気がないと確認したところで、今度はミハエルにノートを託し、彼の無念を晴らさせると同時に、彼に教授らの罪の告発者を演じさせた――そうでしょ」

「なぜですか」

ついに耐え切れず、漣は青年に問いを突きつけた。「レベッカ・フォーダムのノートがあれば、命を奪わずともファイファー教授らを社会的に抹殺することは可能だったはずです。ミハエル・ダンリーヴィーがそうしたように。

なぜ、彼らの命をその手で絶つ必要があったのですか」

マリアが驚いたように漣を見やった。

答えが返ってこないであろうことは承知の上だった。……が、

「難しい質問ですね」

意外にも青年は口を開いた。ひとり一問ずつということにしましょう、特別サービスです――

そんな含みを持たせた微笑みだった。

「実のところ、僕にも解りません。僕に言えるのはただ、それが僕にとって必然だったということだけです。

敢えて彼らの計画に乗り、彼らの命を奪う道を選んだ。思い留まることなど考えもしなかった。坂道でボールから手を離せば転がり落ちるように、僕にはそれが必然の成り行きだった。……それ以外に答えようがありません」

どこまでも静かな口調だった。

マリアの唇から吐息が漏れた。癖だらけの赤毛が左右に揺れた。

「馬鹿よ、あんた」

「否定はしません。他人同士でしかなかった相手のために殺人を実行するなど、貴女たちから見れば愚行以外の何物でもないでしょうから」

「違うわよ」

叩きつけるようにマリアは返した。「人殺しが愚行？　何言ってんの。この仕事に就いてたら逆に嫌でも解るわ。殺人者になるかならないかなんて紙一重よ。ぶっ殺してやりたい相手なら誰にだって、あたしにだっていくらでもいる。あたしがそいつらを殺してないのはあたしが利口だからじゃない。あんたの言う、ただの成り行きよ。

あんたが馬鹿だっていうのはね――レベッカに対するあんたの凄まじい思い違いよ。

レベッカとあんたが他人同士？　んなことあるわけないでしょ。

あんた、レベッカからノートをどうやって手に入れたの。力ずくで奪ったの？　違うでしょ？　彼女からノートを託されたんでしょ、どういう状況か知らないけど。

あんたの知ってるレベッカは、世界を変えるほどの研究成果が書かれた大事な実験ノートを、どうでもいい他人にほいほい渡すような娘だったの？」

青年の顔に、初めて――呆然としたような表情が浮かんだ。

「ミハエルが言ってたわ、自分にとってレベッカは妹のような存在だったって。同じよ。たとえ男女の愛じゃなくたって、レベッカにとってあんたは、大事なものを託せるくらい身近で愛しい存在だったってことでしょ。こんな簡単なことにどうして気付かないのよ、この馬鹿」

青年は天を仰いだ。

風がざわめいた。長い時間が過ぎた。――やがて。

「まったくですね……まったくです」

青年の口から、自嘲と悲哀がない交ぜになったような、小さな笑い声が零れ出した。笑いが消えるまで、また長い間が必要だった。

「……来なさい。あんたには黙秘する権利、弁護士を呼ぶ権利があるわ。――ま、あたしの前でいつまでもだんまりを決め込めると思ってもらっちゃ困るけど」

「それは怖いですね」

青年は呟いた。「ですが申し訳ありません。そろそろ時間のようです」

木々のざわめきに紛れるほどの、かすかな羽音だった。

遠い果てから響くようなそれは、しかし急速に音量を増し、

――直後、巻き上がる風とともに、巨大な白い影が青年の背後から現れた。

ジェリーフィッシュだった。

漣とマリアと青年の立つ高台。その崖の際の陰から、真空気嚢の白い巨体が、古の大魚のように浮かび上がっていた。

「なっ」

マリアが目を見開いたまま絶句する。漣も一瞬の自失を余儀なくされた。

ジェリーフィッシュがゆるやかに動き、漣たちの頭上、ほんの数メートルの高さで静止する。

巨大な影が三人の上に落ちた。

ゴンドラから縄梯子が垂れ下がっていた。梯子に手をかける青年へ、「――っ、待ちなさい！」マリアが我に返ったように足を踏み出す。その眼前に、「動かないで」と青年はスイッチのようなものを掲げた。

「近付いたらこの船を破壊します。貴女方も無事では済みませんよ」

マリアの足が急停止した。

「手荒な真似をさせないで下さい。レベッカの研究成果をこの手で破壊するようなことは、僕もしたくありません」

マリアの美貌が歪んだ。「ちょっとジョン、何やってんの！　あんなでかいのを不用意に近付けてんじゃないわよ！」上着から無線機を摑んで怒声を叩きつける。

『すまない！……対応が……まさか本当に……こちらのレーダーには、何も――』ノイズ混じりの切迫した声が漣の耳に届く。

レーダーに映っていない？――まさか、この機体は、

「ステルス型ジェリーフィッシュ……教授たちの次世代機」

教授たちが開発に成功しながら、H山系に残された残骸からはその特性が確認できず、試験投入が見送られたものと思われていた新型機。

だが、航行試験に使われた機体は二隻だ。

雪山に残されていた残骸が、そもそもステルス性能を持たないゼロ号機だったのなら、もう一方、青年の奪い去った次世代機に――カーティスが最後に育成した真空気嚢に、ステルス性能が備わっていなかったという証拠はどこにもない。

「今までどこに隠してたのよ、こんなの……！」

「ジェリーフィッシュが普及しているのはU国だけではありません。隣のC国では、水辺にジェリーフィッシュを停泊させておくスタイルが主流だそうですよ」

ステルス型ジェリーフィッシュはレーダーに感知されない。国境線の向こう側へ、悠々と避難していたというのか。

「それとひとつ訂正を。『教授たちの次世代機』という言い回しは正しくありません。彼らはこれの開発に何ひとつ寄与していない。これを創り出したのは、僕――いえ、レベッカです」

レベッカ？

「ここまで辿り着けた貴女たちに敬意を表して、彼女の造り方を伝えておきます」

青年は梯子に足をかけた。「素体を硬化させるときの温度を変えてみて下さい。そうすれば結晶構造が変わり、電磁波が吸収されるようになります。

新たな材料を探す必要はありません。硬化条件に応じて特性を自在に変えられる真空気嚢を、レベッカはすでに創り上げていたんですよ」

変えるべきは材料ではない、合成条件の方だったというのか。

――まさか。

「技術開発部に残されていたサンプルは、貴方が作製したものですか。最後の素体の育成時の、『ガス温度を二〇度上げる』という指示は、貴方が付け加えたものなのですか――教授たちには秘密で」

教授たちは何も知らなかった。

『生贄組』は、ネヴィルらがステルス型真空気嚢の開発に成功してくれたものと思い込んでいた。航行試験についても、次世代機とゼロ号機の単なる比較対照実験だと信じ切っていた。

一方、ネヴィルら『亡命組』は開発を放棄していた。従来の真空気嚢を搭載した次世代機で、何とか国外逃亡を図るつもりだった――外見も重量も従来品と区別のつかないその真空気嚢が、実は青年の手で密かにステルス性に仕立て上げられていたことなど気付く由もなく。

自動航行プログラムが再び動き始めたのか、青年の身体が徐々に浮き上がる。

「……このような形で用いられることを、彼女が望んでいたかどうかは解りません。この製法を空軍に伝えるかどうか、後の判断は貴女たちにお任せします」

逃がしてはならない――頭では理解しながら、しかし漣は足を動かすことができなかった。

「ちょっとあんた！　逃げる気!?」

マリアの怒声に、青年は首を振った。

「僕たちに少しだけ時間を下さい。……『彼女』に、広い空を見せてあげたい」

青年は愛おしむようにジェリーフィッシュを見上げ――その身体が前触れもなく、梯子ごと地表から浮き上がった。

あっという間もなかった。子供の手を離れた風船のように、ジェリーフィッシュは空へと舞い上がり、瞬く間にその姿が遠ざかっていった。

「ジョン、何してるの。戦闘機でも何でもいい、早く追いかけさせて！」

『解っている！　だが――』

　上昇速度が速すぎる。

　マリアは愕然としたように天を見上げ、その表情がいつしか、彼女に似つかわしくない、泣き顔に似たものに変わった。


　漣は空を見つめた。

　青年を連れたジェリーフィッシュは、すでに漣の目にも小さく、

――やがて空の青の中へ、溶けるように消えていった。

第二十六回鮎川哲也賞選考経過

小社では平成元年、「《鮎川哲也と十三の謎》十三番目の椅子」という公募企画を実施し、今邑彩氏の『卍の殺人』が受賞作となった。翌年鮎川哲也賞としてスタートを切り、以来、芦辺拓、石川真介、加納朋子、近藤史恵、愛川晶、北森鴻、満坂太郎、谺健二、飛鳥部勝則、門前典之、後藤均、森谷明子、神津慶次朗、岸田るり子、麻見和史、山口芳宏、七河迦南、相沢沙呼、安萬純一、月原渉、山田彩人、青崎有吾、市川哲也、内山純各氏と、斯界に新鮮な人材を提供してきた。

第二十六回は二〇一五年十月三十一日の締切までに一三五編の応募があり、二回の予備選考の結果、以下の五編を最終候補作と決定した。

御室千紗　鎮守の森のアーキビスト
才川真澄　南国コンチェルト
市川憂人　ジェリーフィッシュは凍らない
朝永理人　墜落論
江錐勝　　馬鈴薯と漬け物

最終選考は、北村薫、近藤史恵、辻真先の選考委員三氏により、二〇一六年三月三十日に行われ、次の作品を受賞作と決定した。

市川憂人　ジェリーフィッシュは凍らない

＊

受賞者プロフィール

市川憂人（いちかわゆうと）氏は、一九七六年神奈川県生まれ。東京大学卒。在学時は文学サークル・東京大学新月お茶の会に所属。現在は会社員。

第二十六回鮎川哲也賞選評

北村　薫

選考委員として最も残念なのは、授賞作を出せないことだ。今回は、候補に残った作品がどれもよいところを持ち、そのような心配が全くなかった。推薦作をどれかひとつに絞り込むことが出来ず、《他の方の感想を聞くのが楽しみ》という、はずんだ気持ちで選考会に向かうことが出来た。

わたしは全体を二群に分け、『ジェリーフィッシュは凍らない』、『馬鈴薯と漬け物』、『墜落論』の三作を上位とした。この中のものなら、どれが受賞しても異論はなかった。

第一回の投票の結果、『墜落論』が、ほぼ圏外に去った。そのわけも非常によく分かる。《ジッドも真っ青の狭き門だ》などというのは、まさに我々の時代に通じる言葉である。《排中律(はいちゅうりつ)》という言葉がすらりと出て来るところも含めて、《作者はかなりのお年の方ではないか》と思った。今時の女子とは全く思えない会話があり、登場人物はケータイを持っているように思えない。それでいて何十年も前のことでもないのだ。題名も含めて、時代錯誤的といおうか、どこにもないような不思議な世界が広がる。それを堂々とやっている。

わたしには、当たり前ならただの失敗作になるところを個性によって乗り越えているように思えた。この辺りの匙(さじ)加減は、まことに難しい。微妙なものだ。トリックがいかにも無理なのにも、《それが本格》という居直りの心意気を感じてしまった。

つまり、《変》でありながら、それなりの形にしたところを買ったわけだ。しかしながら、これへの反対意見は、全てわたしにも納得出来るものだった。

後で、この作者が実はかなり若い方だと知ったことを付記しておく。

続いて、『馬鈴薯と漬け物』の魅力は、何といっても探偵役の個性にある。この人には、また会いたくなってしまう。そう思わせる登場人物を創造するのは、大変なことだ。また、ネット時代ならではの《複数一部だけ交換犯罪》という着想には、目新しさと説得力があった。

ただ、長編としての長さを使いこなせていないのが残念だった。また、書き方にも問題があった。視点人物が定まらないので実に読みにくい。ある人物の視点から入っていけば、読んでいるものは《妹》といわれた時、その人の《妹》と思う。こういったところが整理されないといけない。

これが点数的には次点となった。そして、選考委員が一致して推したのが『ジェリーフィッシュは凍らない』だった。勿論、第一回投票での最高点であり、事実上、そこで受賞が決まったといっていい。

読み始めた時には、《U国・C国・S国・R国》といった書き方に、抵抗を感じた。だが、それも、リアルを越えてひと昔前のアメリカン・コミック的世界を文字で作ろうという意図と了解出来た。作者は、なかなかに巧妙なのだ。

さて、本格の場合、《型》という難しい問題がある。型通りでは駄目なのだ。しかしながら、本格ファンはその《型》に郷愁を感じ、夢を抱く。この作の場合、誰もが知る世界の古典に挑戦し、一定の成果を得たことを評価したい。

動機についてだが、否定する人には《弱い》といわれるかも知れない。だが、その心情はいかにも小説的であり人間的であると思う。ここもまた評価したい。

全員一致で、この作を受賞作と決定した。実は、問題点がひとつあるのだが、刊行までに手を入れられると思うので、ここには具体的に記さない。

他の二作も、それぞれ個性的で面白く読めた。

『鎮守の森のアーキビスト』は、書き慣れた感じの運びであった。古書という題材、《鼻の探偵》役といった設定が魅力的だ。しかし、惜しいかな、ミステリの部分に説得力が欠けた。また、この犯罪が成功した時、戸籍をなくしてしまった犯人達は、社会の中でどうやって生きていくつもりだったのか。それが、とても気になった。

『南国コンチェルト』は、まことに読みやすい文章で書かれている。ただ、その素直な物語の流れが、最後の解明の部分でぎくしゃくしてしまう。ミステリであれば、そこが最も興味深くなるはずなのだが、物語と本格の融合という点で、今ひとつであった。

近藤史恵

『ジェリーフィッシュは凍らない』は、八〇年代を舞台にしたSF設定のミステリで、緻密に考え抜かれた構成と、謎の開示の上手(うま)さに惹きつけられた。台詞(せりふ)やキャラクターの設定に古さを感じなくもないが、それも八〇年代の空気感につながっている。

欠点がないわけではないのだが、この作者は全力で自分の読みたい小説を書いているように思う。単純なようだが「自分の読みたい小説、自分が読者でも惚れ込む小説を書く」というのは実は簡単なことではない。技術とその情熱が一致して、はじめて読者を小説世界に引き込むことができるのだと思う。

驚きもあるし、なにより謎とその真実の見せ方が上手い。謎が解かれたときに、これまで見えていた光景がまるで違って見えるというのはミステリの醍醐(だいご)味(み)である。

他の選考委員の先生方とも意見が一致し、満場一致ですんなり受賞が決まった。

『馬鈴薯と漬け物』は、とてもおもしろく読んだ。チャーミングだし、この作者のファンになり、次回作を読みたいと思ったが、構成に難がある。視点人物が途中で変わってしまい、しかも変わったことによる効果が感じられないのは、やはり問題だ。せっかく妹のキャラクターに魅力を感じていたのに、露払いのように兄に交代されては、気持ちの持って行きようがない。

妹視点で書かれている部分はすべて、兄視点で充分書くことができるし、前半と後半がどこかちぐはぐなのも気になる。そういう粗さを考えると、同時受賞とするのも難しい。この飄々とした個性は大きな魅力なので、もっとじっくり構成を練り直してほしい。

『南国コンチェルト』は八丈島の自然や風土はよく書けているが、小説としてあまりに古い。レトロな持ち味は欠点ではないが、昭和の時代に書かれた小説のような気がする。

病弱で可憐な少女と、耳の聞こえない少年の淡いロマンスの部分も、いい雰囲気を出しているのだが、文章にあまり気を配られていないこともあり、品のない単語選びで、ぴしゃりと水をかけられたように現実世界に引き戻された。もっと世界をことばで構築するということに敏感になってほしい。

最終選考に残されるだけの力はあるが、そこから一歩進むために、なにかありきたりではない冒険心を持ってほしい。それは単に地方の自然や風習を描くというものではないはずだ。

『墜落論』は、作者の個性が前面に出た作品だ。ラノベっぽいのに、ときどき妙に文学的だったりもする。常にちょっとコミカルで、どこかシニカルな作風は魅力的ではあるのだが、登場人物の少女たちが、親友が死んだばかりなのに、死を悲しんだ舌の根も乾かぬうちにギャグを口にし、コミカルな行動を取ることが、どうしても受け付けられなかった。

本格ミステリの中では、死が軽いというのもひとつの世界観で、それならそれでいいのだが、この小説の場合、主人公や探偵は死に痛みを感じて、繊細にその痛みを表現している。

つまり、作者が感情移入する登場人物と、駒として動かすだけの登場人物がはっきりわかれてしまっているのだ。本当はどの登場人物にも心があり、それに反する行動は取らないはずだ。

　またライトノベルはひとつの小説のジャンルとして決して劣ったものではないが、鮎川哲也賞はライトノベルの賞ではないから、そのジャンルを読みつけていない読者にも訴えかけるものが必要だと思う。

『鎮守の森のアーキビスト』は、小説としてはかなり上手く、古書修復の部分や、匂いに敏感な探偵役のキャラクターはおもしろく読んだ。だが、ミステリ部分があまりに弱すぎる。動機にリアリティがないという声は他の選考委員の先生方から上がったが、女性の側から見ると、そこまでリアリティがないとは感じず、ぞわっとする怖さがあった。だが、この動機にリアリティを持たせるためには、もっと丁寧に伏線を張ることが必要だろう。それに五日で死体が白骨化するわけはないなど、推理部分におかしな点が多い。設定や蘊蓄などについては、丁寧に書かれているのに、ミステリ部分が雑である。

　小説を書く実力は高い人だと思うが、もう少しミステリとして成立させる努力をしてほしい。でなければ鮎川哲也賞での受賞は難しい。

　受賞作が、頭ひとつ抜けていたとはいえ、全体的にレベルが高く、どの作品も読書の喜びを感じさせてくれた。ぜひとも、あきらめずに執筆を続けてください。

辻 真先

受賞作ナシと結論づけられた去年を思うと、今年は読みごたえのある作品が轡を並べた。どの一作をとりあげても、鮎川賞応募の狙いがしっかり定まっていた。

と、手放しで持ち上げたものの、作品ごとに出来不出来があるのは当然だ。読んだ順ではなく、ぼくの主観で推した順にあげてゆこう。

『ジェリーフィッシュは凍らない』に、はじめて目を通したときの興奮は、昨日のように鮮やかである。意味不明のタイトルにさして興趣をそそられぬまま読み出すうち、物語の主舞台となる気嚢式浮遊艇ジェリーフィッシュが、未来ではなく過去の画期的発明とわかっておっと思った。物語に描かれている近過去は、パラレルワールドの世界なのだ。架空世界の発明と実用化にいたる経過が、精細に描出されているばかりか、不可能犯罪の提示と事件を綾なす人物たちの描写にも遺漏がない。大スケールのミスディレクションも効果をあげていて、クリスティ『そして誰もいなくなった』ばりの強烈な謎がどう論理的に解かれるのか、選者としてより読者として興味津々となった。探偵側の男女のクリアな造形にも感じ入ったが、その探偵が犯人と対決する場面で「あんた、誰？」と根本的な疑問を呈するに至って、読者のぼくは向こう脛をかっぱらわれた。そして現われる真犯人。早くに登場しながら隠されつづけた犯人像に感動して、ぼくは気持よく白旗を掲げた。

この作につづいて面白かったのは、『馬鈴薯と漬け物』である。このユニークとしかいいようのない探偵役の女性には、鮎川賞の選考で以前お目にかかっている。そのときも彼女の奇妙で愉快な存在感は群を抜いていたけれど、肝心の謎の部分に華がなくて選に漏れた。捲土重来のこの作では、牧歌調の舞台とキャラクター群、よく工夫されたトリッキーな趣向が支えあって、前作に比べはるかに楽しく読まされた。それでも作品を俯瞰すれば、前半後半のバランスの悪さが目につく。構成の段階でいまいち作者の踏ん張りが利かなかったのは残念だ。鮎川賞にキャラクター部門の賞があればなぁと惜しみつつ、二番手にせざるを得なかった。

前記二作に、水をあけられた形で『鎮守の森のアーキビスト』がつづく。題材となる古文書、舞台となる旧家、登場する旧家の当主がホームズ役、軽井沢郷土民俗資料館の資料保全室に勤めるアーキビストがワトスン役と、一定水準をキープした描写で物語の格好はついているのに、肝心の売り物になる謎が弱い。オカルト風味をまぶしているが、それでミスリードするつもりなら本腰をいれないと、鮎川賞の読者にはかるく擬装を見抜かれる。犯罪の動機はあり得る男女の心のすれ違いだが、今風にひとつひねった心理が書き足りなかったため説得力に乏しい。主犯はまだしも人生の後半を擲(なげう)たねばならない従犯が、果たしてこんな杜撰(ずさん)な計画に乗るだろうか。根本的にミステリの核そのものを考え直す必要がある。文章力も人物造形力もあるのに、二作との距離がひらいた理由を、作者はのみこんでもらえただろうか。

『墜落論』は、あえて学園もので挑んだ意気を買うが、残念ながら出来は期待に及ばなかった。応募側ならご承知の通り、鮎川賞の看板に学園ミステリをぶつけるのはハードルが高い。学園ものがダメとはいわないし、過去の受賞作もちゃんと存在する。ぼくも好みのジャンルだけに、ある程度は読んでいる。ただしそのぶんライバルが多いと覚悟しなくてはなるまい。学生同士のやりとりは面白く書けているが、学園もので勝負する以上当たり前であって、問題はその先にある。トリックに無理を感じたのと、探偵役にデジャビュを覚えたのが辛い。彼女の台詞回しはもはやパターン化しつつある。学園という枠が嵌(は)められる以上、枷(かせ)をぶっちぎるエネルギーを登場人物で燃焼させてほしい。特に主役の有為くんが平板だ。これが作者の全力ではないだろう。いや、一〇〇パーセント頑張ったというなら、次は一二〇パーセント努力の跡を見せればいいのだから。

『南国コンチェルト』、読むのに照れるほど甘いラブロマンスだが、そんなことはかまわない。だが作品の狙いが本格ミステリなら(「読者への挑戦」まで用意してあるのだ)、その恋愛模様さえ伏線として回収するほどの、企みあってこその鮎川賞応募だろう。謎の面からすれば、この小道具を持ち出したとたんに、赤川作品のアレ有栖川作品のアレ、というような連想が働くことを承知して使ってもらいたい。犯人の変貌が露骨にすぎるのは作品を浅くした。文章力は認めるし、山場のカー（?）チェイス場面なぞ読ませるだけに、もしかしたらこの作者はトリックよりサスペンスに軸足をおいた方がいいのかとも思う、参考までに。

みなさんまだ時間はいっぱいあるのです（ぼくに比べれば）。試行錯誤しながらも、書いて書いて書きまくってください。

ジェリーフィッシュは凍らない

2016年10月14日　初版
2016年12月2日　再版

著　者　市川憂人（いちかわゆうと）
発行者　長谷川晋一
発行所　株式会社　東京創元社
〒162-0814　東京都新宿区新小川町1-5
電　話　03-3268-8231（営業）
03-3268-8204（編集）
URL　http://www.tsogen.co.jp
振　替　00160-9-1565
印　刷　フォレスト
製　本　加藤製本

ISBN 978-4-488-02551-9　C0093

第18回鮎川哲也賞受賞作

THE STAR OVER THE SEVEN SEAS◆Kanan Nanakawa

七つの海を照らす星

七河迦南

創元推理文庫

様々な事情から、家庭では暮らせない子どもたちが
生活する児童養護施設「七海学園」。
ここでは「学園七不思議」と称される怪異が
生徒たちの間で言い伝えられ、今でも学園で起きる
新たな事件に不可思議な謎を投げかけていた……
数々の不思議に頭を悩ます新人保育士・春菜を
見守る親友の佳音と名探偵・海王さんの推理。
繊細な技巧が紡ぐ短編群が「大きな物語」を
創り上げる、第18回鮎川哲也賞受賞作。

収録作品＝今は亡き星の光も，滅びの指輪，
血文字の短冊，夏期転住，裏庭，暗闇の天使，
七つの海を照らす星

体育館の殺人
青崎有吾

鮎川哲也賞　選考委員◎加納朋子／北村 薫／辻 真先

創意と情熱溢れる鮮烈な推理長編を募集します。未発表の長編推理小説（四〇〇字詰原稿用紙換算で三六〇～六五〇枚）に限ります。正賞はコナン・ドイル像、賞金は印税全額です。受賞作は小社より刊行します。

ミステリーズ！新人賞　選考委員◎大崎 梢／新保博久／米澤穂信

斯界に新風を吹き込む推理短編の書き手の出現を熱望します。未発表の短編推理小説（四〇〇字詰原稿用紙換算で三〇～一〇〇枚）に限ります。正賞は懐中時計、賞金は三〇万円です。受賞作は『ミステリーズ！』に掲載します。

注意事項

・原稿には必ず通し番号をつけてください。ワープロ原稿の場合は四〇字×四〇行で印字してください。フロッピー等を使った電子データのままでは受け付けられません。必ず紙に印字したものをお送りください。
・別紙に応募作のタイトル、応募者の本名（ふりがな）、郵便番号と住所、電話番号、職業、生年月日を明記してください。また、ペンネームにもふりがなをお願いします。
・商業出版の経歴のある方は、応募時のペンネームと別名義であっても応募者情報に必ず刊行歴をお書きください。
・結果通知は選考ごとに通過作のみにお送りします。メールでの通知をご希望の方は、アドレスをお書きください。
・鮎川哲也賞には八〇〇字以内のシノプシスをつけてください。
・応募原稿は返却いたしません。
・他の文学賞との二重投稿はご遠慮ください。
・選考に関するお問い合わせはご遠慮ください。

宛先　〒一六二-〇八一四　東京都新宿区新小川町一-五　東京創元社編集部　各賞係